U0578372

恐龙悍将

炙热的梦想

张恩东 著

北方联合出版传媒(集团)股份有限公司

万卷出版有限责任公司

图书在版编目（CIP）数据

恐龙悍将. 炙热的梦想 / 张恩东著. -- 沈阳：万
卷出版有限责任公司，2023.10
ISBN 978-7-5470-6275-3

Ⅰ.①恐… Ⅱ.①张… Ⅲ.①幻想小说－中国－当代
Ⅳ.①I247.5

中国国家版本馆CIP数据核字（2023）第099458号

出 品 人：王维良
出版发行：北方联合出版传媒（集团）股份有限公司
　　　　　万卷出版有限责任公司
　　　　　（地址：沈阳市和平区十一纬路29号　邮编：110003）
印 刷 者：辽宁新华印务有限公司
经 销 者：全国新华书店
幅面尺寸：145mm×210mm
字　　数：250千字
印　　张：11
出版时间：2023年10月第1版
印刷时间：2023年10月第1次印刷
责任编辑：王　越
责任校对：张　莹
装帧设计：火山菌
ISBN 978-7-5470-6275-3
定　　价：39.80元
联系电话：024-23284090
传　　真：024-23284448

前 言

Preface

　　21世纪末，人类通过DNA还原手段复活了恐龙，并将恐龙批量繁殖引入动物园，使恐龙成为新世纪各国动物园里最引人注目的观赏物。复活的恐龙被注入了科技元素，智商大幅提升，性格趋于温和，适宜观赏和圈养，因此逐渐发展为人类的宠物。并且在某些发达地区还兴起了有关恐龙的竞技类表演项目，成为最受欢迎的运动项目之一，而这之中最著名的便是举世闻名的"恐龙竞技世界杯"了。

　　恐龙竞技世界杯兴起于美国科罗拉多州的一座新兴"恐龙城"——新科罗拉多市。自2115年开始，新科罗拉多市每隔两年就会在6—7月举办一次恐龙竞技世界杯。类似足球世界杯，这是恐龙竞技比赛中的顶级盛宴。像足球世界杯一样，这些参赛恐龙按照国别来分队，总共有16个参赛国家。

对于每个国家而言，他们可以选择18—20头恐龙报名参赛，但是每场比赛只能派出12头恐龙参加。具体赛制如下：

每个国家参赛的12头恐龙被分为10头"进攻选手"和2头"防御选手"。进攻选手，顾名思义，是用来进攻冲击对方和压制对方大本营的主要力量，对速度、团队配合和杀伤力有较高要求，因此多为双足类食肉恐龙；防御选手则被用于防卫己方大本营不被对方进攻选手占领，大多数时间只在营地及附近有限区域内活动，对速度和灵活性没有太大要求，但对防御能力要求较高，因此多为重甲或有角类食草恐龙，其中甲龙、三角龙和剑龙是最热门的选择。参加比赛的恐龙会被戴上一种特殊的牙套或角套（使锋利的牙齿和尖角变钝，不至于将对手真的杀死），并被涂上一层特殊感应涂料，当牙套和角套碰触到涂层时可以计算攻击次数。每头恐龙由电脑判定遭到攻击扣除的分数，满分为10分，0分为"阵亡"。但2头防御选手因为任务的特殊性拥有12分，因此耐久性也要强于被用于进攻的恐龙。

比赛时间被限定为45分钟一局。通常情况下，双方可以通过3种方式赢得比赛胜利：

第一种方式是攻克对方营地。开局后，恐龙会循着敌方营地发出的特殊指示物（一般是高悬在空中的电子标识），以平时训练的习惯向前推进。这时候，恐龙团队的训练水平就会体现出来，训练有素和高智商的恐龙会更好地执行驯龙师赛前既定的战术。当踏入有对方营地标示的特殊区域待机时（此时对方营地里须没有对方恐龙存在），电脑会开始自动计算占领点数，达到 120 秒之后将判进攻方胜利。如果有更多恐龙进入对方营地，每多 1 头恐龙将会相应减少 20 秒占领的时间；但是无论有多少头恐龙进入，最少也需要 60 秒。如果在占领基地的时间内遭到攻击并且损失了分数，那么之前该头恐龙占领的时间就全部作废。若以此种方式获得比赛胜利，那么获胜的一方不管之前处于怎样的劣势，都会以 12 分的结果立即结束比赛。

第二种方式是在 45 分钟内全歼对方 12 头恐龙。这样的比分通常出现在实力悬殊的对阵中。

第三种也是最常见的一种获胜的方式则是在 45 分钟结束时处于领先（例如以 7 ：6 结束比赛）优势。

以上是 3 种常规情况，但是在规定时间内以上三种获胜条件都未触发的比赛也偶有发生，那就是平局。由于在淘汰赛阶段是必须要分出胜负的，因此如果出现这种情况，裁判首先会统计双方幸存恐龙身上的小分，判定累计分数高的一方获胜（例如 A 队幸存 2 分暴龙、1 分剑龙、1 分食肉牛龙各一头，B 队幸存 5 分异特龙一头，那么判 B 队获胜）。倘若双方小分也相同，那么双方将各挑选一头食肉恐龙进行单挑，谁胜出谁晋级下一轮。受伤是难免的，如果伤势严重的恐龙无法完成比赛，那么它就会被判为"阵亡"，并被救援车直接移出赛场。正常在比赛中"阵亡"的恐龙则会被芯片暂时催眠，队友或对手可以根据它们的"尸体"来判断赛场情形。比赛结束时它们都会恢复正常。

并不是每一个拥有恐龙竞技队的国家都能参加这项恐龙竞技界的最高赛事。各国根据往昔战绩会有一个排名，只有排名前 10 的国家（其中前 8 名固定为上届杯赛成功杀入淘汰赛的队伍）才能够直接入围，而剩余 6 个名额将组织排名 11—34 位的 24 个国家进行附加赛（时间为正赛当年的 5 月）。这些国家按照排名被均分为 6 个小组进行 3 轮比赛，其中每个小组的第一名可以晋级正赛。此外，国际恐龙运动协会对参加恐龙竞技世界杯正赛 / 附加赛阶段的恐龙也有严格的要求。参赛恐龙的长度须在 9—15 米范围内，体重在 1.5 吨以上。人们习惯把参加比赛的食肉恐龙分为 3 个档次：体长在 9—10 米的中型食肉恐龙、体长在 10—12 米的中大型食肉恐龙和体长达到 12 米及以上的大型食肉恐龙。由于训练有素的大型食肉恐龙不仅拥有牵制比赛的能力，而且数量稀少，因此在各竞技强队中往往是中坚力量。

无论是正赛还是预赛，比赛的基本形式都是相同的。每头参赛恐龙都会被编号（1 号—12 号，通常 1 号和 2 号为防御选手，3号—12号为进攻选手）并拥有自己的驯龙师。那么驯龙师如何去指挥恐龙比赛呢？那就是通过具有革新性的"SDC操作系统"。

"SDC操作系统"是恐龙竞技运动发起者——商业帝国"恐龙经理人国际集团"（简称"DMIG"）划时代的杰作之一。这是一套包括赛场、恐龙接收装置、操作舱、比赛服和比赛头盔在内的昂贵而复杂的设备。比赛开始前，驯龙师们会穿上比赛服，进入封闭式操作舱，戴上头盔并以站立姿态做好比赛准备。比赛服的特殊传感器将驯龙师与恐龙紧密相连。当驯龙师以语音或肢体（例如奔跑或格斗）做出指示时，传感器则会把指示传递给恐龙；头盔则会使驯龙师获得恐龙的视野。当然，作为动物，恐龙自然不会完全理解驯龙师的意图，但是倘若训练有素，它们还是会在较短时间内做出正确的反应。这对于比赛进程将起到至关重要的作用。比赛中，并不是每一次命中对方的攻击都会得到分数，电脑会对这一击在现实中是否能制造伤害甚至是致命伤害做出评判，如果是致命伤害可能会一次性扣除对方2分甚至更多，正常的伤害则扣除1分，如果达不到伤害标准则攻击无效。比赛开始之前，双方队长会来到主席台，将手按入地图选择界面，经过10秒钟的自动筛选确定恐龙竞技专用对战地图。世界杯可供选择的地图最多，可达50张甚至更多，附加赛通常则只有

30—35 张。地图出来后，每个国家代表队有 30 分钟时间研究战术并贯彻下去，但是恐龙是否能接受信息要看平时训练以及个体智商情况。地图是由 6D 技术模拟出来的实景效果，在恐龙以及观众眼里它们是完全真实存在的，并且连触觉上也如同真实感受一般，直到比赛结束，它们都可以被视作真实的场景。世界杯的地图大小不一，但按照地图的大小进行了不同比例的视觉缩小，这使得比赛的实际场地不需要像电脑模拟出的那样庞大；而赛场观众的位置要高于比赛场地水平面，形成"悬浮"姿态，可以很好地俯视位于脚下的巨大赛场全貌。除此之外，赛场也会提示观众最新的"战斗"发生在哪里，方便观战。巨大的赛场大约能容纳 10 万名观众同时观战。

恐龙竞技世界杯点燃了人们对恐龙以及竞技比赛的无限热情，从此，人类多了一项足以为之疯狂的运动，而对于已经 46 亿岁的地球来说，则意味着再一次全面迈入"恐龙纪元"……

目 录
Contents

序　章

  2119年6月初的一天早上，在南京市南方大学附属中学的九年级教室里，学生们正在进行最后复习冲刺的早自习。此刻坐在倒数第三排靠窗位置的一名瘦弱的女生却将头微微倾向窗框，用乌黑的长发遮住了一侧的耳朵——原来，她正在用这只耳朵专心听着广播。

  "比赛时间只剩下最后5分钟了，中国竞技队目前还是以7 : 8落后于加拿大竞技队……但是，还有希望！现在，由老将张恩南指挥的吉兰泰龙'阿鲁'与队内头号攻击手王一川的永川龙'皇帝'正全力向对方的营地冲击！而超级新秀卜小黑那头剩下1分的特暴龙'铁男'也跟在它们后面！对方的营地只有一头甲龙。"

  "黑哥，加油啊！请一定要赢！"

  女孩情不自禁地轻声自言自语起来。她的同桌，俨然一副学霸模样的女孩瞟了她一眼，露出鄙夷的神色。

"但是，在我方营地最左侧突然出现了两头加拿大竞技队的巨异特龙！糟糕……防守队员孙艾琳似乎根本没料到敌人会出现！她的剑龙'女王'的头部为什么对着右前方？"解说裁判的话语中突然透露出绝望。

"哦……该死的！琳姐您老人家能靠谱点吗？"

女孩轻声谩骂着。这下，前后桌都听到了她自以为"安全"的喃喃声，不约而同地以诧异的目光看着她。这时，她的同桌用胳膊肘轻轻碰了她一下，示意她"别做得太过分"，但是"随着'女王'被偷袭击倒，比赛结束了！是的，几乎已经结束了——由于己方半场已经没有防守成员，而对方已经占据了营地。没有悬念了，7∶8，我不得不遗憾地宣布：中国竞技队在本届恐龙竞技世界杯的附加赛中败北，无缘正赛……"

解说裁判那令人丧气的话音未落，女孩便将耳机拔下，重重地扔在课桌上，同时以懊恼的拳头猛击桌面，发出气急败坏的声音："一群废物，都见鬼去吧！"

"裴小雪！你在干什么？"

几乎在同一时间，教室门口传来一个严厉的声音，原来先前因故离开片刻的班主任李老师回来了，而她刚刚走到教室门口便看到了这令人头疼的一幕。

经过一阵劈头盖脸的训斥，小雪又站到了她那"熟悉"的位置——教室门口的走廊墙边。

第二天的头条以及各大门户网站、体育新闻上均出现了"中国竞技队第三次遗憾折戟恐龙竞技世界杯附加赛，老将张恩南宣布立即退役"的消息。一整天,小雪都浑浑噩噩的。常人可能很难理解,这样一个聪明伶俐、端庄大方、家境良好的九年级女生竟是恐龙迷——尽管她的学习成绩并不如自身条件那样出色。当她回到家中,将家门重重关上并直奔房间后,裴母意识到女儿的情绪可能出了点问题,于是赶紧跟了上去。

"亲爱的,今天发生了什么事吗?"裴母急切地问道。

"中国竞技队又输了……"小雪闷闷不乐地说。

"咳咳,原来是那个呀,我还以为发生了什么大事——马上就要中考了,你只要把你的学习……"

裴母听了,不以为意地笑了笑,正想安慰女儿,没想到却遭到了女儿声嘶力竭的反驳:

"不!那就是我最——最——最重要的'大事'!"

裴母愣住了,久久说不出一句话来。正在这尴尬的时刻,传来了开门声,原来是小雪的父亲——在南方大学从事恐龙营养学研究的裴博士回来了。

"真是难得按时回一次家呀!我的'女王陛下'和'甜心宝贝',为何不给我来一个大大的拥抱呢?"

"老爸!在我们国家能养殖异特龙吗?"正与母亲陷入"尴尬对视"的小雪突然高声问道。

"异特龙?虽然它和暴龙一样世界闻名,但是在我们国家还真的是没有养殖这种食肉恐龙的先例。据我所知,我们这儿现在主要养殖的大型肉食性恐龙有永川龙、特暴龙和吉兰泰龙等,这些都是国家一级管控的恐龙,民众是不允许私自养殖的。"

裴博士耸耸肩答道。听了父亲的话，小雪明显露出了极度失望的神情。与此同时，不知趣的裴博士却"补刀"道：

　　"话说，这次加拿大竞技队击败中国竞技队就是靠了两头稀有的12米巨异特龙呢！集攻击力、敏捷性和高智商于一体，巨异特龙真是决胜恐龙竞技世界杯的超级利器啊！"

　　"够了！老爸，你别再说啦！"

　　裴博士只得乖乖地闭上了嘴。屋子里陷入了漫长而可怕的寂静中。5分钟后，裴博士战战兢兢地以试探性的口吻打破了僵局：

　　"话说，这个暑期学校会委派我作为领队，带领访问团前往美国新科罗拉多市学习交流，很有可能能接触到我刚才提到的巨异特龙。众所周知，这种异特龙繁殖困难，数量稀少；因此，美国和加拿大如何繁殖这种异特龙成为此次访问团的一个重点课题。而且，我被允许带一名家属……"

　　"天哪！老爸，你说的是真的吗——请一定要带上我啊！"小雪一听，立刻来了精神，一个大大的希望在女孩小小的心里点燃了……

一　身临其境

美国当地时间7月4日的午后，一架来自中国的大型洲际飞船稳稳地降落在新科罗拉多市郊区"恐龙世界"国际机场。这座著名的"恐龙之城"正沉浸在一片节日的狂欢气氛中，因为这天是恐龙竞技世界杯的决赛日，参加决赛的双方为美国与加拿大。本就因恰好赶上决赛而十分开心的小雪在听说参加决赛的队伍有加拿大竞技队后，脸上立刻露出了狂喜之色。她一把拉住裴博士的手，连声嚷嚷着：

"我要看比赛！我要看比赛！"

"真是没办法，我们可没准备要来看比赛呐！都这时候了，上哪儿去弄一张'千金难求'的门票呢？"

面对女儿的纠缠，裴博士无可奈何地把手一摊。但小雪却非常不合时宜地当众撒起娇来，不给父亲台阶下。就在这时，从裴博士身后传来一个洪钟般流利的美式英语口音：

"抱歉打扰一下,请问您是裴博士吗?"

"啊……是的,您是马什博士?"

裴博士转头发现和自己打招呼的是一位身材高大、留着"科学狂人"特有大胡须的金发中年男子。在试探性地询问对方身份后,他很快便得到了肯定答复——一个热情的美式拥抱。

"这是我们的第一次见面,非常高兴能够在新科罗拉多市见到您。"马什博士紧紧握住裴博士的手,同时,在用余光瞟到站在裴博士身旁的小雪后,他又继续说道,"这位一定是您的千金吧?"

"是的!小雪,还不快……"

"马什博士您好,很高兴认识您,我是裴博士的女儿斯黛拉·裴。我最喜欢恐龙了!"

不等裴博士把话说完,小雪就以非常流利地道的美式英语和马什博士打了招呼。她的大方举动引来了马什博士的称赞:"你好,斯黛拉小姐!我想你在这里不会感到孤单的,因为我的儿子雷恩也是一个恐龙迷。我想此刻他应该正坐在观众席上翘首以盼决赛的开始呢!"

马什博士的话宛若一盏夜航中的指明灯,照亮了小雪原本即将熄灭的心扉,使得她激动地大喊起来。

"马什博士,求求您,请让我也去看比赛吧!"

马什博士先是一愣,紧接着掏出手机,拨通了一个电话,以极快的语速说着。虽然不能完全听懂其对话的内容,但小雪听到了"雷恩""比赛时间""座位"等零碎的单词,难道马什博士是在给他儿子打电话?

小雪在猜测着，马什博士已经挂断了电话，转而以非常温和的语气对她说道："斯黛拉小姐，我刚才问过雷恩了，他所在的VIP区还是有座位的，距离比赛开始还有约一小时，这时间刚刚好——如果你愿意的话，我这就让司机把你送过去。"

　　这幸福来得太突然，以至于小雪竟呆呆地站在那里完全不知所措，甚至忘记了向眼前这位好心人道谢。几分钟后，当她回过神来时，已经坐在了前往比赛场地的马什家专车上。马什博士的司机是一位友善的大叔，他告诉小雪，自己从第一届恐龙竞技世界杯就开始关注，最喜欢的是美国竞技队中那头名为"苏"的霸王龙（T-Rex），这头巨龙体长达13米，体重达9.5吨，从头顶到地面有6米，相当于两层楼的高度！在此之前，小雪仅在国内的恐龙公园中见到过特暴龙，它们是一种相对较小的暴龙科恐龙，体长和身高均与大叔所描述的苏有较大差距，这不禁使小雪对比赛更加充满了期待。

　　可容纳10万人的新科罗拉多市恐龙竞技场里早已座无虚席，现场的观众都戴着一副特殊的眼镜，这可以使他们清晰地观看比赛。挤过人群，大叔将小雪护送至VIP观赛席，高昂的票价使得这里并不如普通区域那般拥挤。马什博士口中的"雷恩"很快出现在小雪面前——这是一位拥有浓密金色鬈发、身高超过6英尺、脸上长着雀斑的充满稚气的大男孩。

　　"你好，斯黛拉！我是雷恩，我已经听父亲提到了一些关于你的事情。来吧，比赛就要开始了，我们可以在比赛中细细交谈！"

　　雷恩友好地和小雪打着招呼。一向活泼的小雪望着对方竟有些羞涩了。她抿嘴笑了笑，没有多说什么便略显拘束地坐在了雷恩的身边，把目光投向眼前一片辽阔的赛场。可以清楚地看到，双方竞技队的恐龙已经在各自的营地做好了准备。小雪的目光急切地搜索着双方参赛的恐龙。在美国竞技队的营地，她看到一头体形庞大的霸王龙。难道那就是司机大叔所说的苏？女孩喃喃自语着，又把目光转向加拿大竞技队的营地，但令她颇为失望的是，父亲提到的巨异特龙并不在加拿大竞技队的队列中。也许是注意到了女孩的失落，雷恩主动问道：

"斯黛拉，发生什么了？"

"异特龙……加拿大竞技队的巨异特龙去哪里了？"小雪依然没有直视自己身边的大男孩。

"哦哦，它们在上一场半决赛中对阵阿根廷竞技队时都受了伤，所以决赛是没有办法登场了。这非常遗憾，不是吗？"

"真见鬼！"小雪双手抱头，露出极度失望的神色。

"你喜欢异特龙？"

雷恩似乎终于明白了小雪的意思。小雪扭头以复杂的表情注视着雷恩，许久才点了点头。正在这时，竞技场传来了解说裁判的声音："女士们先生们，距离比赛开始还有5分钟，请双方竞技队成员再次确定自己的恐龙已经就位。现在，我宣布双方参赛恐龙的名单……"

小雪倾听着解说裁判对双方出场恐龙的介绍，果然没有那两头异特龙。由于巨异特龙的缺席，加拿大竞技队改派一头名为"洛丽塔"的母蛮龙作为先锋。洛丽塔看上去身体修长，非常威武，尽管没有美国竞技队中的霸王龙强壮，但气势上完全不输对手。小雪不太熟悉这种恐龙，于是向雷恩询问关于蛮龙的情况。

"蛮龙也是一种生活在侏罗纪晚期的大型食肉恐龙，由于生存年代与异特龙相同，所以在考古学家看来，这两种恐龙可能存在竞争关系。通常来说，蛮龙的体形会更大一些，而异特龙更加迅敏。"

"这么说，它们是'货真价实'的一对死敌？" 小雪来了兴致。

"可以这么理解吧，但也不完全是。尽管它们生活在同一时代，但不一定是同一区域；除此之外，异特龙是群居恐龙，这与蛮龙也不尽相同。"一旦涉及恐龙话题，雷恩立刻变得认真起来。

"比赛开始了！这是本次赛事中号称最难地图之一的'天使之谷'，但是相信加拿大竞技队不会感到陌生——他们曾经在与伊朗竞技队的小组赛中使用过该图。如果我没有记错的话，在那场比赛中，加拿大竞技队以12∶3的比分获胜，两头异特龙'爱德华多'和'艾伯塔'联手得到8分。但遗憾的是它们因伤缺席了这场决赛。缺少了主力得分选手，加拿大竞技队这匹本届杯赛最大的黑马是否还能一黑到底呢？"

就在解说裁判喋喋不休时，小雪早已将注意力转移到赛场上。由于能够近距离观看，小雪还是第一次感受到新科罗拉多市恐龙竞技场内"战场"的宏大。尽管从小就对恐龙和恐龙竞技充满了向往，但对于这个还不满15周岁的女孩来说（小雪生于2104年12月），有朝一日能够踏上赛场似乎还只是一个遥遥无期的梦想。小雪目不转睛地盯着蛮龙洛丽塔，将它的一举一动尽收眼底。只见洛丽塔在一条两面均是峭壁的山道里遇到了守株待兔的美国竞技队的霸王龙苏,双方立即开始了一场激烈的争斗。但是很明显,在体形、体重上均处于绝对劣势的洛丽塔并不是苏的对手,在短短十几秒时间里丢掉了8分,不得不向后撤退。然而另一头体形较小的暴龙拦住了它的去路。由于山道过于狭窄,洛丽塔不得不选择与对方战斗。苏很快从背后猛扑上来,将洛丽塔"终结"。

随着洛丽塔的出局,小雪条件反射地捂着嘴站了起来,雷恩却依然很淡定。见来自中国的女孩似乎受到了"惊吓",美国大男孩不慌不忙地站起来予以安慰:

"放轻松点,斯黛拉,这样的比赛很少会使恐龙受重伤的——洛丽塔只不过是0分出局了而已。不过目前局势对加拿大竞技队非常不利,因为在这场比赛中,洛丽塔是他们的进攻核心。"

"怎么会……"

"任何想从正面战胜苏的恐龙都会输得体无完肤,那家伙就像泰坦(古希腊神话中统治世界的神族)一样!"

"不,这世上并不存在不可战胜的生物,我相信即使是苏也不例外——总有一天它会被打败的!"小雪斩钉截铁地打断了雷恩的话,那双美丽清澈的眼睛里流露出深深的自信。

雷恩不禁一愣:"这不会是真的吧,斯黛拉,难道你也想成为一名驯龙师?"

"这正是我的梦想。但是我也知道像我这样的女孩子,是很难……"

"不，斯黛拉，我相信你能够做到的——因为我的梦想也是成为一名驯龙师! 让我们一起努力吧!"

雷恩紧紧握住了小雪的手，露出鼓励的微笑。

赛场上，当比赛进行到第22分钟时，加拿大竞技队的恐龙已经全部出局，美国竞技队以12：5的优异成绩战胜加拿大竞技队，荣获本届恐龙竞技世界杯的冠军。这场决赛是如此"无聊"，以至于很多观众都提前退场。当然，他们中的很多人并未就这样离开竞技场，因为在竞技场的周围有一个全美最大的家养小型恐龙交易所，观众们习惯于在赛后逛逛这里，选择一些适合自己的恐龙宠物。在雷恩的陪伴下，小雪也来到了这里，但是她似乎对小型恐龙完全提不起兴致。雷恩耐心地向她解释："即便在恐龙养殖的发源地美国，也只允许普通民众养殖小型食草性恐龙（体长不超过3米）和性情温驯的微型食肉性恐龙（体长不超过1米）。假如超出这个标准，就必须得到当地政府的批准，而这将会是一个极为烦琐和困难的审核流程。"

"至于那些按照恐龙竞技大赛规定，符合参赛标准，体长9—15米的大型食肉性恐龙，斯黛拉，很遗憾，它们几乎是不可能被允许进行私人养殖的。"雷恩在最后补充了一句。听了这话，小雪无比失望地低下头去。也许是注意到同伴的失落，雷恩紧接着又拍了拍她的肩膀，"不过，据我所知，在新科罗拉多市的恐龙公园里有一头被称作'尼尔斯'的巨异特龙，它曾经是美国竞技队的一员，后来因腿部受伤而'退役'。"

"我们现在可以去吗?"小雪迫不及待地追问道。

"今天的时间恐怕有些晚了，"雷恩低头看了眼手表，略显犹豫地说道，"斯黛拉，倘若你愿意的话，我很荣幸地邀请你今天晚上住在马什庄园，这样明天一早我们就……"

"OK! 就这么定啦，感谢你的盛情邀请！"

这个初次见面的女孩想都没想就一口答应下来。小雪实在是太想去亲眼看看那让自己"朝思暮想"的巨异特龙了。说起来，这也是十年前，第一种给尚且年幼的她留下深刻印象的恐龙。

"爸爸，这种在眼睛上长着两个小角的恐龙叫什么呀？"

"喔喔，小雪，这是异特龙，英文叫'Allosaurus'，也是人类发现的最早的食肉恐龙之一哟！眼睛上长的这两个'小角'又叫作'角冠'。"年轻的裴博士饶有兴味地为女儿耐心地介绍起来。

"好帅啊！它们真是太威风了！"

"那是当然的。"裴博士讲着，自己也来了兴致，"异特龙是身材比例最为匀称优雅的食肉恐龙之一，中生代的异特龙体长在7.5米—9.7米，如今通过基因技术复活后，它们普遍身长在10米左右，部分巨异特龙可以达到12米甚至更长……"

"真想亲眼看到异特龙啊！"小雪小手一合，憧憬起来。

"小雪，现在国内并没有这种恐龙。但是说不定等你长大了，譬如说……在10年之后呀，你就能见到它了。"

没想到，裴博士的这一番原本安慰女儿的话竟实现了——如今10年已经过去，小雪即将在异国同伴雷恩·马什的帮助下实现这个童年的梦想……

二 不速之客

　　7月4日晚上，裴博士也在马什博士的邀请下来到庄园做客，于是，两家人度过了一个美好而难忘的夜晚。次日，天刚蒙蒙亮，心中充满期待的小雪便醒来了，由于此时马什博士一家和父亲都还在熟睡，小雪便独自来到大厅散步。只见大厅里挂着马什家族一些先辈的油画，在一张名为"奥塞内尔·查利斯·马什"的画像前，小雪不禁停下了脚步。熟读恐龙发现历史的她知道，这位和蔼可亲的大胡子正是异特龙的发现和命名者。这不禁勾起了小雪更大的好奇心——果然，这是个有故事的家族。

　　"大约250年前，正是我们家族的先驱奥塞内尔·查利斯·马什教授发现和命名了一大批著名恐龙，其中就包括你最喜欢的异特龙哟。"

　　从小雪背后传来雷恩的声音。清晨的静谧，中国女孩被这突然响起的声音吓得不轻。不过当她转过身，发现雷恩还穿着睡袍，一副没睡醒的模样时，却又捂嘴咯咯地笑了起来。

"从这里去恐龙公园的车程大约是一小时，而那边的上班时间是上午8点，因此我建议我们7点出发。待会儿我们可以去吃点东西——艾贝尔太太现在肯定正在准备可口的早餐。"

"我喜欢奶酪草莓三明治! 哈哈……"

一小时后，饱餐一顿的小雪与雷恩坐上了马什家的专车，开始向恐龙公园进发。由于马什庄园地处郊区，他们所乘的专车在原野上奔驰了很久。望着窗外的乡村美景，小雪不住地发出赞美之词。

"这么说你是2104年12月出生? 我是2102年10月，嘿嘿，比你大了两岁，马上就要上高中二年级了。"

"我上学比较早，开学的时候就是高中一年级，嘿嘿! 我可能是班上最小的学生吧。" 小雪红着脸说道。

"据我所知，女生的业余时间应该都放在看电影、逛街和约会上吧。斯黛拉，你真是个非常棒的女生，看上去还是那么漂亮。"

听到男孩发自内心的赞美，小雪觉得自己红红的脸颊愈加发烫，不由自主地低下头去。正在这时，旁边一辆黑色轿跑以风一般的速度掠过并强行变道。这一挑衅行为显然惹恼了司机大叔。只见他猛加油门，丝毫没有退让的意思。只听"咔嚓"一声，两辆车发生了擦碰。等双方车辆停在辅道后，雷恩慌忙随大叔下车查看情况。

很快，双方发生了争执。由于距离有些远，小雪听不清他们所说的话，于是好奇地打开车门走了下来。不过就在她双脚着地的刹那，对方中戴着墨镜、染着黄发的高个儿男人竟气势汹汹地一把揪住了雷恩的衣领。不等司机大叔做出反应，也许是出于本能，小雪用尽力气尖叫起来：

"住手！放开雷恩哥！"

随着她的叫喊，司机大叔也一把抓住了黄发墨镜男的胳膊，但由于身高差距较大，大叔并未能够撼动对方。黄发墨镜男反倒一把反抓司机大叔的手臂将其放倒在地。愣在那里的雷恩也被黄发墨镜男身旁一位留着飘逸长发、身材修长、穿着牛仔夹克和短裤的墨镜女用手锁了喉。小雪害怕极了，把颤抖的手伸进兜里，想要拿出手机报警。就在这时——

"一川学长，算了吧，他们也不是故意要撞上来的。"

站在墨镜男与墨镜女身后的另一位长相清秀的高个子眼镜男阻止了正剑拔弩张的同伴。令小雪倍感惊奇的是，他说的居然是中文！

"你在说什么？明明就是你们主动过来别我们的！"司机大叔火冒三丈地边怒吼边准备继续出拳。只见小雪一个箭步走到了司机大叔与眼镜男的中间：

"等等！这位哥哥，你刚才提到'一川学长'，难道是中国竞技队的那位头号攻击手……"

听到这话，黄发墨镜男略显吃惊地摘下了墨镜。只见他的嘴唇微微动了动："嗯……小妹妹，就是我，怎么了？"

若果真如王一川所说，那么他身旁的墨镜女和眼镜男就一定是孙艾琳和卜小黑了。小雪暗想着，心中倒有些惊喜——总算面对面见到了中国竞技队的成员。

"我是裴博士的女儿裴小雪，这位是马什博士的儿子雷恩·马什。这是一场误会，我们正要去恐龙公园呢。"

一场矛盾就此化解。对方看车身只是擦伤，于是火速离去。

正在这时，兜里的手机发出铃声，小雪慌忙将其掏出，发现是父亲的来电，于是连忙接通。坐在副驾驶位置的雷恩从汽车后视镜中注意到，小雪在接听电话时表情逐渐发生了变化。通话结束后，不等雷恩询问，小雪便主动开了口：

"因为工作原因，我老爸就要回去了。"

"什么? 这未免太快了吧! 这么说斯黛拉你也……"雷恩难掩失落之色。

"嘿嘿，我还可以继续待在这里哟——前提是我可以继续住在雷恩哥的家里! "故作悲伤之态的小雪突然做个大大的鬼脸。

"当然，你想住多久就住多久! "雷恩兴奋地与小雪击掌为誓。

半小时后，小雪与雷恩抵达了位于新科罗拉多市西北角的恐龙公园。

"趁着进园游客还不算太多，我们可以直奔主题——去异特龙馆看一下尼尔斯，相信你一定会喜欢它的。"雷恩扭头对小雪说道，他很自然地当起了"导游"，为来自中国的女孩一一讲解园中的项目，"看，那是暴龙馆! ""斯黛拉，注意一下你的左边，那是翼龙馆……"小雪忙得左顾右盼，这还是她第一次来到这么大的恐龙公园，激动之情溢于言表。当专车在异特龙馆门前停下时，小雪第一时间下了车。面对着那扇以前只在电视里看过的写着

"Allosaurus"（异特龙的英文名称）的大门，小雪兴奋地挥拳跳了起来，她的这一动作则被雷恩用相机永久地记录下来。

与此同时，在异特龙馆围墙的另一端，一双眼睛正盯着小雪与雷恩的一举一动——它属于一位背着长背包、戴着帽子和墨镜，拥有金色披肩鬈发、白皙光滑皮肤、面色冷酷的女性。尽管此时正值酷暑，这个女人却以一身深色装束——黑色皮夹克和皮短裤、灰色T恤和长袜再加上黑色皮靴——而显得非比寻常。她那被金发遮住的一只耳朵里塞着一枚微型对讲机，里面传来一个男人的声音：

"老大，我们是不是也该进去了？"

"还不到时候。"

金发墨镜女以极快的语速轻声说道，嗓音低沉而充满磁性。不多时，随着一阵刺耳的引擎声，王一川等人所开的轿跑以一个浮夸的漂移动作停在了异特龙馆围墙前的停车位里。3名中国竞技队成员从车上跳下来，也径直向馆门走去，但是此时门口已经排起了长队。金发墨镜女低头看了下手表，距离小雪和雷恩进去刚好过了10分钟。

"该干活儿了，我们走。"

金发墨镜女边说边从背包里取出一部专业相机挂在脖子上，然后悄然无息地跟在王一川等人后面，进入馆中。

与其他大型食肉恐龙馆一样，异特龙馆在每天开门营业后不久即可达到饱和状态。进园的游客都需要乘坐特制的完全由园方控制的游览车，在一条由电网保护的安全轨道上滑行。每辆游览车可以乘坐两人，小雪与雷恩有幸乘坐本馆的第一辆车。

当车缓缓启动时，心情大好的小雪掏出手机给自己和雷恩来了一张合照：

"这是永远值得纪念的一天——2119年7月5日！"

"斯黛拉，请向你的3点钟方向看，那儿有一头异特龙！"

刚摆完"pose"的雷恩立即提醒小雪注意目标的出现。女孩顺着他所指的方向望去，只见一头体形瘦弱的异特龙从林子里慢吞吞地走了出来，它那干瘪的身躯和大腿令小雪大失所望：

"我的天！这该不会是尼尔斯吧，它简直是一头最糟糕的脆弱异特龙！"

"不，当然不是，现在的外部场馆应该只有些较小型的异特龙。如果我没有记错的话，尼尔斯的体长超过12米，体重则超过5吨——它应该生活在内部特定区域的场馆里。"

雷恩十分肯定地摇了摇头。他的话音刚落，前面出现了一座拥有更高围墙的建筑，游览车上也随即响起了广播：

"我们即将进入巨异特龙场馆。我们将食诱恐龙出现，请带小孩的游客看管好您的孩子，以免受到惊吓。"

"来了来了，它就要来了！"

小雪激动地攥紧了拳头。游览车缓缓地前进着。当车子来到一头被铁链锁住的水牛边时，一个巨大的身影突然一跃而出，张开血盆大口狠狠地咬住了水牛的脖颈。小雪吓得不由自主地发出了一声尖叫：

"天哪！这就是尼尔斯吗？太可怕了！……"

"不，这也不是它。尼尔斯是经过正规训练的曾经参加过比赛的恐龙，它不会这样捕食。难道又有新的……"

正说着，另一头异特龙从不远处出现，但是它的步伐并不太快，带着忧郁的眼神向被杀死的水牛走来。小雪注意到它似乎比刚刚捕食的异特龙更长更大。也许是害怕与比自己更大的同类竞争，先前那头异特龙叼着被撕碎的肉片匆匆离去；后出现的这头更大的异特龙缓步走到水牛尸体旁，并没有下口去吃肉，而是昂首发出了哀鸣。

"就是它，曾经的王者尼尔斯。很显然，它看起来并不喜欢这里的生活。公园如牢笼般锁住了它，使它不能像以前那样去做对它来说更有意义的事——比赛、拼搏、荣耀。这恐怕也是当今每个退役运动员的悲哀吧。"雷恩颇为伤感地说道。

"真可怜！"小雪喃喃自语着，眼里竟噙满了泪水。

不知是否因为注意到有人在为它落泪，异特龙尼尔斯竟盯着小雪所乘坐的游览车，并以缓慢的步子一路相随。望着它那雄壮的暗红色的角冠，拭去泪水的小雪露出笑容，趴在玻璃上注视着它，直到游览车离开了这个馆区。

"尼尔斯它……该不会是想让我把它带走吧？"望着逐渐远去的异特龙尼尔斯，小雪自言自语道。

"也许吧，可是斯黛拉，对于目前的我们来说，想要单独饲养它们几乎是不可能的。"

手机发出铃声，雷恩连忙接通，只见他脸上露出欣喜的笑容，并连连点头和道谢。小雪好奇地盯着身旁的大男孩。当他挂了电话时，她迫不及待地追问发生了什么。只见雷恩冲女孩眨了眨眼睛，说道：

"异特龙馆的馆长卡波特夫人允许我们近距离接触异特龙

幼崽，我想，你对这个一定会很感兴趣。"

"近距离？我可以抚摸它们？"小雪好奇地瞪大了眼睛。

"当然！记得之前我还摸过霸王龙的幼崽呢，它们可是一群非常可爱的小家伙。"

"万岁！"小雪高兴地欢呼起来。

第七辆游览车里坐着王一川与孙艾琳。面对异特龙捕食和伤感的尼尔斯，这两位并肩作战多年的老队员并无太大反应。两人后面的游览车里坐着金发墨镜女和一名身材魁梧的金发壮汉。显然，这二位也不是来欣赏恐龙的。金发墨镜女缓缓摘下墨镜，目光犀利。

"老大，我们是不是弄错了？"

"闭嘴。"

"可是如果真的是他们的话，那不是一件很奇怪的事吗？"

"闭嘴！"

"老大，你不用这么谨慎——这儿可没有监视器……"

"最后说一遍，给我闭嘴！"

金发墨镜女不耐烦地用余光狠狠瞪了金发壮汉一眼，又戴上了墨镜。金发壮汉只得乖乖地保持沉默。

不多时，游览车陆续抵达终点，游客们在异特龙科学博物馆前纷纷下车。小雪紧随雷恩直接来到了馆长卡波特夫人的办公室。卡波特夫人是一位白发苍苍、个头矮小、稍微有些驼背的老妇人，她非常热情地招呼小雪和雷恩在舒适的沙发上坐下，同时吩咐手下端来香浓的咖啡和甜点。在雷恩的介绍下认识了中国女孩后,卡波特夫人带着慈母般的笑容对小雪说道:"我和安德雷(马什博士的名字)曾是一起共事十余年的同事,也是最亲密的'战友'。斯黛拉小姐,我已经听雷恩说过一些关于你的事情。稍作休息后,我带你们去繁殖异特龙的工作室去参观一下。"

"太好了,卡波特夫人,非常感谢您!" 小雪激动地站了起来。

卡波特夫人面带微笑地示意小雪坐下享用甜点和咖啡。大约过了5分钟,一名工作人员进来告诉卡波特夫人,先前约好的摄影公司的工作人员已经到了。卡波特夫人立即放下茶杯,随工作人员来到办公室门口。不明真相的小雪和雷恩也把目光投向门口,很快,金发墨镜女和金发壮汉在卡波特夫人的指引下来到办公室。进屋后,小雪的目光一直不由自主地停留在一身帅气黑色装扮的金发墨镜女身上。

"怎么了,斯黛拉,是熟人吗?"雷恩不解地问道。

"真……真是个漂亮的大姐姐呢!"小雪轻声说道。

金发女人显然也注意到了小雪和雷恩,只见她一边紧紧握住卡波特夫人的手,一边掏出名片开始做自我介绍:

"您好,卡波特夫人,久仰大名。我是POW美国分部的总经理贝尔格蕾雅·冯·威斯特哈根,很高兴得到您的邀请;这位是我的同事,特级摄影师凯因茨·施耐德。"

"'POW'?那是什么公司?" 小雪低声问雷恩。

"'Photography of Westernhagen'——德国一家很有名的摄影艺术公司,专门为恐龙拍摄写真和纪录片。"

"可是这位大姐姐真的好年轻、好漂亮啊!真羡慕她年纪轻轻就是跨国企业的高管！"小雪十分羡慕。

"斯黛拉，你听到了吗，她的姓氏是'威斯特哈根'，说不定是威斯特哈根家族的人呢，这样的话，做高管也不足为奇呀。"

正说着，贝尔格蕾雅已经走到了小雪面前，十分友好地向她伸出手来。猛然回过神来的小雪竟用中文和对方打起了招呼：

"您好！威斯特哈根小姐，我是小雪。"

"直呼我的名字即可。很高兴认识你，小雪同学。"

贝尔格蕾雅竟也用一口流利的中文做了回应。这下，小雪完全愣住了。由于其他人都不懂中文，因此并没有人注意到小雪的表情。只见贝尔格蕾雅冲小雪眨眨眼，转身和卡波特夫人走到里面的小会议室里去了。

"斯黛拉，到底发生了什么？威斯特哈根小姐出现后你就似乎不像先前那样自然了。"雷恩关切地问道。

"不……我很好，雷恩。我想……我们可以期待一下接下来的活动了吧！"

贝尔格蕾雅与卡波特夫人交谈的时间不长，大约10分钟后，两人从会议室走出。卡波特夫人面露欣喜之色地对小雪说道：

"斯黛拉小姐，我要祝贺你，你是今天这里最幸运的人——听说你们要去参观异特龙繁殖工作室，威斯特哈根小姐表示可以免费为你拍摄一组与恐龙的写真，并允许你将全部底片带回中国。"

"我不会是在做梦吧！这是真的吗？"小雪竟哽咽了。

"是的，小雪同学，你不是在做梦。"

三 恐龙蛋

　　走下游览车后，卜小黑径直向异特龙科学博物馆走去。王一川一边跟着他，一边招呼孙艾琳要跟紧自己，孙艾琳却站在那里一动不动，不耐烦地摇了摇手：

　　"你们去吧，我本来就对那破烂博物馆不感兴趣，都是些糊弄小孩的把戏——我就在这里等你们好了。"

　　王一川只得扫兴地随卜小黑进入了博物馆。远处，小雪一行前往异特龙繁殖工作室的身影吸引住了孙艾琳的注意力——走在队伍最后面的金发黑衣的贝尔格蕾雅令她不由自主地摘下了墨镜。霎时间，这位中国竞技队主力成员的脸上充满了疑惑，只见她将披在肩头的长发束起，快步追了上去。

　　卡波特夫人边走边热情地向小雪介绍异特龙的配种及繁殖过程，雷恩也在十分用心地听着，甚至连摄影师凯因茨也时不时地发出些身为恐龙业余爱好者的疑问；唯独贝尔格蕾雅默然不语地一边看手机，一边用余光扫视着四周，很快，她发现了一位"不速之客"正在向自己靠近，于是索性停下脚步转过身去：

"艾琳？我的天！"

"贝姐？是你吗，真的是你？"

两人不约而同地摘下墨镜，彼此打量一番后来了个大大的拥抱。孙艾琳眼眶湿润，贝尔格蕾雅的表情却十分复杂。

"整整10年了，自从在格里诺（格里诺贵族学校，位于马萨诸塞州）毕业后我们就没有再见过面！"孙艾琳已泣不成声。

"似乎真的是呢，竟然已经10年了！"贝尔格蕾雅安慰着扑在自己怀里的孙艾琳，低声自语着，将目光投向远方。

从异特龙科学博物馆到繁殖工作室大约有500米的路程，当小雪一行准备进入工作室大门时，她才发现跟在最后的贝尔格蕾雅不见了踪影。凯因茨忙掏出手机给上司打电话。几十秒后，众人看见贝尔格蕾雅拉着孙艾琳的手从远处跑来。小雪一眼便认出了这个"女刺头儿"，露出紧张的神色。也许是注意到了她的眼神，贝尔格蕾雅忙介绍道：

"这位是我高中时代的同学孙艾琳。小雪同学，我想你应该知道她吧——中国竞技队的主力成员哟！"

"当然知道啦！琳姐最后的神失误保送加拿大竞技队……"小雪没好气地答道。

"说什么呢，你这臭丫头！"见小雪明显有怪罪自己的意思，脾气一向火爆的孙艾琳再次发怒道。

"放松点，别吵了。不如大家一起摆个pose，我就在这里给大家拍个合影吧？"

关键时刻，贝尔格蕾雅巧妙化解了尴尬。她从背包里娴熟地掏出摄像机和三脚架，准备亲自上阵。见昔日在学校的闺密竟从事了摄影行业，孙艾琳正欲询问，但为了不耽误大家的拍照时间，她还是暂时忍住，并摆好了姿势。贝尔格蕾雅设置好自动拍摄键后迅速回到大伙儿中间，站在了孙艾琳的身旁。

　　"艾琳，这里有几个你母亲的未接来电，看起来似乎是急事，你可以现在立即给她回电。"

　　时间回到11年前，课间休息时，孙艾琳的班主任哈德逊先生将她叫到办公室，拿出了她的手机（按照学校规定，上课时手机须上交），只见屏幕上显示出一行行"母亲"的未接来电。孙艾琳忙回拨电话，但听筒另一端传来的却是保姆的声音："艾琳小姐，您母亲出事了，请赶紧回家来！"

　　孙艾琳似乎有点蒙了，她慌忙告别老师跑出办公室。走廊里，她撞上了从厕所出来的贝尔格蕾雅。见闺密神色慌张，贝尔格蕾雅拦住对方询问情况。

　　"我母亲出事了，我必须立即回家。"

　　"坐我的摩托车吧，保证15分钟之内把你送到家！"

　　一脸稚气未脱、布满雀斑的贝尔格蕾雅拍着胸脯说道。孙艾琳点点头，立即随闺密奔向学校的停车位。几分钟后，一辆黑色摩托车载着贝尔格蕾雅和孙艾琳疾驰出校园。孙艾琳紧紧搂着闺密的腰，将头靠着对方的后背，尽管冷风扑面，她却觉得格外温暖。

　　"艾琳，艾琳，你怎么了？我们该走了。"

直到耳边再度响起贝尔格蕾雅的声音,拍照中途突然因回忆往事而发愣的孙艾琳才回过神来。

　　站在异特龙繁殖工作室的温房外,小雪被眼前一只只处于婴儿状态的异特龙所吸引,她双手扒在玻璃壁上,不断发出惊叹——这真是一群机灵可爱的小家伙!按照习惯,卡波特夫人又开始以她那科学严谨的态度详细介绍这些异特龙的生长情况。小雪一边认真听着,一边尽可能近距离地观察它们,虽然并不好意思直接提出要求,但很明显,小雪已经迫不及待想要触摸它们了!

　　"卡波特夫人,请问我们可以抚摸这些小异特龙吗?"也许是看出了小伙伴藏在内心的期待,雷恩主动开口问道。

　　"当然!我想,威斯特哈根小姐也会做好拍摄准备的。"

　　卡波特夫人点点头,冲身旁的贝尔格蕾雅露出一丝笑容。贝尔格蕾雅随即吩咐凯因茨将摄影器材准备就绪,卡波特夫人则带着小雪来到一只正在"婴儿床"上睡觉的,长度不到1米的异特龙幼崽面前,向小雪介绍道:

　　"它叫罗娜,是个姑娘,现在1个月零18天,皮肤已经长成,可以接受人类的触碰。异特龙的寿命一般在30岁—35岁,3岁时可以达到成年个体状态。"

　　在卡波特夫人介绍时,孙艾琳悄悄凑到正指挥摄像的贝尔格蕾雅身旁,轻声问道:"贝姐,你为什么会成为一名摄影师呢?高中时代的你完全没有表现出这方面的特长呀!"

　　"人总是会变的,不是吗?"对此,贝尔格蕾雅淡然一笑,"就像天上闪烁的星星一样,你永远不知道它会定格在哪一刻。"

孙艾琳听着,将手插入兜中,陷入沉思中。这时,她的手机响了,是王一川打来的。在将电话挂断后,孙艾琳犹豫了一下,向贝尔格蕾雅告别并索要联系方式。出乎她的意料,对方竟委婉地拒绝了:"艾琳,我们很快会再见面的,祝你好运!"

面对这样的回答,孙艾琳只得尴尬地点了点头,在与贝尔格蕾雅最后拥抱一下后迅速离去。贝尔格蕾雅则一直注视着闺密,直到她从视野中消失,脸上露出难以察觉的忧郁之色。

异特龙科学博物馆门口,王一川与卜小黑正焦急地等待着孙艾琳的回电,不过他们没有等待太长时间,便发现这位中国竞技队唯一的女性主力成员一路小跑出现在视野中。当她走近时,王一川注意到自己的搭档脸上竟残留着泪痕。

"艾琳,发生什么事了?"

"没什么。让你们久等了,不好意思。"

"你哭过?"王一川不放心地追问道。

"胡说什么——我怎么会哭?这是绝不可能的事!"面对搭档关心的追问,孙艾琳却显得极不耐烦。

"啧啧!你这家伙,好心给当成驴肝肺呢!那个……我们的机票已经买好了,明天中午启程回国。"

王一川只得识趣地转移话题。孙艾琳淡然一笑,再度将长发披在肩上,戴上了墨镜。卜小黑提议再去巨型食草性恐龙馆区参观,对此,孙艾琳没有异议,于是三人匆匆离开了异特龙馆区。

"OK,笑一个!很好!"

随着贝尔格蕾雅的一个手势，小雪与年幼的异特龙罗娜完成了合影。巧合的是，在小雪的抚摸下，罗娜正好醒来，并睁开了眼睛。它对这位来自中国的女孩也是相当友好，发出了同伴之间表示亲密的哼哼声。小雪高兴极了，壮着胆子搂住了罗娜的脖子，眼疾手快的贝尔格蕾雅立刻用相机记录下这个美好的瞬间。

"可爱的小家伙，真希望能把它带回家呢！"

小雪喃喃自语着。由于知道这是不可能的，她的声音非常之小。看似年迈的卡波特夫人的敏锐听力却并未放过这个小细节，忙补充了一句：

"虽然成活的恐龙和受精的恐龙蛋是不允许私自携带的，但是我们实验室里有一些未受精的用于科学研究的异特龙蛋标本。听闻斯黛拉小姐的父亲裴博士是中国南方大学恐龙营养学研究方面的专家，倘若您愿意，我很乐意代表异特龙馆赠送一枚异特龙蛋标本给您和裴博士作为礼物，同时希望能为南方大学恐龙营养学的科研做出些许贡献。"

听了卡波特夫人的话，小雪激动得一时说不出话来，还是雷恩替她向夫人表示了感谢。于是，小雪被带至工作室内培养异特龙蛋的实验室中，面对保存在温箱中注明是"标本"的数枚恐龙蛋，她被允许挑选其中任意一枚带走。在这一刻，中国女孩的"选择综合征"发作了——无论怎样挑选，她都无法做出决定，最后还是卡波特夫人帮她做出了选择。

为了确保恐龙蛋能完好无损地被带走，卡波特夫人指示工作人员将其小心翼翼地放入特制的恒温箱中，同时在外面加了多层保护套,尽量做到万无一失。对于卡波特夫人的热心和慷慨,小雪自然非常感激。她对于异特龙的好奇心,此行已经基本得到满足,但心里还藏着一个疑问。临别前,她还是忍不住问了出来:

"尊敬的卡波特夫人,如果您不介意,我还有一个小小的问题:侏罗纪时代最大的两种食肉性恐龙——异特龙和蛮龙似乎生活在同一区域,请问在真实环境里它们存在竞争关系吗?谁能够被称为是侏罗纪最成功的食肉性恐龙呢?"

"斯黛拉小姐,您所提的是个很好的问题。食肉性恐龙之间本身都存在着一定的竞争关系,尤其是体形相近的恐龙。异特龙与谭氏蛮龙都生活在启莫里期的北美,论体形,谭氏蛮龙比普通异特龙要大一些,单打独斗肯定会占据一定优势,但是由于异特龙是群居捕猎的动物并且智商更高,哪怕是一头生活在葡萄牙的巨型格氏蛮龙也难以斗得过一群普通异特龙,很难说二者之间谁是王者。因此就我个人而言,我认为它们都是侏罗纪最成功的食肉性恐龙。"卡波特夫人以缓慢的语速解释道。

"请问这里有蛮龙馆吗?"小雪话锋一转,充满了期待。

"当然。异特龙馆的前面就是蛮龙馆区,就像在侏罗纪时代一样,它们直到现代仍然是邻居。"雷恩抢在卡波特夫人之前说道。

"下一个目标——蛮龙馆,出发!"

午餐之前,小雪在雷恩的陪伴下游览完了蛮龙馆,但是由于没有贝尔格蕾雅等专业人士的拍摄,中国女孩后来并未留下多少精彩的照片,并且也没有再得到像异特龙蛋这样珍贵的礼物;

当然，这并没有影响到她的好心情。午餐后，小雪还去逛了剑龙馆、三角龙馆和腕龙馆，同时还去参观了海底巨兽沧龙的表演。直到晚上8时（新科罗拉多市恐龙公园在夏季营业至晚上8时，通常这时候太阳才会落山）才离开公园，返回马什庄园。

快乐的时光总是十分短暂，在马什庄园住了大约两周时间的小雪跟着雷恩玩遍了新科罗拉多市及周边景点，甚至包括专业的大型恐龙养殖场。在养殖场里，小雪有幸用手机摄像功能记录下了一头食草性恐龙生蛋的全过程，这将与参观恐龙公园里的异特龙馆一起，成为此番美国行最美好的回忆之一。

终于，告别之时还是到来了。7月18日早上，马什家专车将小雪送到了"恐龙世界"国际机场，中国女孩将在这里为难忘的美国行画上句号。在这段时间里，雷恩全程陪同——他们之间已建立起深厚的友谊。

"雷恩，等到明年暑假，我一定还会来的！"

"我一定会等你，斯黛拉！回国后别忘了给我写邮件！"

小雪认真地点点头，拖着行李箱向安检处走去。至于那枚异特龙蛋，雷恩早已嘱咐父亲托人将其运送至飞船的特殊物品舱室，可以确保在飞行时万无一失。然而在通过安检时，小雪却遇到了意想不到的麻烦。

"您是斯黛拉·裴小姐本人吗？很抱歉，您的'洲际飞船搭乘ID卡'过期了哟。"登机闸机处盯着电脑屏幕的安全员突然说道。

"什么？这不可能呀，我两周之前来美国的时候才刷过这个ID卡的！"小雪心中一沉。

"唔……但是现在您的ID卡确实显示过期了，这样您是没有办法登上CA-75班洲际飞船的。"安全员摇了摇头，"鉴于您是未成年人，您还有两个办法搭乘这班飞船，一是您有持有有效洲际飞船搭乘ID卡的成年直系亲属在现场，二是有符合条件的成年人愿意为您此次出行担保。"

听到这句话，小雪慌忙掏出手机，却发现由于每日形影不离，自己竟没有留存雷恩的手机号码。霎时间，她感到眼前仿佛天旋地转，不由得向后倒去。就在这时，身后有人一把扶住了她，紧接着，一个熟悉的声音传入耳中：

"我愿意为斯黛拉·裴小姐做担保。"

四　老同学

　　小雪回过头去，发现竟然是贝尔格蕾雅，不禁大吃一惊。贝尔格蕾雅摘下墨镜，悄悄示意女孩不要慌张，自己则走到安全员的面前进行沟通，其间还出示了自己搭乘CA-75班洲际飞船的ID卡。安全员对贝尔格蕾雅愿意做小雪的担保人表示认可，于是将二人和贝尔格蕾雅的助手凯因茨一齐带至机场的贵宾室，将一叠需要担保人仔细查阅和签字的文件交到她手中。在以极快的速度浏览完文件后，贝尔格蕾雅正欲在文件上签字，却被质疑她没有认真阅读条目的安全员拦住。安全员从中随机抽查了几个条目进行提问，但出乎他的意料，贝尔格蕾雅对答如流。就这样，担保文件的签字工作很快便完成了。拿到担保文件的小雪热泪盈眶：

　　"威斯特哈根小姐，真的是太感谢您了！"

　　"裴小姐，请不用介意，我也是恰好要去中国出差而已。既然大家都是见过面的朋友,我很乐意帮这个忙。"

贝尔格蕾雅毫不在意地笑了笑,向小雪伸出手去——两只手紧紧握在一起。在长达7小时的航途中,贝尔格蕾雅与中国女孩亲密地交谈着。令人称奇的是,这位金发碧眼的大美女竟全程以中文交谈,甚至时不时地蹦出几句方言,这让坐在她附近的中国乘客面露惊讶之色。

"我还是第一次见到中文说得这么好的外国人呢。威斯特哈根小姐,请问您以前在中国生活过吗?"小雪终于忍不住问出了这个问题。

"其实只是偶尔因为工作会来中国出差而已。但是我从小就很向往来自东方的文化,所以还在上学时就学会了中文。中国真的是个很了不起的国家。"贝尔格蕾雅微笑着说。

"那么威斯特哈根小姐,我可以邀请您来我家里做客吗?"小雪想了想,试探性地问道。

"很荣幸哟,正好我们时间充裕,而你一个人带着恐龙蛋行动不便,我们可以把你护送到家后再去处理公司事务。"贝尔格蕾雅十分肯定地点了点头。

经过数小时的空中旅途,洲际飞船降落在位于上海的国际机场。贝尔格蕾雅临时决定派凯因茨先去分公司处理事务,自己则陪同小雪乘坐高速列车回到南京。小雪的家距离高速铁路站很近,两人打了一辆的士,很快便来到了小雪的家——位于南京市雨花台区的南城花苑别墅区。贝尔格蕾雅十分热心地帮小雪拿着装有恐龙蛋的恒温箱和行李箱。打开电子门后,小雪兴奋地大喊一声"妈,来客人了",便拉着贝尔格蕾雅冲进一楼客厅。

正在准备晚饭的裴母匆匆从厨房出来，露出欣喜的神色：

"小雪！你终于回来啦！这位客人是……"

"她是贝尔格蕾雅·冯·威斯特哈根小姐，POW美国分部的总经理，恰好来中国出差，因此与我同行。真见鬼，我的洲际飞船搭乘ID卡竟然过期了，若不是威斯特哈根小姐为我做担保，我就……"小雪激动地向母亲介绍着，回头望向贝尔格蕾雅的眼神中闪烁出感激的光芒。

"伯母您好，很高兴能认识您和您的女儿。"

贝尔格蕾雅说着标准的普通话，同时向裴母微微弯腰致敬。对于对方流利的汉语，裴母忍不住发出惊叹。小雪迫不及待地问道：

"老妈，今天你做了什么好吃的？"

"我们家吃得比较简单啊，不知道威斯特哈根小姐能否吃得习惯？"

"伯母，我是很喜欢中国菜的。"贝尔格蕾雅再次非常有礼貌地微笑着向裴母致敬。

"老妈，我说那个……老爸他晚上又不回来吃饭啊？"小雪拉着贝尔格蕾雅一屁股坐在柔软的沙发上，问道。

"他呀，今晚说是要回来吃饭的，但是按照他老人家的习惯肯定又是很晚才到家——我们先吃饭，不管他！"

裴母一边说着，一边从厨房里端出热气腾腾的饭菜。作为客人的贝尔格蕾雅不顾小雪的劝阻也前往厨房帮忙端碗拿筷。这令小雪也有些不好意思了，只得也起身帮忙。对于这一切，裴母都看在眼里，她对金发姑娘的第一印象已经相当之好。开始用餐后，贝尔格蕾雅娴熟的"筷技"也令人刮目相看，这令用不惯细头筷子的小雪不由得羞红了脸。

　　"伯母的手艺真好，真的非常感谢。"

　　"哈，喜欢就好，多吃点！我要是有个这样的闺女该多好啊！"

　　"老妈，你能别老是拿我做反面典型吗？"小雪颇为不满地翻了个白眼。

　　"其实小雪同学也非常棒呢！"善于察言观色的贝尔格蕾雅立即补了一句。

　　餐桌上传来三人的欢声笑语。愉快的时间总是很快溜走，在用完晚餐稍作休息后，贝尔格蕾雅起身向小雪和裴母告别。不过就在她背起长背包准备开门离去时，门突然从外面被打开，这让她差点与出现在门口的裴博士撞个满怀。

　　"抱歉，真不好意思！"贝尔格蕾雅连忙道歉。

　　"老爸，你赶得不巧，我们正要送威斯特哈根小姐离开呢。"

　　"威斯特哈根小姐？"望着眼前这位美貌过人的金发姑娘，裴博士有些手足无措。

　　"是的，就是她替我做担保，把我从美国送回来的，而且她还给我拍了很多与异特龙的合照呢！"小雪得意地说道。

　　"原来是这样，哈哈……非常感谢您，威斯特哈根小姐。"

　　裴博士一听，摸着头大笑起来，同时向对方伸出手去。

　　"您过奖了，裴博士，这是我应该做的。久仰博士大名，希望下次有时间能够与您长谈。"

送走贝尔格蕾雅后，小雪向父亲讲述了自己与雷恩·马什游览恐龙公园，并在异特龙繁殖工作室获赠一枚异特龙蛋的经历。听到女儿带回一枚恐龙蛋，裴博士的眼中掠过一丝复杂的神色，他小心翼翼地打开恒温箱，轻轻抚摸着还带着温度的异特龙蛋。小雪忙推开父亲的手，宣称恐龙蛋是自己的私有财产，只有自己才能触碰它。裴博士收回手，但双眼仍旧专注地盯着异特龙蛋的表面，过了良久，他突然问道：

"你确定这只是个恐龙蛋标本？"

"当然啦，这可是卡波特夫人亲口告诉我的。老爸，难道你想怀疑异特龙馆的馆长？她可是专业人士哟。"

小雪不服气地撑了裴博士一句。这时候，裴博士衣兜里的手机铃声响了，他瞄了一眼，发现是从美国打来的电话，连忙转身上楼，回自己的房间去了。小雪依然趴在摆放异特龙蛋的桌上端详着眼前令自己爱不释手的特殊礼物，心里想着，要是这不是个恐龙蛋标本该多好呀——当然，只能想一想而已。

离开裴家别墅后，贝尔格蕾雅并未立即前往火车站，而是叫了一辆的士向南方大学驶去。由于南方大学的古生物研究学院最先参与到国际恐龙基因复活工程组，因此在恐龙复活并普及后，他们担负了中国关于恐龙营养、繁殖和驯服的工作，尤其是对于恐龙竞技队成员的培训——全国各地的驯龙高手大多是在这里开始职业生涯的。

在恐龙竞技培训基地东南角一座教学楼的某个教室里，孙艾琳、王一川、卜小黑和另外一名身着校服的女生正在聊天。此时正值暑假，校园里学生很少，由于平时仍然要执行驯龙任务而不能享受暑假的福利，百无聊赖之际，孙艾琳等人便聚在一起聊天，消磨时间。

"你们好！"

一个低沉而成熟的女声突然从教室门口处传来。四人不约而同地将目光移去，孙艾琳认出那竟然是两周之前在美国相遇的老同学贝尔格蕾雅——两人临别时的约定竟这么快就实现了！

"哇喔……天降一位金发碧眼的仙女姐姐！"

王一川直直地看着向这边一步步走来的金发姑娘。贝尔格蕾雅当然注意到了他的神色，但并未理会，而是径直走到孙艾琳的面前。此时此刻，孙艾琳已经回过神来，于是张开双臂，紧紧抱住了贝尔格蕾雅——这一幕令不知情的其余三人更加摸不着头脑。

"我姐她和这位金发大姐姐认识？"嫘嫘疑惑地扯了扯卜小黑的衣袖。

"看起来……似乎是这样。"卜小黑结结巴巴地答道。

"现在，请容许我为各位隆重介绍一下我在美国上学时的同班同学，同时也是我的闺密——贝尔格蕾雅·冯·威斯特哈根小姐，简称'贝姐'！"

拥抱之后的孙艾琳来劲了，开始大方地为大家介绍这位"神秘"的金发姑娘；同时，她也把在座的几位一一介绍给贝尔格蕾雅。原来，那名腼腆瘦弱的年轻女生正是比她小十多岁的妹妹、刚刚升入高中的孙嫘（"嫘嫘"是她的昵称）。望着孙嫘，贝尔格蕾雅的脸上掠过一丝诧异，因为上学期间她从未听孙艾琳提起过这个妹妹。

　　过了一会儿，孙艾琳与贝尔格蕾雅走到教室外。夏日的晚风轻拂在脸上，倒也有些许凉爽之意。两人不约而同地把目光投向远处——银色月光笼罩下若隐若现的紫金山。

　　"你和妹妹似乎长得不太像呢。以前从未听你提起过她。"贝尔格蕾雅一边欣赏夜景，一边问道。

　　"那是因为她是我父亲第二任妻子的女儿。你是知道的，父母离异后我一直随母亲生活在美国，直到她因意外而去世……"

　　"哦，难怪我看她像是个地地道道的中国孩子。"

　　"是的，听说我后妈是南京本地人，不过我从未见过她。当我从美国返回中国后，父亲便把年幼的妹妹扔给我，再一次抛弃了我们。因此，我只能拼命挣钱，一来供娸娸继续念书，二来也是为了生存下去。"

　　"所以你参加了恐龙竞技队。"

　　"没错。当时恐龙竞技队刚刚成立，参加恐龙竞技队至少有一份收入，而且我通过自己的实力得到了中国竞技队主力队员的位置，连续参加了3届恐龙竞技世界杯的附加赛，只可惜都没能入围决赛。"

　　"艾琳，我能理解你现在的处境。如果你愿意的话，你可以带妹妹和我一起回美国，我可以为你在POW提供很好的职位，并且把你妹妹安排在美国继续读书。"

　　"谢谢你的好意，贝姐，不过我想我现在还能应付。话说回来，你怎么会进入POW工作？如果我没记错，高中时代的你不是曾立志要当一名警察吗?"

"嘿嘿……我之前已经说过了,人总是会变的。"贝尔格蕾雅说着,从背包里掏出笔和纸,在上面写下了一串数字并递给孙艾琳,"如果需要帮助,拨打这个号码就可以了。我还有些事要连夜赶回上海,那么,后会有期了。"

孙艾琳接过字条,有些诧异地望着昔日的闺密。贝尔格蕾雅在主动与她再次拥抱后快步离开,不多时便消失在黑夜中。望着昔日闺密离去的方向,孙艾琳略有所思地低头读了下字条上的号码后便将其攥了攥塞进兜里。

"这年头,居然还有人手写号码……"她自言自语着,转身离去。

五　新的开始

夏去秋来，裴小雪作为一名高中新生再次出现在南方大学附属中学的教室里。新学期新气象，小雪将自己的长发梳成两条精致的麻花辫耷拉在肩头，给老师和新同学留下了深刻的印象。站在讲台前做自我介绍时，她还是显示出了一如既往的独特之处："我有三个爱好：运动、动物，还有恐龙……"

当小雪说到"恐龙"这个词时，不仅是台下的同学，甚至连老师都一愣，紧接着，教室里爆发出了阵阵哄笑。

"这个女生居然喜欢恶心的恐龙耶！"

"难道她想变成'恐龙'吗？哈哈……！"

"恐龙明明就是动物的一种啊，她的脑子有问题吧……"

面对台下传来的讥讽之声，小雪丝毫没有怯意，只见她轻轻捋了捋头发，以洪亮的声音继续说道：

"我之所以要强调恐龙，是因为那是我最喜欢的动物！

而在恐龙之中，我最喜欢的是拥有聪明头脑、锋利短爪、迅敏速度、强壮身体和修长尾巴的巨异特龙！它是恐龙世界中的王者！"

"哪里有巨异特龙啊，根本就不存在！"

"她在说谎吧，恐龙世界的王者明明是霸王龙呀！"

"嘿嘿，连最强恐龙都搞不清楚的家伙居然自称最喜欢恐龙，真是可笑！"

台下继续传来阵阵嘲笑。小雪却不慌不忙地打开投影仪放出了在暑假拍摄的一些与异特龙相关，包括巨异特龙尼尔斯在内的照片，以及由雷恩赠送给她的巨异特龙与霸王龙同在美国竞技队时的图片。台下的嘲笑声逐渐转变为惊叹声：

"居然真有这种恐龙？"

"真是不可思议！居然看上去与霸王龙一样高大，而且比例更加匀称优美。"

"这个暑期，我在新科罗拉多市观看了恐龙竞技世界杯的决赛。可以说，决赛中的黑马加拿大竞技队正是因缺失了他们的头号王牌巨异特龙而屈居亚军；在早先的附加赛中，中国竞技队也正是因巨异特龙的强悍攻击力而惜败。"小雪指着最后几张由自己拍摄的比赛照片说道，"最后，我来谈谈我的个人梦想。我的梦想是在毕业后成为中国首屈一指的驯龙师，并带领中国恐龙竞技队夺取恐龙竞技世界杯的桂冠！"

小雪的话音刚落，老师就带头鼓起掌来，很快，整个教室都陷入了一片热烈的掌声之中。大家把掌声献给这个勇气可嘉的女孩，也对未来中国恐龙竞技队给予厚望。

课间时分，小雪的同桌——戴着高度数眼镜、个头与她差不多，一脸书生气的男生牛畅主动向她询问有关巨异特龙的事情，这令小雪滔滔不绝地讲了整整10分钟，直至上课铃声响起。渐渐地，感兴趣的同学多了起来，就连老师也偶尔会过来"请教"一下。小雪认为，未来能否引进或繁殖12米及更大级别的大型食肉恐龙将成为中国恐龙竞技队能否打进恐龙竞技世界杯正赛的关键。小雪"小小恐龙专家"的名号也逐渐在学校里传开了。

一个秋高气爽的下午，放学之后的小雪正走在回家的路上。当她拐过一个路口时，从背后传来一个声音：

"裴小雪同学？"

小雪诧异地回过头去，很快，她便认出了对方竟然是在美国前往恐龙公园的路上以"不光彩"的方式偶遇的——

"小黑学长？"

尽管初次见面的方式有点特别，但当时就完全没有表现出敌意的阳光男孩卜小黑给小雪留下了很好的印象，于是，重逢之际，女孩脸上充满了喜悦的笑容。

"上次的事真是给你添麻烦了！没想到你竟然是裴博士的女儿。本来想和你好好聊聊，但是当时大家都急着赶路……"卜小黑上前友好地主动与小雪握手并说道。

"哈哈，现在聊也不迟呢！话说，其实我早就在关注你参加的比赛了呢！"

"真巧，我现在就是去参加集训的——你知道吗，张恩南前辈已经被任命为我们的新教练了！如果你感兴趣的话，不妨来参观一下我们的集训?"卜小黑冲小雪神秘地眨了眨眼。

"真的可以吗? 太棒了!"小雪立即开心地跳了起来。

恐龙竞技训练基地位于南方大学西南部,是一块占地面积很大的场馆。小雪随卜小黑一路闲聊至训练场。在距离训练场很远的地方,隔着又高又厚的玻璃墙,小雪已经望见里面有一些恐龙正在进行训练,玻璃墙下自然围观了不少学生。女孩注意到一头体形庞大的永川龙正在进行冲刺跑。卜小黑立刻自豪地介绍道:"看,那就是一川学长的'皇帝'!它是一头永川龙,目前中国竞技队里公认的最强者哟!"

"哇……看起来体形和异特龙类似呢。听说永川龙也是生活在侏罗纪晚期的大型食肉恐龙,又分为上游永川龙和自贡永川龙,最早发现于我国……"

"重庆市永川区。嘿嘿,小雪同学,你知道的真不少呢!"卜小黑露出了赞许的目光。

"那是当然啦,嘿嘿,因为我喜欢大型食肉恐龙呀!"小雪来劲了,得意地冲自己竖起大拇指。

很快,两人来到了训练场入口处,这里被武警严格守卫,卜小黑掏出通行证并替小雪做了登记后才将她领入训练场。走在训练场侧面的人员通道里,女孩很快注意到远处一位留着小胡须、衣着优雅的绅士,那正是新晋中国竞技队总教练张恩南。距离他不远处的探照灯柱下站着孙艾琳和王一川——中国竞技队现役驯龙师中资格最老,同时也是参加过2115年第一届恐龙竞技世界杯附加赛的两位。卜小黑将小雪带到张恩南的身边。在了解到女孩的来历后,张恩南显得异常惊喜:

"欢迎你，裴小雪同学！你父亲裴博士可是我们的长期合作伙伴哟！看这些强壮的恐龙，它们的饮食都是按照你父亲制定的配方来安排的。"

"我替父亲谢谢您，张教练！"小雪满脸堆笑地向张恩南致谢，心里却暗想：老爸平日里好吃懒做，可能也只有这个贡献了。

"看，'铁男'来了！"卜小黑指着一头正在向这边走来的特暴龙喊道。没注意到庞然大物在向自己靠近的小雪抬头猛然发现目标时吓得尖叫起来，不过很快便恢复了镇定。特暴龙正温驯地注视着她。

"小黑学长，这就是你的恐龙吗？"小雪问道。

"当然，我们配合得非常默契。"卜小黑十分自信地点头并走上前去拍了拍铁男的大腿。

"我也可以摸摸它吗？"

话音刚落，卜小黑已经托起小雪的手轻轻地按在铁男的大腿外侧，那看似粗糙的皮肤摸起来竟然如磨砂般，令人心中愉悦。铁男扭头望着腿旁正望着自己的女孩，露出了温驯的目光。

"别看它叫铁男，是一头长相凶狠的特暴龙，实际上它可是个温驯的'大男孩'呢。"卜小黑在一旁补充道。

"我也真的好想拥有一头属于自己的大型食肉恐龙呢！"小雪露出无比羡慕的神情。

"小雪同学，你这就错了哟！铁男并不属于我——它属于我们整个团队和祖国；我和它是朋友。"

卜小黑立即打断了女孩的话。正在这时，王一川招呼卜小黑去商讨战术，于是卜小黑快步离去。孙艾琳则走到小雪面前：

"嘿嘿……小丫头，我们又见面了。"

"琳姐？"

"哎哟喂，我们可没说过话哟，你居然嘴巴这么甜——话说回来，你一个小丫头来我们训练场做什么呢？"

孙艾琳摘下墨镜，露出了她那对于中国人来说非同寻常的深蓝色双眸。小雪近距离仔细观察着眼前这位高出自己半头的漂亮"大姐姐"，她不仅有深蓝色的瞳孔，还拥有比国人更高的鼻梁、宽肩膀和略带棕黄的黑色头发。小雪正在浮想中，孙艾琳的声音再次响起："喂，我在问你话呢，来我们训练场做什么？"

"不好意思！琳姐，我只是想过来看你们训练的样子。"

"训练？哼……这有什么好看的！还不是为了完成上面几个臭男人的命令？"孙艾琳冷笑着把目光投向训练场，继续说道，"你应该是知道的吧，正式比赛是要使用SDC模拟设备的——我们没有这样的玩意儿。"

孙艾琳的话令小雪一怔，没错，作为恐龙竞技爱好者，她很清楚专业比赛都会使用配套模拟赛场的头盔，而这是一套近乎天文数字的昂贵设备，对于一所普通大学来说几乎难以承受。由于恐龙团体竞技大赛并没有得到官方经费的支持，这样一来，只能使用普通场地进行训练的中国竞技队连续折戟几次恐龙竞技世界杯附加赛便也是情理之中的事了。

"没关系，只要我们和恐龙能做到心灵交流……"

"哼……小丫头，你怕是科幻片看多了吧，人与恐龙进行心灵交流? 哈哈哈!"

听了小雪的话,孙艾琳叉腰哈哈大笑起来。不过,小雪的眼前却浮现出了另一幅景象:在人的精心调教下,恐龙甚至能够听懂人的每一个指令,在比赛中二者就像是合二为一般配合默契。

当天晚些时候,小雪回到家中。令她颇为意外的是,父亲竟然回来得比自己还早,并且正心情大好地热情协助裴母在厨房里忙东忙西。注视着这一"奇观",小雪嘟着嘴、拖着书包回到自己的房间。也许是注意到了女儿情绪不高,裴博士来到小雪的房间,笑容满面。

"我有个非常好的消息要带给你哟!"

"能有什么好事嘛!肯定都是'拉壮丁'的事!"

"那可不一定哟。今晚咱们家可能要来一位新客人,不知道你是否同意呢?"

"别卖关子啦!快说来的是谁呀——难道是威斯特哈根小姐?"

"非也!来者并非人类,而是……一头只有两个月大的谭氏蛮龙。"裴博士压低了声音。他的话令女儿眼前一亮,小雪以不可思议的语气问道:

"老爸,你在开玩笑吧……"

未等她把话说完,裴博士已经用手捂住了她的嘴继续说道:

"这可是我俩之间的秘密,你妈暂时还不知道呢,先别告诉她。我就问你一个问题,你愿意帮我在家里偷偷照料它吗——

大约半年。"

被捂住嘴的小雪拼命点头以示同意。可以看得出，她那点缀着淡淡雀斑的稚嫩脸蛋上已经绽开了笑容。见女儿的反应与自己预想的一样，裴博士松开了手。小雪立即以兴奋而谨慎的声音说：

"老爸，您可真厉害，这可是大型食肉恐龙啊！"

"但是它是个幼崽，是老爸好不容易从朋友那边弄来的。将来能否为中国竞技队出战，就看你的照料程度了哟。"

"放心吧，老爸，包在我身上！不过即使把蛮龙藏在后院的工具棚里，想不让老妈知道还是比较难的。"

"你说得对，不过不是现在——等到一个合适的时间她自然会知道的。"裴博士俏皮地冲女儿眨了眨眼。

当天晚上，在裴母熟睡后，裴博士给小雪发了一条信息，示意她到门口等自己。很快，父女俩"鬼鬼祟祟"地站在了别墅大门口。秋天的夜晚，秋风微凉。几分钟后，一辆小型皮卡稳稳地出现在视野中。当车上的人推门下来时，小雪竟发现那是中国竞技队主教练张恩南！

"张教练？我们下午才……"

"哈，我们下午在训练场才见过面，小雪同学。"

张恩南边说边笑着打开皮卡的货栏，通过一个自动搬运吊臂将一只大木箱从车上运送到地上。木箱上有明显的缝隙，借助路灯的幽光，小雪看到了正呈睡觉状态的一只小蛮龙，她的嘴角不禁展现出喜悦的笑意。

"帮我一起搬进去吧，要轻点……"

裴博士轻声嘱咐张恩南，两人搬着木箱小心翼翼地向后院的工具棚走去。小雪在旁边为二人"吹风放哨"。很快，小家伙被安置在它那看起来有些杂乱简陋的新家。不过由于一直处于睡眠状态，它对此浑然不知。

　　"那么……张教练，今晚真是麻烦你了。"一切安置妥当后，裴博士感激地握住张恩南的手。

　　"您客气了，裴博士。另外，值得提一句的是，您女儿对恐龙表现出的兴趣和热情令人惊喜，或许以后可以多多培养。"

　　"哈哈，这恐怕以后还得多多麻烦张教练了。"

　　"乐意效劳。"

　　就在两人互相寒暄恭维时，小雪用手表上的电筒通过木箱缝隙仔细观察起熟睡的小蛮龙。张恩南离去后，裴博士过来想要喊她回去休息，女孩的嘴里却蹦出一个奇怪的词语："托沃……"

　　"你在说什么？"

　　"蛮龙的英文是'Torvosaurus'，以后我就叫它'托沃'（Torvo）吧！"

　　小雪扭头望向父亲，脸上露出神秘的笑容。

六　恐龙诞生日

　　小雪的担心不无道理，心细的裴母很快便发现了小蛮龙"托沃"的存在。不过在女儿的极力维护下，她最终勉强同意，不过要求一定不能发出大动静，并且在半年后一定要按裴博士的要求送走。对于这些，小雪自然满口答应。

　　在最初的几天里，小托沃一直呈现昏昏欲睡的状态，这让小雪有点担心。好在一周之后，小托沃逐渐恢复了生气，开始发出微弱而稚嫩的叫声。小雪像童年时照顾自己的芭比娃娃一样悉心照料着这个小家伙。天气逐渐变冷，为了不让小托沃冻着，小雪甚至精心给它搭建了一个具备保暖功能的巢穴，并请裴母为它量身制作了棉布做的"衣服"。就这样，时间一晃来到了12月中旬的周末，南京落了第一场雪。

　　"今年的第一场雪来得挺早呐！"望着窗外飘零的雪花，小雪不禁感叹起来。

"小雪，再过一周就是你的15岁生日了，今年要好好庆祝一下哟！说起来，你的名字就是因为生你那天飘着小雪而来的呢！"不知何时，裴母来到小雪身后，微笑着说。

"说起来，今年您过40岁生日的时候因为老爸出差不在，我们一家人都没能好好庆祝一下呢！"

"哈，我早就不过生日了呀，那没什么的。再说，这次你过生日，我们一家人聚一下也不迟哟！"

裴母边说边耸了耸肩，小雪则立刻一头扎进母亲怀里，甜甜地笑了。

飘雪的大街上，来来往往的行人并不多，偶尔也能见到小型宠物恐龙的身影。进入22世纪后，由于全世界人口持续下降和无人区被有效改良，人类整体呈分散居住状态，像南京这样的大城市的市区人口也已经降至两三百万，居住空间和舒适性大大提高。

刚从电影院里出来的卜小黑和孙娅见外面竟飘起了雪花，高兴地立即决定去公园散步。学校篮球场上，王一川正在孤独地投篮，尽管雪花越飘越大，但看上去他丝毫没有停止的意思。酷爱打球的壮小伙儿打得是如此投入，以至于没有注意到场边已经有了一个观众——恰巧路过此处的孙艾琳。当一次篮球没投中，被篮筐弹到场边时，孙艾琳以一个矫健的飞跃将球捞起，王一川这才注意到她。

"嘿……在雪中打篮球——这城市里恐怕只有你一个人了吧？"孙艾琳把球扔给王一川，狡黠地笑着。

"难得周末放松一下嘛。再说，下周就是圣诞节了。"

"圣诞节关你什么事？"

"喂……此话怎讲？"

"哪怕是我这样从小在美国长大的，也从来没想去过这个节。"孙艾琳说道。

一周之后的12月24日清晨，小雪被一阵闹铃吵醒。她打开手机看了看时间，原来今天是星期六——女孩懊恼地关了闹铃，准备继续睡觉。正在这时，手机传来振动声，小雪下意识地用手滑动屏幕瞟了一眼，发现竟是同桌牛畅发来的生日祝福——原来今天就是自己的生日了！她连忙穿好衣服坐起来。这时，裴母轻轻推开门：

"亲爱的女儿，生日快乐！"

"嘿嘿，老妈，谢谢您！"

"今天有什么愿望吗？妈妈一定满足你。"

"我想请小托沃陪我一起用餐。"小雪想了想，嬉皮笑脸地说道。

"你想和恐龙一起吃饭？开……开什么玩笑！"裴母被这个愿望惊到了。

"这可不是开玩笑哟！如果可能的话，我还想把那枚异特龙蛋也拿出来呢！"

裴母愣住了，不过数秒之后，她点了点头：

"好吧，寿星为大。"

"太好啦！老妈，我就知道您会答应的！"

小雪高兴地搂住母亲的脖子又亲又叫。见女儿如此开心，刚才还稍有抵触情绪的裴母立刻完全安心下来，也露出了笑容。

数小时后，在将客厅收拾干净后，蛮龙托沃和异特龙蛋都被"请"进了房间——这也是小家伙第一次真正踏进裴家别墅的大门。小雪把恐龙蛋放在一个精心准备的由草篮盛放的软褥上，托沃则站在蛋和小雪的中间。虽然身为凶猛的大型食肉恐龙，但此时仍处于幼年时期的托沃却显得非常乖巧，它将头趴在餐桌的边沿，发出"咕咕"的轻微哼唧声，分外讨人喜爱。

　　"通常像蛮龙这样的大型食肉恐龙完全成年要3—4年时间，而它们的寿命可达30年以上。"身着新西装的裴博士踱着缓慢的步子走过来说道。

　　望着他的打扮，裴母和女儿不约而同地发出感慨："哎哟喂……穿得这么正式！"

　　"哈哈，今天是甜心宝贝的'大生日'，当然要穿得好看一点啦！"裴博士摸着后脑勺大笑起来。

　　"叮叮叮……"随着一阵清脆的电话铃声，睡眼蒙眬的王一川从梦中惊醒，慌忙抓起手机，却发现是孙艾琳的电话，于是极不情愿地用食指懒懒地一滑：

　　"喂……有何贵干呀？"

　　"你在宿舍吗？我已经到你宿舍楼下了。"

　　"你……你想干什么？"王一川一听，头上立即冒汗了。

　　"没什么，一起去吃饭、逛街怎么样？现在已经十一点了，你该不会还在被窝里吧？"

　　"当……当然不可能！我早就起来了，正在打扫卫生呢！稍等，我两分钟后就下来！"

　　王一川下意识地抓起衣服迅速披上，冲到洗漱池前拿水沾湿头发揉了揉，然后拿出刷牙杯开始接水……经过争分夺秒的"奋战"，这位篮球大男孩终于以一身香气和整齐的衣服出现在宿舍楼下孙艾琳的面前。令王一川略感惊讶的是，一向衣着配色灰暗的孙艾琳，今天居然打扮得十分靓丽。

"哼……你迟到了，让我多等了3分35秒。中饭你请了。"孙艾琳抬手看了下手表。

"行行行……我知道你早就瞄着这顿饭啦！不过话说回来，你不是号称不过圣诞节的吗？"

"我只是喊你出来吃饭、逛街，谁说是一起去过圣诞节了？你很啰唆——那我逛街的钱也算在你头上了！"

恰在此时，天空中飘起了零星的雪花，为无垠的大地增添了些许点缀。

"干杯！"

"祝我们的甜心宝贝15周岁'大生日'快乐！"

"许个愿吧！今晚你的愿望一定能实现！"

在父母的祝福和鼓励下，小雪对着小巧精致的生日蛋糕双手合十、闭上眼睛，许下了愿望。紧接着，她吹灭了蜡烛，屋子里响起了稀疏但热烈的掌声。

与此同时，在新街口的一家高档西餐厅里……

"干杯！庆祝我们相识5周年。"孙艾琳说着，高举起酒杯。

"你不说我倒忘了呢，你还真是5年前的今天加入的恐龙竞技队——难道这就是今天你把我约出来的原因？"王一川听罢，先是一愣，紧接着露出恍然大悟的神色。

"想得美，主要是因为今天我妹临时被叫去上补习班，没人陪我逛街了……"

"干杯！庆祝我们相识5周年！"两人异口同声道。

时间刚过下午5点，太阳已经懒懒地向西边溜去，只留下一道淡淡的金光。冬天的夜晚，总是来得这么匆忙。小雪听着欢快的曲调，慵懒地靠在沙发上玩手机游戏。突然，从院子里传来了裴母的惊呼：

"来人哪！不得了啦！"

小雪一个翻身下了沙发，来不及穿鞋便向后院冲去。只见拿着扫帚的母亲正指着工具棚，战战兢兢地说道：

"恐……恐龙蛋……它……"

刚洗完澡的裴博士也穿着睡衣慌慌张张地跑了出来。只有小雪还算镇定，她参着胆子向前走去，借助手机摄像头的电筒光，发现那枚异特恐龙蛋的壳竟破碎了一地。女孩心头一怔：莫不是院子里进了贼？但是很奇怪，此前并没有听到很大的动静。怀着好奇、忐忑的心情，小雪举着手机继续向里走去。当电筒光照到趴在工具棚深处的窝里睡觉的托沃时，她发现竟然还有一只更小的恐龙趴在托沃的身上，似乎是错把这位当成了自己的妈妈——没错，那正是小雪在异特龙繁殖工作室里所见到的婴儿异特龙的样子。

"我的天哪！"

女孩倒吸了一口凉气……

七　决　心

"恐龙蛋居然孵化出了恐龙!"就连裴博士也惊叹不已。

"难道这不应该是一枚未受精的恐龙蛋吗?"一脸蒙的裴母把目光投向女儿。

"我……我也不知道这是怎么回事!可是,卡波特夫人确实亲口告诉过我这是一枚未受精的恐龙蛋标本。"小雪急切地为自己辩解着,额头沁出了细密的汗珠。

"这么说来,你一定是被卡波特夫人给骗了。"裴博士用手轻抚下巴上那一小撮山羊胡沉吟道。

"胡说!卡波特夫人待我非常热情,这可能是她疏忽造成的吧。但是我很开心!相信老爸老妈也不会反对家里再多一名成员吧——它可是与我同日出生的哟!"

望着从惊讶转而狂喜的女儿,裴博士和裴母都无可奈何地耸了耸肩。他们知道,此时任何劝阻都是徒劳的,毫无疑问,这是一只异特龙幼崽——女儿梦寐以求的异特龙!

也许是注意到照射在自己身上的灯光,小异特龙扭过头发出"咕咕"的叫声,眼睛还未睁开。小雪忙一把将其抱在怀中。

"我的小宝贝,你真是太可爱了!没想到我的愿望这么快就实现了!"

小雪喃喃自语着,抱着小异特龙快步回到温暖的房间。跟在她身后的裴博士与裴母这才知道,原来女儿在切生日蛋糕时许下的愿望就是能够得到一只真的异特龙。

回到屋中的小雪立即用自己柔软舒适的大浴巾将小异特龙包裹住,小心翼翼地把它放在沙发上。可爱的小家伙还无法睁开眼睛,一直"咕咕"地叫着,声音逐渐变得缓和,似乎是在向女孩道谢。小雪高兴极了,将小家伙抱起,动情地亲吻了一下:

"小家伙,我该叫你什么呢?对了,就叫你'亚罗'('Allo'是英文'Allosaurus'的前4个字母)吧!"

神奇的是,在小雪说出"亚罗"的这一刻,小异特龙那双紧闭着的大眼睛的眼帘稍微向上掀开了一下,但还是无法完全睁开,紧接着,从它的嘴里继续发出"咕咕"的哼唧声,并主动将头靠在小雪的胸前,一副惬意的模样,逗得小雪禁不住捂嘴笑出声来:"你是在感谢我吗?嘿嘿,亚罗,我一定会保护好你的,谁也无法从我这里夺走你,我向你保证!"

大街上空无一人。陪孙艾琳逛了一下午的王一川拖着疲惫的身躯回到学校的教职工宿舍区。孙艾琳看上去则没有一丝倦意——那鼓鼓的手提袋里满是足以令她兴奋一晚上的"战利品"。估摸着妹妹孙娥应该已经回来,孙艾琳在宿舍楼前与王一川闲聊了几句后很快便上了楼——购物袋中也有孙艾琳专为妹妹买的她最爱吃的便当——虽然她多半可能已经和卜小黑一起吃过饭了。不过,当孙艾琳用钥匙开门时,却发现房门反锁。这一反常现象令她立即不安起来:

"娀娀,你在里面吗? 娀娀……"

在敲了一通门后,孙艾琳发现门内仍然没有任何反应,这就非常奇怪了。她开始用力撞门,却怎么也撞不开。思索片刻后,她掏出手机拨通了王一川的号码。

"什么,你们的宿舍门被反锁了? 明白了,我马上就到! "

不出两分钟,王一川就出现在孙艾琳宿舍的楼道里。在用力撞了两下后,王一川发现这扇门确实比较结实,便与孙艾琳商量结合二人之全力将门撞开。于是,两人铆足了劲儿一齐向门撞去,只听"嘭"的一声巨响,两人破门而入。

不大的单间宿舍里摆着两张床、一张桌子、一张梳妆台和少量的家具,没有看见孙娀的影子。孙艾琳急切地扫视着四周,突然,她听见厕所里有滴水声。当她推开门时,却发现妹妹正卧倒在马桶上!

"娀娀! "

孙艾琳惊叫起来,慌忙上前查看情况,发现孙娀还有微弱的呼吸。几乎在同一时间,王一川已经拨打了120急救电话。由于南方大学内部就设有急救中心,救护车很快便鸣笛赶到了宿舍楼下。望着妹妹被抬上急救的担架,孙艾琳终于忍不住失声痛哭。

"男儿有泪不轻弹。"一旁的王一川说了一句。

"抱歉……我不是男儿。"也许是意识到自己失态了,孙艾琳忙抹去泪水。

"不,在我眼里你就是——我从未见你哭过,你是我的好'兄弟'。"王一川斩钉截铁地说。

一小时后……

急救中心的ICU病房门外,王一川、孙艾琳以及匆匆赶来的卜小黑正焦急地等待着抢救的结果。终于,门被打开,一位满头是汗,看起来上了些年纪的医生走了出来。孙艾琳忙起身拦住了他:"医生,请问现在情况怎么样?"

"你是病人家属?"

"是的,我是她的姐姐。"

"病人因失血过多引起休克性脑缺氧,目前正在观察,应该不会有生命危险。"医生拭去汗珠后说道。

孙艾琳表情非常严肃地感谢了王一川和卜小黑晚上的帮助和关心,并表示自己只需一个人留在医院即可。不过二位男士不愿就这样先行离去。这时,一名护士从病房内推门出来:

"她有意识了,在喊'姐姐'。请问这位女士……"

"我就是她的姐姐!"

孙艾琳起身就要往病房里冲去,却被护士拦住,在接受了从头到脚的精细消毒后方被允许进入。ICU病房中,孙娜仍旧戴着氧气面罩静静地躺着,但嘴里一直发出含混不清的声音。孙艾琳将耳朵凑近些,听到了那令她心碎的断断续续的言语:

"对不起……姐姐……原谅我……"

"我在这里,娜娜……别害怕,姐姐就在你身边。"

泪水如断了线的珠子般从孙艾琳的脸颊上流下——自从母亲去世后，曾一直视哭泣为软弱之举的她竟落了泪。此刻，孙艾琳的耳边回响起妹妹曾说过的话：

"姐姐，如果这个世界上有祈愿树，我最大的愿望就是妈妈能起死回生！"

"我也是……真希望妈妈能回到我的身边。"

"要是我们拥有同一个妈妈该多好！"

孙艾琳默然不语。

"姐姐，现在我还有一个愿望——那就是有一天，我们能拥有同一个既爱你也爱我的妈妈。"

夜里，南京城又飘起了雪花。翌日清晨，整个古城再次银装素裹，装扮一新。因喜得亚罗而过于兴奋的小雪彻夜未眠；另一边，陪伴在妹妹孙娀身边的孙艾琳同样一夜未合眼。早上医生查过房后，孙艾琳接到了一个陌生的电话。原本以为是推销诈骗，她并未理会，但当同一个陌生电话再次响起时，她只好起身离开病房。

"喂……请问是哪位？"

"姐姐你好，我是孙娀的同学葛燕。请问孙娀昨天回家后有异常吗？"电话那头传来了一个稚嫩的女声。

"她还好。不过你为什么这么问？"孙艾琳不由得皱起了眉头。

"姐姐，有些事我不知道该说不该说。就是……昨天上课的时候……"

"哦？具体点呢？"

孙艾琳从走廊快步走向楼梯间，压低了声音追问道。渐渐地, 她的脸色变得越来越难看, 当电话挂断, 她几乎铁青着脸怒气冲冲地回到病房, 甚至忽视了恰好拎着一篮鲜花前来探视, 正向她打招呼的卜小黑。直到在妹妹的床边坐下后, 孙艾琳才意识到自己的失礼: "啊, 小黑, 抱歉, 我刚才没注意到你来了。"

"没关系, 琳姐。那个……娍娍她现在怎么样了?"

"挺好的, 一川说他等会儿也会过来。你们能替我照看一下她吗? 我有件急事要出去一下。"

"当然, 没问题, 放心交给我们吧! "

卜小黑先是一愣, 但很快拍着胸脯答应下来。他注视着神情复杂的孙艾琳, 只见她匆匆拿起大衣, 边披在身上边快步走出病房。这看起来绝不是一件简单的事情。

走在无人的大街上, 孙艾琳很自然地将手插进大衣兜里。突然, 也许是想到了什么, 她从挎包里掏出了那张贝尔格蕾雅曾留给自己的小字条。她注视着字条上的电话号码, 良久, 拿起手机认真地按下了上面的数字, 但是最后要按拨号键时, 她又迟疑了; 顿了几秒, 她将手机锁屏揣回兜里, 那张小字条则又躺回了挎包中属于自己的位置。

"Hello? This is Miss Westernhagen speaking……"

"贝姐, 我是艾琳! 很抱歉在假日里打扰你, 我……想请你帮我个忙! "孙艾琳最终还是拨通了贝尔格蕾雅的电话。

"艾琳? 我就知道你一定会给我打电话的。发生什么事了? "电话那头的贝尔格蕾雅立即改用中文交谈。

"贝姐, 我想带妹妹一起回美国。"孙艾琳认真地一字一句说道。

八　冬去春来

电话那头的贝尔格蕾雅陷入沉默，过了数秒后，她才以试探性的口吻说道：

"艾琳，谢天谢地，你终于想通了。"

"贝姐，抱歉，并不是这样。我只是对这边的一切厌倦了，仅此而已。你能帮助我和妹妹吗？"

"当然，我愿竭尽全力。艾琳，听好了，新年后的第二天我会再去上海出差，届时会抽一天时间去南京。到那时，我带你和你妹妹一起离开。放心，所有的手续我都会替你办好。"

"好，谢谢你，贝姐！"

孙艾琳感激地挂断了电话，迈着更快的步子来到路边，招手打了一辆的士，向南方大学的急救中心驶去。而在医院里，等待她的将会是个惊喜——孙娆已经恢复了意识，能够与守在床边的医生和进来探视的卜小黑进行简单交流。当孙艾琳赶到时，医生已决定将孙姵转移至普通病房。在被推往普通病房的走道上，姐妹俩相遇了，刚才还与卜小黑、王一川有说有笑的孙姵霎时间又哭成了孩子模样。

两天后，在孙艾琳的坚持下，尽管孙姵还很虚弱，还是顺利出院了。女孩没有再去学校，而是安静地待在宿舍中恢复元气。孙艾琳也请了假，全心全意地陪伴在妹妹身边。旧年的最后一个工作日的训练结束时，教练张恩南突然召集竞技队全体成员到会议室开会，多日未露面的孙艾琳也一脸忧郁地悄然出现在会议室门口。注意到她的大伙儿不禁喧闹起来，高呼着"女王、女王"向她致敬。这时候，张恩南挥挥手示意大家安静：

"各位，今天召开临时会议是因为我要宣布一件会令大家难过的事情：我们恐龙竞技队中目前唯一的女队员，同时也是整个竞技队中资历最老的成员之一孙艾琳小姐，即日起将退出这个团队。"

话音未落，已在台下引发了巨大的骚动。大家不约而同地因过度惊讶而张大了嘴——其中当然包括王一川——作为孙艾琳在竞技队中最亲密的战友，他事先竟未得到任何来自密友关于退出的消息。失望和不解写满了他的脸。

"对不起，很抱歉我没有把自己的想法提前告诉大家，"孙艾琳走上讲台，以充满歉意的语气接过话来，"在这旧年的最后一天里，很遗憾，艾琳要与大家说再见了。不过，我的退出仅仅是因为私人原因，我依然爱这个集体，爱这里的每一个人。希望未来能听到大家的好消息——中国恐龙竞技队加油！"

孙艾琳动情的演讲并未改变台下的静寂。竞技队里的每一个成员似乎都不能接受这个事实——作为竞技队里最光彩照人的"女王"和开心果的孙艾琳竟然就这样突然要离开。最前排响起了王一川的掌声。他的掌声是如此地孤单和铿锵有力,很快,整个会议室里都响起了掌声。此时此刻,孙艾琳注意到王一川正目不转睛地盯着自己,眼里含着泪水。

会议结束后,王一川和卜小黑找到孙艾琳——她正打算前往竞技队休息室整理并带走自己的私人物品。面对昔日战友的追问,孙艾琳显得非常平静,她似乎早已料到会有这一幕。

"离开这里和你们俩没任何关系,完全是因为我和姬姬的个人原因——只不过是离开中国而已啊,你们俩别这样行不?"孙艾琳边说边捂嘴笑起来。

"只是觉得你的离开太突然了些,就这样去美国了?实在有点难以接受。"王一川望着她,无奈地摇了摇头。

"说不定还会回来的。我只是觉得现在我们姐妹俩暂时不属于这里了。"

"琳姐,你还会继续从事恐龙竞技运动吗?"卜小黑问道。

"也许吧,但是也不一定。随缘吧。"孙艾琳耸了耸肩。

"如果你还继续从事恐龙竞技运动,我们真的不希望与你为敌。"卜小黑不无遗憾地说。

"再说吧。"

孙艾琳的回答似乎出乎两人意料,但依照她以往的脾气来看,却又在情理之中。王一川深知孙艾琳一旦决定的事情将无法改变,于是提出晚上四人(包括孙姬)进行最后的聚餐,顺便庆祝一下自己的生日——12月31日。在这旧年的最后一天,曾经形影不离的好友即将在命运的十字路口分道扬镳。

"啪嗒!"

正懒懒地躺在沙发上观看综艺节目的小雪摁下了关闭电视机的按钮。这真是个令人提不起兴趣的跨年之夜,往年的这个时候,酷爱综艺节目的少女肯定会抱着电视机乐呵呵地看个通宵。此时,她又想起了她的恐龙宝贝,于是蹑手蹑脚地走进了后院。出生不过一周的小亚罗已经呼呼大睡,托沃则探头探脑地东张西望。发现女主人出现时,它甚至兴奋地发出轻微的哼唧声。已无法按捺自己激动之情的小雪冲上前来一把搂住托沃的脖子亲了起来;随后,她又抱起熟睡中的亚罗,以哄婴儿睡觉的姿势晃来晃去。裴博士与裴母站在窗边注视到这一幕,露出慈爱的笑容。

"亲爱的,自从有了小恐龙做伴,女儿似乎比以前听话多了。"裴母靠在裴博士怀里轻声道。

"那是!小恐龙成功转移了这个'混世魔王'的注意力。"

"你说谁是'混世魔王'啊?她这性格还不是遗传你吗?哼!"

"嘿嘿……"

裴博士摸着头笑出声来。这时,放在床头柜上的手机响起铃声,他忙拿起电话。看到来电显示是"张恩南",裴博士的脸上不禁掠过一丝不安。

"大半夜的,谁打来的电话?"裴母立即凑上前来,不过当她看到是张恩南的名字时,立即失去了兴趣,"亲爱的,我去陪女儿看看恐龙宝贝,你忙你的吧。"

裴博士点点头，待裴母离去后立即接通了电话。只听见在电话那头，张恩南以急促的语气说道：

"孙艾琳今天宣布退出恐龙竞技队了，我们将会缺少一个重要成员。老兄，我记得前段时间你不是说有个拥有恐龙竞技经验的姑娘想申请加入竞技队吗？正好可以填补艾琳的空缺，也不至于让其他队员过于失望。"

"哦……我确实说过，不过恐怕她最近无法赶过来。当然了，我可以争取让她在春节之前露面。"

"那最好不过了。孙艾琳的离去实在是太可惜了，不过也只能祝福她了。"

"嘿嘿……走就走了嘛，也没啥好可惜的。老弟，我保证新人不会让你失望的。"

裴博士微微一笑，挂断了电话。他把目光投向窗外正与托沃一起玩耍的妻子和女儿，再次露出成竹在胸的笑容。

1月3日晚上，贝尔格蕾雅只身一人如约来到了孙艾琳与孙娴所居住的宿舍——姐妹俩早已将行李收拾整齐等着她了。当贝尔格蕾雅踏进宿舍门时，孙艾琳与她热情拥抱；紧接着，孙娴也效仿姐姐做了相同的动作，这也是她与这位金发大姐姐的第一次接触。

"你们真的做好准备了吗？"贝尔格蕾雅温和地问道。

"是的，我想带妹妹去开始一段新的生活。"孙艾琳平静地答道。

"正好我的住处距离格里诺贵族学校不远，我已经和校长史密斯夫人谈过了，一切都很顺利；我想，孙娴同学一定会很快适应她的新学校和接下来的高中生活。"

"贝姐，谢谢您！"孙娍立刻向贝尔格蕾雅鞠躬致意。

"真不知该怎样感谢你，贝姐——一切感激之词此刻都显得苍白无力。"孙艾琳红着脸露出笑容。

"谁让我们是闺密呢？不用谢。"贝尔格蕾雅俏皮地吐了吐舌头，"话说回来，艾琳，我会先把你安排到我公司去上班；在那之后，如果你愿意的话，我可以帮你和美国恐龙竞技队的教练取得联系。像你这样经验丰富的优秀选手，相信他们一定会考虑的。"

孙艾琳认真地听着，脸上的笑容却消失了，不过还是条件反射般地点了点头。于是，身材高大的贝尔格蕾雅帮瘦弱的孙娍背起背囊、拖拽着沉重的行李箱走出宿舍，孙娍紧随其后，孙艾琳走在最后面。关上宿舍房门前，孙艾琳深情地向内望了一眼——她知道，也许自己再也不会回到这里了。

一眨眼，春节已经近在眼前，南方大学的校园早已随着寒假的到来变得冷冷清清。已经逐渐适应孙艾琳姐妹离去的王一川与卜小黑像往常一样来到篮球场，由于放眼望去没有任何学生还在场上打球，他俩不得已只好玩起了单人对抗。这样的对抗显然是略显枯燥的，一次，篮球被弹飞很远时，王一川甚至懒得去捡球，而是以很慢的速度向场边踱去。这时，有人用脚踩住了滚动的篮球。王一川与卜小黑不约而同地投去诧异的目光，发现踩住球的竟是一位穿着精致的英伦风大衣，留着齐刘海儿、长发的高个儿女孩，她的身材与衣着色调都和孙艾琳颇为相似。王一川一时间竟产生了幻觉。

"嘿……一川学长,接球啊!"那是卜小黑的声音,紧接着——

"砰!"话音未落,篮球已经砸中了发愣的王一川,他一个趔趄差点栽了个狗啃泥——原来,女孩以为王一川会接球,于是很自然地弯腰捡起篮球扔了过来。那扔球的手法并不像是个普通路人,而是精准地以一个优美的抛物线砸中了王一川的头。

"对不起!我不是有意的,我以为……"

美女大惊失色,忙跑过来向王一川致歉。王一川逐渐回过神来,一边捂头,一边十分尴尬地捡起球,并涨红了脸予以回应:"没事,刚才是我自己走神了。"

"你还好吧?要不我陪你去卫生所看看?"见王一川似乎仍未缓过劲儿,女孩表现得十分担忧。

"没事,你就别担心一川学长啦——这家伙肯定是在你面前装虚弱呢!嘿嘿……"卜小黑笑着从远处跑来。

"去去去,谁装了?"王一川不耐烦地冲卜小黑吼了一嗓子,紧接着露出诚挚的笑容向女孩表示感谢,"谢谢,我没事。我叫王一川,他是卜小黑,我们都是恐龙竞技队的成员。"

"恐龙竞技队!真是太巧了,我正要去恐龙竞技队报到呢!我叫韩娅,以后还请多多指教。"

"报到?难道你是……"

"嘿嘿,可能你们也听说了,因为一位竞技队主力前辈的离开,国家队从浙江省队调了一个实力派新队员来顶替她,就是我啦!"自称韩娅的女孩也来劲了,激动地和王一川、卜小黑依次握手。

"我还以为会派来一个男生，没想到竟然是个和琳姐一样的女孩子！"

"那么韩小姐，我们很荣幸可以陪你一起去竞技队报到。"

相比卜小黑的兴奋，年长的王一川倒显得十分镇定。他收起篮球，邀请韩娅与自己和卜小黑同行，理所当然得到了对方的许可，于是三人边走边聊，一同向恐龙竞技训练基地进发。尽管是初次见面，韩娅却十分健谈。原来，韩娅出身于杭州市的一个富裕家庭，直到大学本科快毕业时才开始接触恐龙，谁料竟从此一发不可收拾。2118年，韩娅曾在杭州市举办的恐龙竞速比赛中获得第一名；随后在次年恐龙竞技世界杯附加赛开始之前，她曾被浙江省队推荐进入国家队，但没有成功。如今，她的梦想终于实现了！

"说实话，现在的国家队里就缺少像你这样有拼搏进取精神的选手，太稀缺了！"听完韩娅的故事，王一川不禁叹了口气。

"所以我们才会一再折戟于附加赛，每到关键时刻就……当然，琳姐那次是个意外。"

"你小子真是哪壶不开提哪壶！"

"哈哈！你俩真逗！我已经迫不及待想见到新队友啦！"

原本寂静的校园林间小路上传来三人的说笑声。就像不停变幻的星空与宇宙一样，在这个世界上，总有花开与花落、朝霞与日落、出生与死亡——当一个事物结束时，总会有合适的替代者使其延续下去，欢乐亦是如此。

九　恐龙宝贝

半年之后……

"嗨! 伙计们, 开饭了, 今天有你们最爱的蘑菇炖牛肉! "

笑容可掬的裴小雪拎着一大桶热气腾腾的食物来到后院, 一大一小两头食肉恐龙已经露出迫不及待的目光。当女孩将食桶放在一贯的吃饭地点时, 它俩立时一拥而上。由于块头较大, 托沃在抢食中占据明显优势, 这引起了小雪的不满——只见女孩一把拦住托沃, 将食桶轻推至亚罗面前:

"托沃! 我和你说过多少次了, 不可以这样哟, 要让着弟弟! "

托沃眨着眼睛, 发出咕噜咕噜的声音, 呈认错状低下头去。趁着这个机会, 小亚罗跳到桶上, 将头伸进桶里大口吃了起来。此时此刻, 裴母正站在后院的门口。望着女儿"训诫"恐龙的模样, 她忍不住笑出声来:

"亲爱的,你还真以为能和恐龙对话吗?真可爱!"

"老妈,您可别小看我,我就是在和它们对话呢!不守规矩就需要管教!"小雪一本正经地点了点头。

"好吧,你厉害!可是它俩都是食肉恐龙,我觉得你还是应该小心点。"

"放心啦老妈,它们一直都是吃熟食的。"看着亚罗吃得差不多了,小雪一把将其抱走,托沃这才冲上去放肆地大吃起来。

"还有,你爸爸之前承诺半年之后就把托沃送回学校,可是这都已经……"

"好啦老妈,这个问题请您别再问了——如果您想撵它走,那么请把我一起撵走!"

小雪以极其强硬的态度将裴母的话搪塞回去,裴母只得默不作声地进屋去了。不多时,裴博士下班回家。裴母忧心忡忡地跟丈夫轻语一番。裴博士先是皱起眉头,紧接着却露出舒缓的神色,微微一笑,放下手包,径直朝后院走去。正嬉笑着逗恐龙玩耍的小雪一见父亲走来,立刻停了下来。裴博士微笑着走到女儿身边:

"小雪,我不是来劝你做出任何决定的,只是想问一句,你当真想和两头'危险'的食肉恐龙一直生活下去?"

"当真!"小雪不假思索地使劲点了点头。

"好!明天我替你去给两个小家伙办理养殖许可证。"裴博士抚摸了一下女儿的脑瓜。

"老爸,您是认真的?可是,您不是说过大型食肉恐龙的许可证几乎是不可能办理的吗?"小雪露出惊愕的表情。

"没错。但是对于真心爱它的人来说，再难也值得。好啦，我的甜心宝贝，明天你安心上学去——马上就要期末考试了吧？可别分心了。至于这些事嘛，老爸会替你办好的。"

"太棒了！老爸万岁！"

得知父亲愿意为自己的两头"心肝宝贝"办理养殖许可证，小雪激动地挥拳跳跃起来。

当天晚上，小雪甚至品尝到了失眠的滋味，但这依然丝毫不能减弱她第二天上学时的愉悦之情。次日清晨，只见小雪罕见地早早起了床，用完早餐后一路哼着小曲向学校欢快地奔去。不出所料，她是第一个到达教室的。由于闲着没事干，心情大好的小雪竟破天荒地将教室打扫得干干净净，并在黑板上画了两头正在并肩奔跑的食肉恐龙。这时，第二个来到班上的同学——同桌牛畅踏进了教室。毫无疑问，他被眼前的景象惊呆了！

"裴小雪同学，你这是在……"

"啊哈，牛畅同学，早上好呀！今天你来得挺早的嘛！"

"啊，今天是我值日，可是教室居然……"牛畅望了望四周，仍然不敢置信。

"不用谢我——放学后的一杯奶茶已预订喽！"小雪撸起袖子，眨眼笑着冲自己竖起大拇指。

"你画的这个恐龙，难道就是常跟我提起的……"

"没错，正是亚罗和托沃。等哪天提前放学的话，我可以带你去我家看看。嘘，别告诉其他人。"小雪故作玄虚地将食指放在嘴前轻声道。

"可是教室里就我们两个人呀！"

"笨蛋！我的意思是，这……这是我们俩之间的小秘密。"

小雪神秘地笑了笑，以最快的速度将黑板上的恐龙擦掉。不多时，更多的同学来到了教室，小雪和牛畅忙回到自己的座位上坐好，一切就好像没有发生过一样。由于教室被打扫得格外干净，牛畅被班主任表扬了；下午放学后，小雪也得到了她被许诺的报酬——一杯珍珠奶茶。

一天、两天、三天……小雪焦急地等待着父亲关于办理养殖许可证的消息，可是裴博士一直没有给出明确答复。慢慢地，小雪的兴致弱了下来，她上学不再哼小调，也不再像头两天那样像话唠一样给同桌牛畅介绍自己的恐龙。直到1周后，期末考试结束的那天。

走在回家的路上，小雪接到了父亲的电话。

"嘿，我的甜心宝贝，事情终于搞定了！"

"啊？老爸，难道你说的是办证的事？"

"当然，这真是一件不容易的事呢，我低估了办证的难度。不过好在终于办下来了！"裴博士的话语里充满了辛酸和兴奋。

"老爸你真棒！我的老爸是这个世界上最牛的老爸！"

路上又响起了裴小雪那欢快的小调。

晚饭后，小雪按照惯例去后院照顾她的恐龙宝贝们。不知过了多久，她隐约听到屋里好像有很大的说话声——那是妈妈的声音，于是她不由自主地放下怀里的亚罗，蹑手蹑脚地走到窗台下，将窗户轻轻打开一角。这时，裴母刺耳的咆哮声清晰地传入耳中："为了两个动物，值得花这么大的代价吗？你疯了吗？"

"亲爱的，你听我说，事情不像你想得那样糟糕……"

"你说什么？不像我想得那样糟糕？怎样才算糟糕！离婚吧！"

"够了！爸！妈！求求你们别再吵了！"

说罢，小雪立刻冲回自己的房间。裴博士与裴母似乎傻了眼，慌忙追了上去。最先沉不住气的裴母在愣了几秒钟后跑到女儿身边低声相劝，小雪却旁若无人地继续哭泣。裴母越说越激动，甚至掉下了眼泪，很快，小雪的手也开始颤抖，终于，她抱着母亲放声大哭起来。望着眼前哭成泪人的母女俩，裴博士的心中五味杂陈。这时，通往后院的门传来了声响，裴博士下意识地扭头向楼下望去，发现竟是两头小恐龙探头进来察看动静——那满面疑惑的可爱神情令人忍俊不禁。

"嘿……小雪，你的小宝贝们来找你了。"裴博士轻轻推了推女儿的肩膀。

小雪诧异地站起身，顺着父亲手指的方向望去，只见两头小恐龙已经将半个身子挤进门内，充满疑惑地打量着眼前的一切。女孩瞬间破涕为笑，飞也似的冲到后院门口将两个小宝贝紧紧搂在一起。亚罗竟伸出舌头舔去了小雪脸上的泪水——看到这里，裴母的心似乎彻底融化了。

在那之后，裴母似乎再也没有提及要将恐龙送走的事。在办下了食肉恐龙养殖许可证后，亚罗和托沃终于可以不用偷偷摸摸地生活在后院中了。不过倘若它们想踏出家门，还是要按照规定戴上嘴套和爪套。嘴套是最重要的，这很好理解，防止它们的血盆大口吓到或伤到行人；爪套则按照尺寸定制并套在它们的前肢和脚掌上，防止抓伤行人——这些都是昂贵的易耗品，再加上昂贵的养殖许可证申请费和每年的审核费，难怪当初裴母会如此生气。不过，从小被培养得十分温驯的亚罗和托沃很快证明了自己并非危险分子，即便偶尔被带上街（多数时间是前往南方大学的恐龙竞技队培训基地），它们总是很乖巧地跟随在主人身后。在发现它们并无恶意后，路人开始想要和它们合影，甚至想上前抚摸一下。这两个小家伙总是很温驯地配合路人的要求。日子一天天过去，亚罗和托沃也一点一点长大，并且高度已经超过了裴小雪和她的父母。亚罗两眼上方长出了异特龙引以为豪的红色角冠，身材十分修长匀称，通体青灰色并伴有虎皮状暗纹；托沃的脑袋和身体显然比亚罗要健硕得多，但前肢更短小，通体棕褐色并伴有大而暗的斑点。它们是如此俊美，每当出现在街上时，总能引来路人的啧啧称赞；同样地，路人也会惊叹于这两头雄壮恐龙的主人竟是一位活泼可爱的姑娘。

就这样，时间来到了2121年4月，过不了多久，两年一度的体育盛宴——恐龙竞技世界杯将再次拉开帷幕。然而，由于年龄原因（中国竞技队只接受18周岁以上的队员）未能入选的小雪这次只能继续作壁上观；同时，由于亚罗和托沃也尚未成年，体格远未达到能够参加职业竞技赛的水准（职业恐龙团体竞技赛要求参赛恐龙的体长必须在9米—15米之内，体重在1.5吨以上），距离小雪实现梦想恐怕至少还有两年的时间。

已经一岁多的亚罗和托沃长得很快，根据小雪最新的测量，它们的体长都已经达到了8米，体重在1吨上下（托沃要更重一些）。有时候，张恩南会允许它们跟随中国竞技队的其他预备役恐龙一起训练，但由于太年轻，它们显然还无法达到教练的要求。不过它们也并非完全没有亮点——张恩南发现，亚罗的速度快如闪电，身体极为灵活，善于弹跳和抓捕；而托沃似乎天生拥有一颗进攻的心脏，冲击力十足，并且下盘稳若磐石。二者都是恐龙竞技的好苗子，只是还需要时间来培养。

尽管无法参加职业恐龙团体竞技赛，但亚罗和托沃的天赋使张恩南认为它们已经可以参加一些低强度的比赛，例如恐龙竞速赛。这不，在张恩南和裴博士的努力下，亚罗和托沃进入了南京市2121年度春季恐龙竞速赛的选手名单。这项赛事的比赛时间通常是4月下旬的周末，它也被视作为即将到来的恐龙竞技世界杯附加赛的"热身"。因此，为了两年后能够正式参加恐龙竞技世界杯的附加赛，同时也是为了这第一次宝贵的"实战"经验，小雪已经准备好了，她迫切期待着，能够以一次"开门红"揭开自己恐龙竞技生涯的序幕……

十　意　外

　　参加南京市恐龙竞速赛的恐龙均为大型两足兽脚类恐龙，一共有40头，比赛地点在南方大学校园西南部宽阔的恐龙竞技训练基地内。比赛一共分为3轮，第一轮将参赛恐龙分为4组，每组10头，每组中获得前5名的恐龙晋级下一轮；第二轮将晋级的参赛恐龙分为2组，每组依然为10头，每组中获得前5名的恐龙继续晋级下一轮；第三轮为决赛，晋级的10头恐龙将进行角逐，获得前三名的恐龙分别为冠军、亚军和季军，恐龙的主人将会获得丰厚的奖金。小雪自然不是冲着奖金才来参赛的，当然，如果能以这样的方式获得零花钱，那将会是很棒的一件事！

　　小雪饶有兴味地扫视着眼前形形色色的参赛恐龙，它们之中有和亚罗、托沃一样的食肉恐龙，也有两足类鸭嘴食草恐龙。这些鸭嘴龙体形较长，有的看起来似乎有10米。在参赛恐龙中，最引人注目的要数一头高大威猛的永川龙了，小雪认出那正是王一川的"爱龙"皇帝——目前中国恐龙竞技队中最大（全长11米，体重4.5吨）、综合实力最强的进攻型选手——不禁吃了一惊。她开始搜索皇帝的主人王一川，但并没有看到那熟悉的高大身影，倒是看见在皇帝的腿旁站着一位梳着高贵的欧式麻花长辫、身着红色旗袍式短裙的女人，她正在与主持比赛的尊贵嘉宾、人称"恐龙界爱因斯坦"的国际恐龙运动协会秘书长K博士亲切交谈。这个女人正是在孙艾琳离队后新加入中国恐龙竞技队的韩娅，不过小雪并不认识她，于是将视线移向别处。很快，恐龙的分组出来了，亚罗的编号为D4（D组4号选手），托沃则是D8。D组中大多数恐龙为食草鸭嘴龙，食肉恐龙除了亚罗和托沃之外还有一头体长8米左右的角鼻龙，与前二者的体形可谓旗鼓相当。小雪非常庆幸自己的恐龙能够被分在同一组参加比赛。同时，她注意到永川龙皇帝被分到了A组，这就意味着在决赛之前双方不会碰面了（按照规则，第一轮比赛后A组和B组的前五名组成一队；C组和D组的前五名则组成另一队进入下一阶段的比赛）。想到这里，小雪不禁悄悄舒了口气。

"小雪，我想你一定已经准备好了吧？"是裴博士的声音。

"啊……当然，老爸，我已经准备好了。"小雪忙点了点头。

"记住老爸的话：比赛胜负并不重要，享受比赛才是第一位的。这是你第一次参加正规恐龙竞技类比赛，不用想输赢，尽情享受比赛所带来的乐趣吧！"

小雪点了点头。参赛的恐龙很快便被带至比赛场地前。恐龙竞速赛这项以竞速为主的赛事并没有像其他竞速赛那样为各恐龙规划赛道；同时，比赛中合理的冲撞和侵犯也是被允许的，然而一旦有恐龙做出出格的事情，则立即会被其佩戴的特殊头盔麻醉并判负。

几分钟后，随着K博士的一声令下，第一轮比赛正式开始。亚罗和托沃在头盔的刺激下如箭一般开始奔跑。刚开始，它们的起步似乎要慢于两旁的食草鸭嘴龙，但明显快于角鼻龙。没过多久，角鼻龙便远远落在后面，几乎已经提前出局；亚罗的速度优势开始体现，它逐渐超越了位于前列的几头鸭嘴龙，并在比赛进行到一半距离的时候首次达到了第一的位置。

"D4号选手现在处于领先位置，并逐渐拉大了和其他选手的差距，比赛似乎没有悬念了！"解说裁判激动地喊道。

"亚罗加油！托沃，你也要加油啊！追上去！"站在场边督战的小雪跳跃着挥舞拳头咆哮起来。

赛程进行到3/4时，原本仅位于第七的托沃突然扬了扬脖子，开始发力。只见它突然向左侧偏去，将以微弱优势领先于它的一头鸭嘴龙撞倒在地，达到了第六的位置。有些担心托沃犯规的小雪惊讶地瞪大了眼睛。不多时，喇叭里再次传来解说裁判更加激动的声音：

"这是合理冲撞，这是合理冲撞！D8号选手通过合理冲撞达到了第六的位置！"

"太好了！加油啊，托沃，你一定能行的！"

小雪高兴地欢呼起来。这时，亚罗已经跑到了终点，毫无悬念地拿下了第一名。第二名到第四名也相继跑到了终点，真正的悬念集中在排在第六的托沃与位于它身前不远处的五号位鸭嘴龙身上。比赛接近尾声，双方的差距大约有半个身位。就在鸭嘴龙快要触线的一刹那，托沃突然以强有力的后腿凌空跃起，用它那硕大的脑袋撞向对方的身体。惊恐的鸭嘴龙猝不及防，失去平衡后虽然没有倒下，但放慢了脚步；紧接着，托沃以迅雷不及掩耳之势在它身旁以仅仅0.5米的微弱优势率先撞线。

比赛场地陷入了一片沉寂。由于不知道这是否属于犯规，大家都把目光投向了主席台，当然包括小雪——女孩仿佛要窒息了，只听得到"怦怦"的心跳声……

"这是……合——理——冲——撞！D8号选手获胜！"

伴随着短暂的静寂，解说裁判近乎沙哑的号叫令整个比赛场地沸腾了！托沃，这头不言弃的小蛮龙在最后阶段奇迹般地夺得了第五名，压哨拿到了进军下一阶段比赛的入场券！见女儿的两头恐龙都进入了第二轮比赛，裴博士也是异常高兴，拥抱着小雪在原地转起了圈。也许是被这边的欢呼声所吸引，站在A区比赛场地的韩娅有些疑惑地将目光投向D区，当她发现那两头恐龙的主人是个高中女生时，露出不可思议的神色。这时，皇帝被工作人员牵引到韩娅身边，原来今天由她来指挥皇帝参赛，至于王一川，则根本没有露脸。

"那个小女孩是？"韩娅问工作人员。

"哪个小女孩？哦……D区的裴小雪啊？她是裴博士的女儿，她的恐龙刚刚在D区胜出了。"

韩娅露出恍然大悟的神色，紧接着嘴角展现出一丝难以察觉的笑意。

"请参加第二轮比赛的恐龙各就各位，我们的比赛将在半小时后战火重燃！"

播音喇叭里传来了K博士铿锵有力的声音。仍旧沉浸在胜利喜悦中的小雪在父亲的提醒下忙回过神来，跑到亚罗和托沃身旁，跟随着牵引它们的工作人员前往比赛场地。第二轮比赛有更多的食肉恐龙参加，这就意味着奔跑时的竞争更加激烈。小雪注意到一头超过10米的特暴龙，这是个相当难缠的对手。

"特暴龙和永川龙是目前国内流行的两种最强食肉恐龙，也是中国恐龙竞技队的主力。"站在小雪背后的裴博士提醒道。

"我知道，我曾经在训练基地看到过它们。老爸，你觉得亚罗和托沃能与它们匹敌吗？"

"现在它们还未成年。假若它们成年后能长到12米，体重超过5吨，那么很明显，它们会比国内目前所有的食肉恐龙都更强。"裴博士边点头，边拍了拍女儿的肩膀。

"相信我，老爸，它们一定会的！"小雪自信满满地说。

"各就各位……预备……开始！"

随着K博士一声令下，两个小组同时进行第二轮比赛。与第一轮比赛不同的是，亚罗这次相当亢奋，在起步阶段便先拔头筹；托沃也显得更加卖力，但它的身旁便是那头10米长的特暴龙，双方从一开始便展开激烈争夺。尽管在体形上处于劣势，但托沃的速度似乎比特暴龙要稍快点，二者暂时位于第五位和第六位。这一幕似乎与先前的第一轮比赛有些相似，不同的是，此时托沃处于优势！亚罗起步速度很快，却显得有些后劲不足，在赛程刚过半时被一头"似乎开了挂"的鸭嘴龙抛在了身后。小雪忐忑不安地望着自己两头全力拼搏的恐龙。突然，她惊叫了一声，那是因为特暴龙开始对托沃进行撞击。

"C2号选手正在撞击D8号选手，这是合理冲撞，但是D8号选手保持住了平衡，没有给对方机会！"

　　特暴龙显然不会就此放弃，在赛程接近3/4时它又发起了新的撞击。这次，托沃被撞得有些趔趄。也许是有些恼火，托沃扭头想要去咬对方，但因为戴着嘴套，它当然不会成功；特暴龙也挑衅地摆出攻击的架势并从能微微张开一点的嘴里发出呜噜呜噜的叫声。就在此时，托沃做出了一件令所有人都无法料到的事情——它突然停下脚步，用它那粗壮有力的长尾猛地向特暴龙扫去。猝不及防的后者被尾巴打中，重重地倒下去。

　　"D8号选手犯规！取消比赛资格！"

　　随着解说裁判的叫喊，托沃立即被电击，也倒了下去。与此同时，亚罗则刚刚以第二名的身份冲过终点线，当它回过头发现同伴倒在赛场上时，突然由温驯变得暴怒——向正准备将昏迷的托沃移走的工作人员猛冲过去。起初，大家的注意力都集中在那头被打伤的特暴龙身上——它似乎伤得不轻，竟躺在地上挣扎着无法爬起。解说裁判宣布暂停比赛。就在工作人员用吊车将托沃吊起时，亚罗如风一般赶到，用力将一名工作人员撞开。

　　"蠢货！别愣在那儿，快电击它！"

　　意识到事态严重的K博士立即一把推开身旁掌管C-D组第二轮比赛的解说裁判，亲自摁下了电击D4号选手的按钮。面对这突如其来的一幕，小雪感到眼前一黑，紧接着天旋地转。

　　不知过了多久……

　　小雪慢慢睁开眼睛，发现自己正躺在医院的病床上，窗外一片绚丽的晚霞，床边则站着一脸愁容的父母。

"谢天谢地！你终于醒来了,可把我们急坏了!"裴母第一时间搂住女儿的脖子。

"我这是……在……哪儿……"小雪缓缓地问道。

"南方大学的急救中心。别怕,医生说你只是因过度惊吓而导致昏厥,很快就能出院了。"裴母脸上露出安慰的笑容。

"亚罗……托沃……它们在哪儿?"

听了女儿的问话,裴母脸上立即流露出深深的不快,站在一旁一直没开口的裴博士也是脸色铁青。也许是注意到了这微妙的气氛变化,小雪急了,一把抓住裴母的胳膊大声喊道:

"求求你们,告诉我亚罗和托沃在哪里!"

裴母把脸转向窗外。裴博士在摇头叹息良久后,压低了声音说道:"比赛已经因亚罗对工作人员的攻击行为而提前终止了。K博士认为亚罗和托沃都是具有攻击性的'北美野性'食肉恐龙,所以已经让警察把它们拘捕。"

"请别拘捕它们,它们是很善良的!快……让我去见它们!"

小雪一听,立即不顾一切地想要下床,但突如其来的一阵眩晕感让她觉得天旋地转,幸好被裴母扶住才不至于摔倒。

"小雪啊,你别太担心了。尽管已经被拘捕,但至少它们暂时不会有生命危险。不过……"裴博士欲言又止,但还是忍不住把实情说了出来,"最坏的结果就是,亚罗可能被就地安乐死;托沃被遣送回美国,永远不会恢复自由。"

裴博士的话如闪电般劈入小雪的耳中。渐渐地,她原本攥紧的拳头慢慢松开——可怜的她又昏了过去。

十一 平行世界

"咚咚……"

病房的门口响起了轻微的敲门声，裴博士答应一声，门被推开了。令人意外的是，来访者竟然是与小雪毫无交集的韩娅。

"小韩，你怎么来了？"裴博士吃惊地问道。

"裴博士好，师母好！"韩娅彬彬有礼地向裴博士夫妇鞠躬致敬，随后将一篮水果放在床边，"我听说了令爱的事情就匆匆赶来了。真遗憾，本以为可以和令爱在决赛中一较高下。"

"咳咳……小女哪里是你的对手，你太高看她了！小雪还需要休息，谢谢你的好意啦！"裴博士说着，朝韩娅使了个眼色，两人立刻一前一后向门外走去。待走到门外的墙边，裴博士问道："恩南知道这件事了吧？现在那两头恐龙在公安局吗？"

"嗯，"韩娅点了点头，"我已经告知主教练了。他也在和市恐龙协会、公安局交涉，希望尽力平息这件事。尽管那两名被异特龙击伤的工作人员没有生命危险，但也伤得不轻，这恐怕会成为他们不放过那两头恐龙——尤其是那头异特龙的理由。"

"这么说，没有别的办法了吗？"裴博士叹了口气。

"办法倒是有，但是恐怕是令爱无法答应的……"

"那是什么呢？"

"那就是在被宣判之前将它们转移出国。从陆路走，通过南部边境前往东南亚。这个嘛……我倒是可以帮忙，但是据我所知，令爱一定不会放弃她的爱龙——刚才我也从主教练那里获知了一些关于她和爱龙之间的故事。"

"嗯，让她放弃那两头恐龙几乎不太可能，尤其是在知道它们还活着的情况下。当然，她母亲早巴不得那两头恐龙立即消失。"裴博士沉吟道。

"所以除非令爱和两头恐龙一起离开。但是问题又来了，您和师母一定不舍得女儿离开身边。"韩娅继续说道。

裴博士一手托腮，面露为难之色地思考起来。

"裴博士，请原谅我还有些事要先行告退。倘若您最终决定将恐龙运至境外的话，我随时愿意效劳。"

韩娅说着，礼貌地向裴博士告辞。

夜，已经悄悄地落下了黑色的幕布。而在地球的另一边，太阳才刚刚升起。

"嘟嘟嘟……"

睡眼惺忪的孙艾琳抓过正在床头柜上振动的手机，见是贝尔格蕾雅打来的，她毫不犹豫地解锁接听：

"喂……贝姐，你这是要打扰我难得的周末懒觉嘛！"

"嘿嘿，我可从来都不睡懒觉哟。今天在戴德姆市西北郊的恐龙竞技场会举行一场规模不小的恐龙竞速比赛——我们有活儿干了呢！"电话那头的贝尔格蕾雅以轻快的语气说道。

"知道啦，我可爱的贝姐！现在我是你的员工，听你指挥！我这就起来，稍等一会儿……半个小时呗！对了，你来接我吗？"孙艾琳忙将手机夹在肩头，开始梳理头发。

"当然！半个小时后我会准时出现在你家门口。"

"好的！"

孙艾琳心情愉悦地挂断电话后，又拨通了妹妹孙娍的电话。在美国生活一年多的时间，孙娍先是在贝尔格蕾雅的帮助下进入了姐姐当年的母校——格里诺贵族学校学习，紧接着，又凭借自己的努力在班级中名列前茅，逐渐适应了学习生活。由于格里诺贵族学校实行学生住校管理制度，孙娍大部分时间都待在学校，不过有时候，她也会请假回到位于戴德姆东郊的家中与姐姐共度周末。

"娍娍，一会儿我会去参加一场活动，你能回来陪我一起去吗？"

"啊……姐姐，不好意思，我今天已经安排好时间了呢。"

"你这臭丫头，就不能为了姐姐改变一次计划吗？"

"姐姐，今天真的不行哟，我已经答应别人啦！我保证下周会请假回来陪你的——预祝美好的一天，再见！"

孙娍说着，在电话那头笑嘻嘻地挂断了通话。孙艾琳有些失望地皱起眉头，将手机扔在枕头上。不得已，她只得穿衣、洗漱、收拾东西，准备迎接闺密的到来。由于心情不佳，孙艾琳在收拾东西时不慎将一个夹着许多照片的文件夹掉落在地,照片如天女散花般散落一地。

"可真倒霉!"

孙艾琳恨恨地将脚踩在散落的照片上谩骂起来。不过就在这时,一张旧照片出现在她的眼前——照片上,脸上还带着些许稚气的孙艾琳正和王一川并肩站在各自的恐龙身边,露出灿烂的笑容。照片的右下角标注着时间:2115.4.23——距离现在过去了整整6年。

"已经6年了吗?"

孙艾琳拿起照片,喃喃自语道。正在这时,门外传来了摩托车引擎那熟悉的低沉轰鸣声,孙艾琳低头看了下时间,知道是闺密到了,于是拎起摄影器材包匆匆向门口奔去。果不其然,贝尔格蕾雅正摘下头盔准备翻身下车,于是孙艾琳抢先一步,稳稳地坐在了后座上。

"走吧!"孙艾琳似乎已将刚才的不快抛在了脑后,戴上头盔后将手指向前方,大声喊道。

"嗨——艾琳,你看起来心情不错嘛!"贝尔格蕾雅边发动摩托车滑向快车道边说。

"哪有,一大早又被我妹气得半死——这丫头,我想让她陪我们一起去拍照,结果她又约了别人!"孙艾琳嘟囔着发起了牢骚。

"嘿嘿,这个年龄段的小姑娘,有点自己的心事很正常哟,说不定人家已经有男朋友了,你不知道而已呢!

"不过,别怕,艾琳,有我给你兜底——别忘了你有个比你大一个多月的单身老闺密, 嘿嘿! ”见闺密的语气有些失落, 贝尔格蕾雅忙幽默地说。

“贝姐, 说真的, 我还真有点怀念过去的生活。”

“哦? 过去的生活, 你是指在恐龙竞技队里的那段时光吗? ”

“嗯。不知道他们现在怎么样了, 自从回到美国换了号码后, 我就没有再联系他们。咳……也不知道他们是不是已经忘了我。”孙艾琳自言自语道, 先是一阵大笑, 紧接着竟抽泣起来。

“相信我, 你们肯定还会重逢的。艾琳, 你知道这个世界上最珍贵的宝物是什么吗? ”贝尔格蕾雅听着闺密的抽泣, 认真地问道。

“一定是亲情吧? ”

“不, 在我看来是失而复得的喜悦之情——就像当时重逢的你我一样。”贝尔格蕾雅略加思索, 平静地说, “试想一下, 当你不得不与自己的好友分开, 并且以为再也见不到或者回不到过去的时候, 某一天, 他又走进了你的生活, 那会是一种怎样的感受? 那大概就是这个世界上最珍贵的宝物。”

听着闺密的话, 孙艾琳不禁陷入了沉思……

与此同时, 南方大学的宿舍里, 王一川正静静地躺在床上仰望着天花板。原本, 张恩南计划让他去代表恐龙竞技队参加南京市恐龙竞速赛, 但因为重感冒导致的发烧让王一川不得不请假休息, 后来张恩南便安排韩娅代替他指挥皇帝参赛。至于比赛中发生的插曲, 韩娅也早已告诉了王一川。不知为何, 在得知亚罗和托沃的事情后, 这个本与它们毫无交集的大男孩却觉得郁闷异常。

"咚……咚咚……咚咚咚……"门外响起了有规律的敲门声。

"进来吧。"

王一川一听，露出了一丝无可奈何的笑容。门被推开后，韩娅迈着轻快的步子出现在王一川面前。相比白天时的装扮，韩娅拆开了复杂的欧式麻花辫，任由长发披在肩上，看上去是那么自然。

"来点咖啡？"王一川边说边往厨房走去。

"多加糖！"

王一川扭头瞥了一眼正在做鬼脸的韩娅，露出一丝会心的笑意。不多时，一杯热气腾腾的咖啡被端了出来，韩娅接过咖啡，轻轻抿了一口，露出陶醉的表情：

"这世上真的没有比一川哥哥冲的咖啡更好喝的东西了！"

"啧啧……不至于这么追捧我吧，不过是最普通的雀巢咖啡加双份糖而已。"哭笑不得的王一川只能无奈地耸了耸肩。

"对了，一川哥哥，今天皇帝的表现真不错！而且我觉得它似乎也很认可我这个'后备主人'呢！"韩娅把未喝完的咖啡放在桌上，自己则搬来一张椅子，坐了下来。

"哦？一般来说它只听我的指令——这说明你的驯龙能力真的很令人刮目相看啊！哈哈！"王一川先是一愣，紧接着摸着头大笑起来。

"不过，我听说主教练很可能还是打算让我指挥琳姐的剑龙'女王'参加这届恐龙竞技世界杯的附加赛。唉,有点郁闷呢!主教练根本就不明白我韩娅天生拥有一颗进攻的心!"

听到韩娅提起孙艾琳的名字,王一川刹那间愣住了——这是一个能随时触动他心扉的名字……

坐在如闪电般疾驰的摩托车的后座上,孙艾琳的棕黑色长发从头盔下露出并随风舞动着。很快,她们便赶到了比赛现场——位于戴德姆市西北郊的恐龙竞技场。这里早已人山人海。贝尔格蕾雅停好摩托车,带着闺密向会场入口处走去。在比赛待命区场地,孙艾琳看到了一头已经准备好的霸王龙,在它身旁是一头体形相近的巨异特龙——混血美女的热血彻底沸腾了,她感到自己仿佛回到了几年前参加恐龙竞技世界杯附加赛时的情形。

"两年一次的盛会又要开始了,好像一切发生在昨天!"

"时间真是个可怕的魔鬼——仿佛昨天还在上学的我们,今天已经快30岁了。"贝尔格蕾雅也不由得感叹起来。

"话说回来,今天怎么没看到凯因茨?"

"凯因茨今天有其他的任务,所以我安排了一个新来的小姑娘协助我们。她自己叫的士来,可能快到了吧。"

"新来的?我……见过她吗?"孙艾琳感到有些好奇。

"可能上周见过一次吧,有天你来办公室找我,不是有个刚毕业的小姑娘正在面试吗?就是她,名字叫米娜·劳伦斯。"

"原来是她呀!虽然肤色挺黑,但是长相也挺可爱。"

正说着,贝尔格蕾雅的手机铃声响起,金发美女随即拿起手机以流利的西班牙语对答;当她挂断电话后,紧接着又以法语打了另一通电话；最后，她接到了来自米娜的电话，用的是英语。对于闺密的语言技能，孙艾琳羡慕不已。这时，远处传来了米娜的声音。孙艾琳循音望去，只见戴着遮阳帽、娇小玲珑的米娜挎着一个巨大的摄影包正向这边跑来。

"不好意思！威斯特哈根小姐、孙小姐，我来迟了！"米娜一路快跑至贝尔格蕾雅和孙艾琳面前，气喘吁吁地说道。

"不用太着急，米娜，比赛还没开始呢！"贝尔格蕾雅低头看了看手表，露出令人感到温暖的笑容，"你可以把东西放在我这里休息一会儿，然后去找西蒙斯先生要来今天参赛者的名单。"

"好的！"米娜擦去额头的汗珠，精神抖擞地答应下来。不过她并没有休息，放下摄影器材后很快便跑去寻找贝尔格蕾雅口中的"西蒙斯先生"了。望着她匆匆离去的背影，孙艾琳颇为赞赏地点了点头：

"这丫头挺用功啊！现在还在实习期吧？贝姐，你准备留下她吗？"

"那是当然。我已经决定让米娜成为我们中的正式一员了。"

贝尔格蕾雅冲孙艾琳神秘地笑了笑。不多时，依旧气喘吁吁的米娜带着从西蒙斯先生那里拿来的名单归来。贝尔格蕾雅接过名单仔细地看着，当她看到一个名字时，眼神突然变得有些吃惊。很少见到闺密如此的孙艾琳好奇地伸过头来，不过很快，她也露出了相同的表情：

"雷恩·马什？"

闺密俩不约而同地叫出声来。

十二　熙德与杰克

　　没错，这位雷恩·马什正是两年前裴小雪来到美国时所认识的那个热爱恐龙的男孩，如今他已经成了一名大学生。当初在小雪的鼓励下，雷恩遵从自己内心的指引，向着成为首屈一指的驯龙师的道路而努力。现在，他已经成为一头年轻雄壮的霸王龙的主人，此次在戴德姆市举办的恐龙竞速赛将是这位少年在正式赛场上的第一次亮相。

　　雷恩的霸王龙"杰克"已经两岁半了，有着硕大的头颅、强健的身体、粗壮的大腿和尾巴。它通体棕灰色，背部隐约可见一条深色背线从颈部贯穿至尾部，并向两旁扩散出淡淡的条纹，彰显出王者的霸气。尽管还未成年，但杰克的体长已经达到11米，体重超过了5吨，已经足以参加级别最高的恐龙竞技世界杯了。

　　比赛准备区的另一边，一头身体主色调为少见的灰白色、背部点缀着深色暗纹的鲨齿龙吸引了大多数观众的注意力。它的个头与雷恩的霸王龙几乎一样，并且很明显，也是一头尚未成年的"青少年"恐龙。在它的脚旁，站立着一位看上去与雷恩年龄相仿，一身学生装扮的高个儿男生，他正在不时地与身旁几个中年人交谈。男生长着较一般男性要长一些的金棕色头发、棕褐色的瞳孔和一副精致的面孔。正在与此次赛事的主持人西蒙斯先生亲密交谈的贝尔格蕾雅无意中瞟到了这位男生，这立刻引起了她的注意。

"西蒙斯先生，请问那边那个男孩在您的参赛名单上吗？"

顺着贝尔格蕾雅手指的方向，西蒙斯看到了站在鲨齿龙旁边的英俊少年，于是很自然地笑了笑：

"当然！他是何塞·费尔南德斯，西班牙恐龙竞技队的天才少年。别看他只有18岁，驯龙天赋却极高；同时，他指挥的鲨齿龙'熙德'也是一头非常厉害的小恐龙。"

"原来是这样。那么他今天为何会来参加竞速比赛？"贝尔格蕾雅微微点头问道。

"哈哈，我和他父亲——伊格纳西奥·费尔南德斯议员的关系很好，他父亲是恐龙竞技运动的忠实支持者并且资助过我们很多比赛，出于提高观赏性的考虑，我就把他的儿子何塞硬拽过来参加这场比赛了。"西蒙斯说罢，仰头哈哈大笑起来。

"是吗，西蒙斯先生，您真是位幽默的绅士。另外，对于雷恩·马什，您怎么看？"贝尔格蕾雅淡然一笑，继续问道。

"可以这么说吧，此次比赛就是为雷恩和何塞这两个极具潜力的选手举办的，你当然会希望在决赛中看到他俩的对决，我也确信他俩的'宠物'会联手奉上一场竞技盛宴。"

这时，孙艾琳也走到了贝尔格蕾雅和西蒙斯身旁。

"难道这位迷人的小姐是威斯特哈根小姐公司新来的员工？"西蒙斯先生问道。

"她是我的高中同学孙艾琳，来自中国；并且她也不是新来的哟，算是我的合伙人。"

贝尔格蕾雅微笑着做了介绍。她的话令孙艾琳有些意外，后者万万没想到闺密竟会称自己是"合伙人"，这无疑大大抬高了自己的身价。果不其然，西蒙斯立刻变得恭敬起来：

"原来也是一位女老板！请孙小姐原谅我的鲁莽——贝克尔·西蒙斯愿意为您效劳！"

受宠若惊的孙艾琳连忙回礼。正在这时，西蒙斯的助手提示他比赛马上就要开始了，西蒙斯立刻向两位美女发出邀请，并表示在主席台拍摄的效果会更好。贝尔格蕾雅欣然同意，于是几个人来到了主席台上。在贝尔格蕾雅的指挥下，米娜把摄影器材架好，做好了拍摄准备。随着西蒙斯的一声令下，比赛拉开了帷幕。戴德姆市举办的恐龙竞速赛比南京市的规模要大些，一共有4轮比赛。站在视角极佳的主席台上，很快，孙艾琳也被那头灰白色的鲨齿龙所吸引，不只是由于它的外观，还由于它那矫健的身手。在第一轮的竞速赛中，鲨齿龙熙德轻松胜出。而在另一边，雷恩的霸王龙杰克也顺利过关。

第二轮比赛开始了，熙德很快就利用速度和力量的双重优势再次"杀开一条血路"，一马当先拿到了所在小组的第一名。

杰克就没那么顺利了，由于速度上并不占据太大优势，它的比赛颇具周折性。在利用身体优势两次合理冲撞对手后，雷恩拿到第四名，方才得以晋级。在欣赏完鲨齿龙熙德的"出色表演"后，孙艾琳也注意到了体形突出的霸王龙杰克。雷恩·马什的表现当然是她的一个重要关注点，然而，此时她的好奇心却主要集中在熙德的主人身上。究竟是怎样一个人才会拥有如此出色的恐龙？

"第三轮比赛即将开始，请各位选手各就各位！"

随着西蒙斯的一声令下，恐龙们再次开始了各自的狂奔。颇令贝尔格蕾雅和孙艾琳惊讶的是，鲨齿龙熙德在经历了两轮比赛后，在第三轮比赛中竟然依然能保持旺盛的斗志，并且再次以头名越线；而另一边，杰克显得有些力不从心，因同组一头特暴龙犯规才侥幸拿到第五名，晋级决赛。就这样，参加决赛的10头恐龙已经全部决出。尽管杰克在之前两轮比赛中的表现并不能令人信服，但贝尔格蕾雅格外看好它：

"艾琳，我们不妨来下个注吧，看看决赛谁能获胜。"

"嘿嘿，好呀！贝姐，你看好哪头恐龙呢？"孙艾琳欣然接受了"挑战"。

"我押雷恩·马什的霸王龙。"

"我肯定不能押雷恩·马什了嘛，那么我就押那头白色鲨齿龙吧！"孙艾琳瞥了一眼正跃跃欲试的熙德，微微一笑，"贝姐，咱们的赌注是什么呢？"

"嗯。如果我输了，我可以送你我那3台车子中的其中一台。"贝尔格蕾雅稍加思索后做出了回答。

"贝姐你可真大方！那么我……如果我输了，以后你让我做什么都行。"孙艾琳说着，如同小女孩般害羞得红了脸。

"好，这可是你说的！一言为定！"

贝尔格蕾雅露出信心十足的笑容，与闺密击掌立约。西蒙斯一声令下，戴德姆市恐龙竞速赛的决赛拉开了帷幕。果然不出贝尔格蕾雅所料，在前两轮比赛中状态有些低迷的杰克在决赛的起步阶段就显得非常果断和迅速；与之形成对比的是，熙德在起步阶段便遇到了麻烦——一头失去平衡的食肉牛龙险些将它带倒，使其步伐不可避免地放慢。孙艾琳急得在主席台上高声为熙德加起油来，贝尔格蕾雅则手持相机时不时抓拍一些恐龙选手的精彩瞬间。过了中线时，位于三甲的选手分别为一头来自加拿大的巨异特龙、霸王龙杰克和鲨齿龙熙德。冠军似乎将在它们之中产生。

"千万别是那头异特龙获胜，这样咱俩就谁都赢不了啦！"见巨异特龙暂时冲在第一位，孙艾琳有些焦急地叫道。

"别急，好戏还在后面。"

贝尔格蕾雅边说边继续认真地拍摄。在她的摄像头里，场上的局势发生了微妙的变化：鲨齿龙熙德逐渐追近了巨异特龙并开始了冲撞，不过聪明的巨异特龙通过稍微改变方向很快就缓解了由冲撞带来的干扰。霸王龙杰克从另一边追了上来，与熙德呈夹击之势对抗巨异特龙。在这种情况下，巨异特龙改变奔跑方向就变得十分困难了。在赛程超过3/4时，熙德与杰克心照不宣地同时撞击巨异特龙，这下，原本保持第一位置的后者再也无法闪避了——被撞得失去平衡，倒在地上。

"这是合理冲撞！如此一来，最后的竞争者变成了A9号选手熙德与F2号选手杰克——究竟鹿死谁手，很快就要揭晓啦！！"

西蒙斯激情解说着实时赛况，所有观众的心都提到了嗓子眼。其中当然包括孙艾琳，她的嘴中不断念叨着"Charcharodontosaurus"（鲨齿龙的英文学名）。只有贝尔格蕾雅还在镇定自若地拍摄着比赛画面。比赛已经进入最后阶段，很明显，熙德和杰克都开始拼尽全力冲刺了，不过体能占优的杰克还是具备肉眼可见的优势。就在快要撞线的刹那，戏剧性的一幕发生了——

"我的老天！F2号选手杰克摔倒啦！它摔倒在了距离终点线近在咫尺的地方，而A9号选手熙德呼啸着撞线——优胜者是A9号选手！"

伴随着西蒙斯的狂热讲解，会场中的上万名观众欢呼着见证了最后时刻不可思议的剧情大反转——杰克竟然在毫无外力干扰的情况下倒地而将冠军拱手相让！一直自信满满的贝尔格蕾雅惊得目瞪口呆，甚至连手中的相机都不慎掉落在了地上。

"红魔鬼哟！"

"什么？"

"贝姐，我决定了——我要杜卡迪红魔鬼，哈哈哈！"

孙艾琳在一旁得意扬扬地仰天大笑起来。望着闺密狂喜的模样，愿赌服输的贝尔格蕾雅只得无奈地点了点头。见闺密已经认输，抑制不住内心激动的孙艾琳立即搂住对方亲了好几下。

随着比赛的结束，各参赛恐龙都与主人一道接受记者们的疯狂拍摄和采访。镁光灯下最耀眼的自然是获得了最终冠军的鲨齿龙熙德和它的主人何塞·费尔南德斯。孙艾琳急匆匆地跟随贝尔格蕾雅一同前往比赛场地近距离拍摄这些驯龙师和恐龙，她的目光很快便被熙德的主人所吸引。

"嘿……贝姐，你快看，那头白色鲨齿龙的主人居然是个小帅哥！"

已经从西蒙斯口中得知费尔南德斯身份的贝尔格蕾雅当然不会如闺密那样对对方产生如此大的好奇心，但在注意到这位年轻人与长者们交谈时的不俗谈吐后，也不由得心生钦佩，于是拉着闺密一起挤到费尔南德斯面前。

"请问您就是费尔南德斯先生吗？"贝尔格蕾雅润润嗓子，以流利的西班牙语问道。

"在下正是。请问您尊姓大名？"费尔南德斯彬彬有礼地答道。

"我是POW美国分部的总经理贝尔格蕾雅·冯·威斯特哈根，这位是我的搭档——产品研发部总监孙艾琳。"

听到贝尔格蕾雅一本正经地称呼自己是"产品研发部总监"，正在喝矿泉水的孙艾琳惊得呛水，连连咳嗽起来。费尔南德斯的目光转向孙艾琳：

"很高兴也能认识您，孙小姐。这么年轻就做了跨国公司的高管，在下甚是佩服！"

"咳咳，您真是过奖了，我早已不算年轻啦！不过还是很高兴认识您，费尔南德斯先生。我有个小问题，是关于您的那头白色鲨齿龙……"

"熙德——它的名字叫熙德,谢谢。"

"啊哈,不好意思,冒犯了。我的问题是,您的鲨齿龙熙德为何是灰白色的皮肤?"孙艾琳的脸红了。

"其实这个问题我也无法解答。我父亲钟爱鲨齿龙,曾经拥有一个专门养殖鲨齿龙的营地,但唯独这头鲨齿龙从出生时颜色就与众不同,这引起了我们的注意,并且通过观察,我们发现它在运动能力上具备特殊的优势,因此我成了它的主人。当然,请别忘了,熙德还只是个刚满两周岁的'少年'而已。"费尔南德斯十分大方地做了回答,他那点缀着雀斑的稚嫩脸庞上露出纯真的笑容。

"何塞到今年年底才满20周岁,是恐龙竞技比赛界不折不扣的天才——倘若说他是世界第二的话,没人敢说自己是第一……"

西蒙斯走上前来充满自豪感地拍了拍费尔南德斯那结实的胸脯。不过话音未落,从背后传来的一个声音便打断了他:

"我敢说自己是第一!下次我一定不会输给你的!"

贝尔格蕾雅最先辨出了那是雷恩·马什的声音,不禁露出一丝难以察觉的笑意。大伙儿一起回过头去,只见精神抖擞的雷恩正攥紧拳头站在那儿,似乎在向费尔南德斯发起新一轮的挑战。西班牙大男孩先是一愣,紧接着便友好地张开双臂和雷恩来了个大大的拥抱——在赛场上是激烈竞争对手的两位少年在场下就这样变为朋友,所谓英雄惺惺相惜,恐怕说的便是他们吧。

"真是一对好朋友呢!嘿嘿,贝姐,我觉得他们就像咱俩一样。"见此情形,孙艾琳故意往闺密怀里挤了挤。

"呵呵,艾琳,你撒起娇来就像个少女一样呢。"贝尔格蕾雅俏皮地捏了捏孙艾琳的脸蛋。

"什么嘛……贝姐,人家明明就是少女哇!哼!"

孙艾琳立即故作生气状地变本加厉起来。不过也许是触动了什么心事,贝尔格蕾雅突然显得有些惆怅,以极轻的声音喃喃自语道:

"说起来,那个叫裴小雪的热爱异特龙的中国少女,现在不知道怎么样了呢……"

数日之后的一个晚上……

王一川正与卜小黑在宿舍里开心地玩着游戏,突然,从床上传来一阵悲壮的《国际歌》曲调——那是王一川的手机铃声。也许是被铃声惊得分了神,王一川控制的角色被游戏中的怪物杀死,出现了"Game Over"的提示。

"可恶!就差一步啦!"

王一川悻悻地扔掉游戏手柄,拿起手机,见来电提示是"裴小雪"时,不禁愣了一下。迟疑数秒后,他还是滑动了接听键:

"小雪同学,你找我有事?"

"啊……川哥,抱歉这么晚打扰你!我想问一下,你知道娅姐的住处吗?"电话那头的裴小雪喘着粗气并且语气急促。

"当然。不过发生什么事了?"

王一川露出疑惑的神情,这使得原本准备再战一局的卜小黑也放下了游戏手柄。

"我有点急事要找她,没事的啦!只要你把地址告诉我,我自己去找她就可以! 谢谢!"

王一川只得报出了韩娅的宿舍编号。在得到地址后,小雪迅速挂断电话,马不停蹄地向南方大学的宿舍区跑去。校园里的小路非常静谧,夜,已经深了……

宿舍里,韩娅正坐在梳妆台前认真地卸妆,准备过会儿冲个热水澡,美美地结束繁忙的一天。不想,门外传来一阵急促的敲门声。当她打开门看见满头大汗、气喘吁吁的裴小雪时,着实吃了一惊:

"小雪同学? 你怎么来了?"

"娅姐! 我父亲已经把事情告诉我了—— 你可以带亚罗和托沃离开这里,是这样的吗?"

"唔……嗯……"韩娅很是惊讶,想要否认,却说不出口,只得下意识地微微点了点头。

"太好了! 娅姐,我愿意和它们跟你一起走!"

裴小雪的脸上露出欣喜的神色。然而,这个似乎应当是在韩娅意料之中的"结果"却令她的额头沁出了汗珠……

十三　不归途

　　望着眼前充满希望的天真女孩，韩娅反而显得有些犹豫了，宿舍陷入短暂而可怕的沉寂。欣喜的笑容逐渐从小雪的脸上褪去，她似乎意识到了什么：

　　"怎么了，娅姐，这样不可以吗？"

　　"这件事情你的父母知道吗？"韩娅的声音有些许颤抖。

　　"当然不知道啦！嘘，要是让他们知道了，会打断我的腿的！"小雪故作神秘地将食指放在唇边。

　　"咳！你那'神奇'的父亲究竟告诉了你什么？"韩娅不由得摇摇头。

　　"他说你有办法把亚罗和托沃送出国，并且过一段时间可以再让它们安全回来。但是我想和它们一起离开——因为我知道它们一刻都无法离开我！"

　　望着裴小雪，韩娅不禁露出了惊讶的神情，不过很快，她便平静下来，嘴角露出一丝赞许的笑意并点了点头："明白了，你真是个勇气十足的女孩子。不管结果如何，请先接受我的敬意。不过我还有个问题，倘若你已经决定了，那么你的学业怎么办呢？"

"关于这个嘛……相信老师和同学们能够理解我！"小雪的脸上掠过一丝不安，但很快又恢复了信心十足的样子。

"请你一定要考虑清楚哟，小雪同学—— 这可能是一次影响到一辈子的决断。"韩娅的神情非常严肃。

"嗯，我已经考虑清楚了。"小雪看着韩娅那双乌黑的瞳孔，毫不犹豫地点了点头。

第二天晚上。特意将手机藏在家中的裴小雪背着一个大背囊悄然无息地来到了与韩娅约定的地点——市非法恐龙临时关押所南门附近的十字路口。在那里，她看到了一辆牵引着高大集装箱货柜的重型卡车。在韩娅的指引下，小雪通过集装货柜的后门进入集装箱内，借着手电筒微弱的光线，她看到了自己那两头正在熟睡的爱龙。

"亚罗！托沃！我的宝贝……"小雪不禁叫出声来，不过以安静姿态趴在集装箱地板上熟睡的异特龙和蛮龙没有任何反应。小雪注意到它们的头部、身体和四肢都用铁锁固定着。

"不用担心，它们只是被打了镇静剂而已，大概明早就会苏醒。如果你愿意的话可以在这里陪它们，但是我建议你今晚还是在车厢里好好休息一下——后面的路途还很漫长。"

韩娅拍了拍小雪的肩膀温和地劝道。女孩点点头，乖乖地跟她回到了卡车的车厢里。这是一辆专门用于远程旅行的卡车，在驾驶室的后面是一个宽敞舒适的卧铺车厢，小雪发现这里已经被细心布置得非常适合少女旅居，不禁心头一暖。在安置好小雪后，韩娅跳上卡车驾驶室的副驾驶位置，向司机做出了开车的指示——随着一阵引擎的轰鸣，16岁的少女就这样踏上了一条前途未知的道路。

次日清晨，小雪的同桌牛畅第一个来到教室——按照班级卫生表上的安排，今天是他和小雪值日。然而令他颇感意外的是，往常值日时很少迟到的小雪今天却迟迟未到。正想掏出手机给小雪打电话的牛畅无意间发现自己的书本下压着一张字条，于是好奇地抽了出来，只见字条上工工整整地写着：

亲爱的阿畅同学：

十分抱歉我没有提前告诉你我的这个秘密计划——我可能要离开这里了。之前你也知道在恐龙竞速赛上，亚罗和托沃发生了一些意外，因此，我将陪同亚罗、托沃一起前往遥远的南方，我们将在那里寻找新的生存空间。希望你能替我向老师们解释我所做出的决定。倘若命运垂青，希望我们还能相见。

你永远的同桌：小雪

读完字条后，牛畅愣在了那里，字条从他的手中飘落到地上。几分钟后，教室的门被推开，其他同学陆续来了。

不知不觉中，小雪在颠簸的卡车中已度过了自懂事以来最难忘的一个多星期。不再蜷缩在父母庇护的翅膀下，这个16岁的少女似乎变得比过去稳重了许多。在中途休息的很多时间里，她都与自己的爱龙在一起，鼓励它们也同自己一样勇敢地正视未来的命运。不知是否因为心有灵犀，亚罗与托沃一路上十分安静——尽管在头一个晚上后它们便再未被注射镇静剂。两个小家伙在小雪面前表现得十分听话和乖巧，就连韩娅也不得不相信它们是这个女孩命中注定的礼物。

一天清晨，当一缕阳光透过车窗射进卧铺车厢时，睡意蒙眬的小雪极不情愿地边用手遮挡光束，边用胳膊肘撑着身子，抬头向外望去。很快，她的脸上露出了吃惊的神色。

"娅姐！我们这是到了哪里？"

"欢迎来到河内。"副驾驶上的韩娅扭头瞥了眼小雪，露出神秘的笑容。

"河内？这是越南的首都？我们到越南了！"小雪如触电般从床上爬起，惊讶地喊道，"那么娅姐，我们的目的地是……"

"第一个目的地是岘港市，与那里由中国协助组建的越南恐龙竞技队会合。不过虽说是恐龙竞技队，由于越南所拥有的恐龙质量参差不齐而无法达到参加恐龙竞技世界杯的水平，因此他们只能参加在东南亚举办的区域性恐龙竞技赛。"

"我会一直待在越南吗？"小雪露出了一丝害怕的神情。

"不，这里只是中转地，你可能会在这里待一到两周；然后你会乘船前往新加坡，在那里你可能会待上较长的时间。"

"娅姐，你会一直陪我吗？"小雪想了想后问道。

"恐怕不行。等到了岘港，会由和我曾经在一起参加过集训的同伴——高级驯龙师佐藤中树先生陪伴你继续前进。不用担心,我保证他会照顾好你。"

"佐藤中树?听起来像是日本人。"

"是的!他是个很有趣的人哟,等到见面之后你就会明白了。"韩娅笑着说。

小雪听着,把头枕在两膝之间,陷入了沉思。

又是一天的颠簸。在当天晚些时候,小雪随着卡车来到了位于越南中部的岘港,然而韩娅所说的专业驯龙师佐藤中树似乎并没有出现,接待她的是越南恐龙竞技队的教练胡安东。胡安东带着小雪参观了越南恐龙竞技队的训练基地——这是一块比中国恐龙竞技队训练基地简陋得多的场地,借着暗淡的灯光,小雪发现一些体形较小的食肉恐龙和食草恐龙正在散漫地训练。望着眼前的情景,小雪不禁露出了失望的神色。

"奇怪,这家伙上哪儿去了?"韩娅烦躁地掏出手机,不停地拨打着佐藤中树的电话。

"娅姐,没关系的,如果你有事的话就先回去吧,我一个人在这儿没问题的——那个……请问亚罗和托沃可以被放出来了吗?"

女孩把目光投向了卡车的货柜,韩娅连忙边点头,边招呼司机和几名越南工人帮忙将亚罗和托沃从货柜中牵引出来。虽然已经是晚上,经历了长途旅程的两头年轻恐龙却十分亢奋,激动地左顾右盼。当地的驯龙师很快便被这两头食肉恐龙所吸引,甚至连训练场上的其他恐龙似乎也被吸引住了。

"裴小姐,您的这两头食肉恐龙可真是与众不同!要知道，我们这里都是些平淡无奇的角色，其中最厉害的食肉恐龙要数从国外引进的两头体长超过9米的斑龙，这也是这里仅有的够资格参加恐龙竞技世界杯的食肉恐龙了！"

"胡先生，您真是过奖了！后面还要请您多多指教！"

面对胡安东的夸奖，小雪很有礼貌地做了回应。胡安东会心地笑了笑，转向韩娅：

"韩小姐，我建议您不如明天再返回南京，因为明天有一场恐龙对抗竞技赛，包括特暴龙金刚在内的一批东南亚精英恐龙都会参赛，我希望您能够作为贵宾观摩。"

"没想到这里竟然会有这么好的娱乐项目—— 等等，你说特暴龙金刚也参加比赛，它的主人清水由佳不是因即将生产而不得不缺席本届恐龙竞技世界杯吗？为何……"韩娅听着，不由得露出了怀疑的神色。

"那是当然了，清水小姐没法参加比赛，但是特暴龙金刚这样的强者不可能没有主人啊，估计是佐藤先生吧！"胡安东露出一丝狡黠的笑容。

"原来如此，怪不得我找不到他，原来那家伙是去接恐龙了！"韩娅哭笑不得，耸了耸肩，转头对小雪说道，"看样子你要到明天才能见到佐藤先生呢。"

"我很期待！不过娅姐，恐龙对抗竞技赛是一项什么样的比赛呢？"

"恐龙对抗竞技赛实际上就是恐龙竞技世界杯的业余赛事，属于级别较低的竞技赛。在这里，也许你能够找到参加团体竞技大赛的感觉呢！"韩娅满面笑容地答道。

"太好了！虽然亚罗和托沃只有8米，但是……"

"对于业余比赛来说这不是个问题；但问题的关键是，对抗赛的强度可是比竞速赛要高得多，它们能够适应吗？"面对激动的小雪，韩娅却不由得皱起了眉头。

"放心吧！娅姐，不试试怎么知道呢？"

小雪显然不觉得韩娅所说的会是个问题，她已经跃跃欲试了。韩娅扭头望了望胡安东，后者许可地点了点头。

次日清晨，天边刚泛起鱼肚白，几乎彻夜未眠的裴小雪便早早地到了竞技场上亚罗与托沃休息的地方。恐龙是相当敏感且不易进入深度睡眠的动物，觉察到主人到来，两头少年恐龙都站起身来。尽管没有任何指挥恐龙进行对抗竞技赛的实战经验，但从小便一直收看比赛直播并关注比赛信息的小雪还是通过一个晚上的时间思考出了很多"作战方案"。只见她拿起树枝在泥地上比画着，兼顾肢体语言，为两头恐龙讲解起来。亚罗与托沃仿佛听得懂似的，以一副认真的姿态安静地听着讲解，并时不时地摇头摆脑发出低沉的咕噜声。

恰在此时，同样起得非常早的韩娅正好散步到竞技场附近。小雪与恐龙们发出的动静自然吸引了她的注意力，于是她不由自主地向这边走来。但为了不打扰小雪和两头恐龙，韩娅在一棵树后远远地观望着。

"如果敌人从旁边冲过来，亚罗，你要注意掩护托沃的侧翼……"

小雪像是在教育小孩子一般，一边挥舞着树枝，一边配合动作认真地说道。她那认真的表情和恐龙用心倾听的姿态惹得韩娅忍不住捂嘴偷笑起来。尽管看起来几乎是不可能办到的事情，但是也许只有这样执着的孩子才有可能创造奇迹吧？韩娅暗想着，转身离去。

几小时后……

竞技场上逐渐热闹起来，参赛的恐龙被牵引至指定区域。透过人群，小雪注意到了一头身材高大魁梧的特暴龙。不用说，那一定就是先前提到的恐龙界的"东瀛武士"——特暴龙金刚了。小雪深吸了一口气，她知道，真正的挑战即将来临。

"我们将参赛恐龙按照恐龙竞技世界杯规则分为两队，每队拥有10头进攻的食肉恐龙和2头防御的食草恐龙。由于设备有限，恐龙和自己的主人不会使用SDC操作设备，不过主人可以通过双方佩戴的具有呼叫功能的普通头盔对恐龙喊话。"

在参赛选手各就各位后，胡安东开始宣布比赛规则和一些细则。小雪焦急地扫视着参赛选手，试图发现那位韩娅口中的佐藤中树先生。很快，她的目光停留在一位身材高挑的英俊亚裔男子身上。她一边想着这一定就是佐藤中树先生了，一边迅速向其靠近。站在男子身后，小雪润了润嗓子，鼓足勇气以英语喊道："请问这位哥哥，您是佐藤中树先生吗？"

男子诧异地转过身来，疑惑地注视着小雪，顿了几秒钟后，以蹩脚的英语回应道：

"不好意思，小妹妹，我叫阮振池，是越南恐龙竞技队的队长。我想，你说的佐藤中树先生应该在那里——"

顺着阮振池手指的方向，小雪看到了一名身材瘦小，邋遢肮脏的衣着，甚至有些驼背，看上去30多岁的"小老头"，不禁大吃一惊。因为在她看来，实力不俗的高级驯龙师应该是像阮振池这样高大英俊的"哥哥"才对。正在恍惚中，韩娅从后面拍了拍她的肩膀：

"怎么，有点失望吗？不过人不可貌相哟！"

"可是他真的是驯龙师？"小雪失望地摇摇头，她甚至感到自己能闻到对方身上的怪味。

"嘿……小姑娘，你就是裴小雪吗？你好，我是佐藤中树，韩娅的朋友。"

也许是听到了她们的谈话，"小老头"竟主动凑了上来，伸出他那看起来不太干净的手。小雪下意识地向后微微退缩，但很快又犹豫着接受了——两人的手轻轻握在一起。

"很高兴认识你，佐藤先生。我……想向你发起挑战！"

与佐藤初次见面的小雪因紧张而渗出冷汗。更令人意想不到的是，这个女孩竟直接向眼前这位高级驯龙师下了"战书"！就连韩娅也瞠目结舌！对此似乎早有准备的佐藤却咧嘴露出十分轻松的微笑：

"很荣幸成为裴小姐的对手，还请多多指教。"

一场"充满火药味的战斗"一触即发……

十四　竞技训练赛

根据胡安东的分组，裴小雪的亚罗、托沃与一头9米长的斑龙被分配在A组，另一头由阮振池指挥的号称"越南队最强"的9米斑龙和体形更为壮硕的特暴龙金刚则被分配在B组。

站在亚罗与托沃身旁的小雪明白，这将是一场异常艰难的比赛。由于在对抗竞技赛中一人指挥两头恐龙是一件很难的事情（在恐龙竞技世界杯中更是规定一人只能指挥一头恐龙），韩娅主动提出愿意帮小雪分担一头恐龙。经过慎重考虑，小雪决定将托沃交给韩娅指挥。只见她走到托沃身旁低语了两句，并爱抚地摸了摸它的脑门；看似呆头呆脑的少年蛮龙则微微转动眼珠，望向站在一旁正注视着自己和小主人的韩娅。

"这孩子，居然在和自己的恐龙认真交谈，恐龙看起来也在认真倾听……"韩娅的心中不禁一怔。正在此时，小雪面带笑容地走到韩娅面前：

"娅姐,可以了哟!现在你可以指挥它参加比赛了。"

"好神奇!你确定它会服从我吗?"韩娅依然有些不敢相信。

"放心好啦!娅姐,我保证它会听你的指挥。这是一些暗号,当你和它对讲时也许用得上。"

小雪冲韩娅眨眨眼,附在她耳边轻语了一番。只见旗袍美女的脸上逐渐露出恍然大悟的欣喜。十几分钟后,两队24头恐龙已经前往比赛场地就位。由于条件较为简陋,比赛场地为固定障碍配置,这对于经常在这里进行"实战"训练的越南恐龙来说似乎是个优势。初次进入较为正规的恐龙晋级比赛场地,年轻的亚罗和托沃不停地左顾右盼,似乎充满了好奇心。在比赛前,这些恐龙都被戴上了和恐龙竞技世界杯比赛使用的相近的头盔和护套,只不过,这些普通头盔仅具备对讲和刺激神经(主要用于恐龙被判负时对其进行催眠)的功能,与精密复杂的SDC设备所配备的头盔相去甚远。

不过对于小雪来说,这似乎不是问题。在比赛开始之前她已经喃喃自语般与对讲机那头的亚罗进行了"交流"。韩娅出神地望着小雪,试图与托沃进行沟通,但很遗憾,她并未获得回应。"难道她真的能够同恐龙交流吗?"韩娅不禁在心里嘀咕起来。

正想着,随着一声哨响,比赛正式开始。按照赛前商定的战术,韩娅指挥托沃尾随亚罗和9米斑龙从左路开始推进。由于己方除了这3头恐龙,其他食肉恐龙都属于平淡无奇的角色,因此在赛前小雪就极力建议将这3头攻击力最强的食肉恐龙集中使用。这一建议也得到了队友们的一致赞同。

　　无独有偶，B组较强的一队食肉恐龙也顺着相同的路线迎面而来。在经过短暂的"暴风雨"前的沉寂后，两队恐龙很快便在一条狭窄的"山谷"中相遇了。亚罗按照小雪的指示开始实施侧面袭击战术，只见身材修长、身手矫健的异特龙一跃跳上山谷中的一块"巨石"，伺机猛扑一头正与A组斑龙正面交战的体形较斑龙小一些的胜王龙。由于胜王龙的前肢极为短小，一时间竟无法反抗，很快便被亚罗的冲击力放倒——与此同时，斑龙进行了"锁喉"的"致命攻击"，这头胜王龙被"瞬杀"，退出比赛。

　　"双方的搏杀已经开始，B组在短时间内直接损失一头食肉恐龙和10分！"胡安东开始了激情的解说。

　　对于亚罗初次参赛即送上一记"助攻"，小雪激动得一蹦三尺高。

　　"但是B组并没有坐以待毙，看，我们的大明星特暴龙金刚通过强攻也成功击败一头A组的胜王龙，现在比赛又回到了起点……"

　　"胜王龙看来完全不是特暴龙金刚的对手呢！金刚不愧是目前亚洲赛区的恐龙之王。"韩娅自言自语道。

　　"大块头未必不可击败哟！娅姐。"小雪在一旁插了一句。

　　"这么说，你有办法？"

　　"我也不确定是否能成功，但是我需要娅姐的配合。"

　　"没问题，我一定全力配合！"

　　韩娅高兴地冲小雪眨了眨眼。于是两人进行了简单而充分的交流，并很快向各自的恐龙发出指令。接到命令的亚罗很快改变了自己的行动路线；托沃的反应虽然没有那么敏锐，但看着亚罗的背影，它也踌躇着跟了上去。亚罗来到金刚身旁，瘦弱且只有8米长的它在粗壮的特暴龙面前显得那样弱不禁风。不过在双方照面后，亚罗突然加快速度，侧身将其摆脱，张牙舞爪地一溜烟跑到金刚身后。起初，金刚并没有理会亚罗的"挑衅"，而是继续专心对付眼前的敌人。但是很快，亚罗将金刚身后一头体形较小的角鼻龙放倒。失去身后防御队友的金刚不得不掉转矛头对付这个碍事的对手。就在此时，一直在金刚前方虎视眈眈的托沃猛地一跃而起，摆动它那硕大的头颅，一口咬住了金刚的脖子。这是一记"致命攻击"，金刚立即被判失去5分！

"打倒它！"小雪兴奋地跳了起来。

然而中国女孩显然高兴得有些早了，只见佐藤中树开始神情激动地与金刚"交流"起来，不一会儿，倒地但未彻底出局的特暴龙又站了起来，晃了晃它那令人生畏的大脑袋，向刚刚发动过"致命攻击"，此刻正有些飘飘然的蛮龙托沃扑去。更糟糕的时候，不仅托沃，连韩娅也没有注意到危险将至。这时，注意到险情的小雪下意识地大叫道：

"托沃！小心袭击！"

然而已经迟了，呼啸而至的金刚将托沃扑倒在地——"这是天外飞仙的一击！蛮龙被击败了！"胡安东大喊起来。分数清零的托沃被头盔强行催眠，进入昏迷状态。

不过现在并不是为自己的爱龙惋惜的时间，小雪忍住泪水，指挥亚罗在金刚攻击托沃的一刹那跳上了对手的后背，用尖锐的双爪攻击金刚的脖子。由于金刚所剩的分数已经不多，这样一记致命攻击是不会让它侥幸"存活"下来的。

"特暴龙金刚……被击败了！"胡安东用略带颤抖的声音叫道，全场都发出了不可思议的惊叹声，当然包括金刚的主人佐藤中树——他那一只被长发遮住的眼睛从发丝的缝隙中射出难以置信的光芒。

不过，比赛尚未尘埃落定。阮振池的斑龙在击败了A组的9米斑龙后，如一堵铜墙铁壁般站在了亚罗面前。在体形上，亚罗明显小了一圈，若进行正面对决，似乎胜负没有太大悬念。小雪咬着嘴唇环顾四周，很快，她发现了一条避开"主战场"的小路，于是立刻指挥亚罗掉头从原路返回。阮振池的斑龙并没有去追赶亚罗，而是开始攻击A组其他较弱的食肉恐龙。看起来，比赛的主动权似乎还掌握在B组手里——A组的两头胜王龙正苦苦抵挡以斑龙为首的4头B组食肉恐龙的轮番猛攻，若不是依托险要的地形，这两头胜王龙肯定很快便会被击倒。但是现在，它们还能支撑一段时间……

望着眼前的局势，韩娅猛然醒悟——她明白小雪这是准备做最后的"赌博"——利用亚罗的速度优势直袭B组的基地。但是区区一头未成年的异特龙能斗得过两头强壮的食草龙吗？说时迟，那时快，速度奇快的亚罗已经抵达B组营地附近。而在山谷中，两头担当阻击重任的胜王龙也已倒下，不过B组也只剩下了两头"残血"的食肉恐龙——阮振池的斑龙与另一头胜王龙。

"现在双方都已'大开门户'了，究竟谁能拔得头筹？A组的异特龙已经冲到B组营地前了，等待它的将是两头满分的戟龙！"胡安东解说道。

的确，尽管此时的亚罗仍旧拥有10分，但以10分对抗24分，难度非同寻常。好在戟龙的长度只有6米—7米，远远小于正式比赛时的三角龙等大型食草龙的体形，因此，这相当于是一场"未成年"恐龙之间的对决。只见亚罗左右踱着步子，寻找着进攻的机会；两头戟龙则并排站立，严阵以待。小雪的眼睛随着场上局面的变化快速扫视着，并从容不迫地适时向亚罗发送指令。韩娅双手交叉抱臂，仔细观察着小雪的一言一行，却没注意到佐藤中树已经站在她的背后——

"这可不是个普通的女孩，对吧？"

"不管怎样都比你强。"韩娅斜眼瞟了眼佐藤，露出轻蔑的笑容。

"咳咳……哼！"佐藤干咳了两下，十分不屑地哼了一声。

"下周六，'露易丝王后号'邮轮会抵达岘港，你的任务是带装小雪和她的恐龙乘坐这艘邮轮去新加坡。手续已经替你们办好了，恐龙将由特殊的集装箱承载上船。"

"好吧，我一定会照顾好这个可爱的小姑娘。"佐藤点点头，咧嘴露出那一排发黄发臭的牙齿。

"喔……A组的异特龙成功击败了一头戟龙！不过它自己也损失了5分——另一边，B组的斑龙和胜王龙也到达A组的营地了！"

胡安东继续着他的激情讲解。比赛已经来到了35分钟，这场对决很快将会分出胜负。由于已经失去了一半的分数，面对最后一头戟龙，亚罗显得有些畏缩。不仅是亚罗，小雪的心中也有些矛盾。刚才亚罗被戟龙刺中腹部直接失去了5分，倘若再次被刺中，那就等于出局了。小雪仔细思索着取胜的办法，韩娅却冷不防地拍了拍她的肩膀。

"试试从空中进攻吧。"

"空中？"

"没错，亚罗的弹跳力在这里'无龙能及'；别忘了，四足的食草龙是几乎没法跳跃的哟！"韩娅冲小雪眨了眨眼。

"明白了！"

小雪激动地点了点头，马上用自己与亚罗之间的"暗语"与之进行联络。在将自己的"战术"说明多遍后，小恐龙终于理解了主人的意图，开始在戟龙的两侧徘徊，以迷惑对方的视线。笨重的戟龙果然被绕昏了头，显得有些焦躁。这时，小雪的耳朵里又传来了胡安东的解说：

"B组击败了A组的一头戟龙，现在形成2∶1的局面，可能很快便能破局了！"

"亚罗，拜托你啦！快点！快点！"小雪焦急地大喊起来。

也许是十分清楚主人现在的焦虑，但同时也面临着没有落脚点进行起跳的窘境，亚罗仰首嘶吼表达了自己的无奈。与此同时——

"A组最后一头戟龙消灭了B组的残血胜王龙！场面局势变成了1∶1，然而，这头戟龙也只剩6分啦！"

"快点呀，亚罗！我们快没时间啦！"

小雪急得眼泪都快出来了。情急之下，亚罗刚刚还迷茫的双眼中突然闪烁出激动的神情——只见它改变先前的策略，竟正面向戟龙冲去……

"难道A组的异特龙要开始最后的搏命了吗？可是它只有5分，一旦正面攻击被戟龙刺中，几乎百分之百会被判直接'阵亡'……"

话音未落，观众们看到了不可思议的一幕——只见在冲到戟龙面前的一刹那，亚罗突然跃身踩着戟龙的尖角向上高高跳起；在完成这个优美的动作的同时，由于戟龙的尖角戳中了它的脚底，被判失去了3分，此时的亚罗只剩下2分了……

"聪明……"看明白亚罗意图的韩娅倒吸了一口凉气。

凌空跃起的亚罗张开双爪准确地命中了还未反应过来的戟龙的后背，竟利用惯性将其直接掀翻，随即咬住了戟龙的腹部——在这一刻，遭受了"致命一击"的戟龙被直接催眠判负。

"B组的防守恐龙被全部消灭了，占点计时现在开始！由于A组的戟龙还在奋战，这场比赛的胜负已无悬念！"

扩音器中，胡安东的声音难掩激动之情。就在亚罗开始占领B组基地10秒钟后，阮振池的斑龙也打败了A组的戟龙开始占点，但是，无论如何，B组都已无法追回这10秒钟的差距。兴奋的小雪与身旁的围观者一齐高喊出了象征胜利的倒计时——

"3，2，1，万岁！"

伴随着一阵狂热的欢呼声和掌声，胡安东宣布比赛结束。最终，A组竞技队凭借着"初出茅庐"的异特龙亚罗最后时刻的神级发挥，夺取了恐龙对抗竞技赛的胜利！

十五　圈　套

　　赛后，越南媒体像采访大英雄一样围着小雪问东问西。也许是害怕在电视上被父母看到，中国女孩频频遮挡自己，显得很不自在。很快，在韩娅的周旋下，媒体记者散去，现场只剩下教练胡安东、驯龙师阮振池、韩娅以及佐藤中树等人。胡安东大赞了小雪和她的两头恐龙，并同意她继续跟随越南恐龙竞技队参加训练。对于教练的好意，小雪欣喜万分——这当然是个提升自己的好机会。不过，随着比赛的结束，韩娅也决定返回中国。对于给予自己极大帮助的这位大姐姐，小雪流露出不舍之情。

　　"娅姐，你真的……要回去了吗？"

　　"嗯，我必须归队参加训练了。不过别担心，也许很快我们又能相见哟！"

　　"可是，我不太想和佐藤中树先生一起……"小雪压低了声音，并偷偷瞟了眼站在不远处正玩手机的佐藤。

"放心啦，佐藤中树只不过负责护送你去新加坡，他是绝不会伤害你的，请放心！"韩娅立刻明白了小雪的意思，微笑着抚摸着她的头说道。

小雪只得极不情愿地点了点头。于是在与越南恐龙竞技队的熟人告别后，韩娅乘坐胡安东安排的专车离开了营地。注视着韩娅消失在视野中，小雪甚至没注意到佐藤中树已经站在了身后：

"裴小姐，现在我们可以去继续训练了吗？"

小雪有些迟疑地点了点头。不多时，已经恢复精神的亚罗和托沃被工作人员牵引至训练场。对于中国女孩来说，全新的生活开始了。

一周后的星期六。

在佐藤中树的陪同下，小雪来到了岘港的港口。这里不愧是越南最大的港口之一，码头上停泊的巨轮令中国女孩惊讶不已——说起来，这还是她第一次乘船旅行。当她跟随佐藤走至巨大的"露易丝王后号"邮轮旁时，不由自主地停下了脚步。

"我们要乘坐的就是这艘邮轮了。怎么样，裴小姐，看起来不错吧？"佐藤阴阳怪气地说道。

"难以置信！这比洲际飞船要气派多啦！"

佐藤不屑地耸了耸肩。这时，一名码头工作人员走过来与日本驯龙师低语了几句，佐藤马上露出了笑容道：

"裴小姐，你的恐龙都已按照计划被安全送上邮轮的B区前货舱了。我想我们也可以登船了。"

小雪点点头，精神抖擞地拉着行李箱随佐藤一同从贵宾通道登上了这艘足足有20多层楼高的庞然大物。为了让中国女孩尽情享受海上之旅，韩娅将其安排在船上最为豪华舒适的特等舱，一人独享宽敞的露台海景套房，并且享有24小时随叫随到的客房服务。不过最让小雪感到舒服的是总算摆脱了那个令她厌恶的"小老头"佐藤中树——佐藤住在小雪楼下的楼下，船舱也相应降到了二等A舱（两人一间房）。躺在从未体验过的舒适松软的大床上，小雪恨不得睡上个三天三夜——要知道，从国内一路颠簸到越南并寄居在越南恐龙训练基地的这段时间，她几乎没有睡过一个安稳觉。

　　不过躺了没几分钟，中国女孩就发现自己根本无法入睡——激动好奇的心情令她想立即在甲板上四处转转，看看这里究竟有些什么人和事。于是在美美地冲了个热水澡，并换上一身干净衣服后，小雪离开了自己的卧室。

　　站在船舷边，扑面而来的海风和海盐的气息令小雪忍不住深吸了几口气。正在这时，她的目光被不远处一个穿着洛丽塔风格衣裙的女孩吸引了。这样的穿着出现在豪华的一等舱甲板上，肯定不会是普通人。她会不会成为自己旅途中可以聊天的朋友呢？想到这里，小雪理了理自己的妆容，壮着胆子向"洛丽塔女孩"走去。

　　"洛丽塔女孩"正专心地用手机拍摄海上的海鸥而没有注意到陌生人的靠近。小雪在她身后站了几分钟，见她仍毫无反应，只好以极轻微的声音开口道：

　　"抱歉，打扰了……这位姐姐，你好！"

由于小雪使用的是英语，"洛丽塔女孩"显然吃了一惊。不过当她回过头发现来者是一个和自己个头差不多的女生时，明显放下心来，表情也舒缓了许多：

"你好！我叫'Shimizu Haruka'，请多多指教！"

"我叫斯黛拉·裴，请多多指教！'Shimizu Haruka'——这名字听起来很奇怪呢！"小雪回味着对方的名字，不禁露出迷惑的神色。

"哈哈，用你们中国汉字来拼写，就是'清—水—遥'。""洛丽塔女孩"不禁捂嘴笑起来。

"原来如此，姐姐是日本人哇！幸会！我叫裴小雪。"

"你好，小雪同学！如果你愿意的话，我们可以用中文来交流哟！"清水遥友好地握住了小雪冰凉的双手。

"太好了，清水姐！"小雪激动地笑开了花，"请问你是一个人吗？如果不嫌弃的话，我们可以……"

"当然！在这枯燥的旅程中如果能有个伴儿，那真是想都不敢想的好事呢！"不等小雪说完，清水遥已经赞同地点了点头。

于是，两位姑娘互相挽着，在甲板上边聊边踱着步。小雪开始滔滔不绝地介绍自己喜欢的恐龙以及与它们之间的故事。令她没有想到的是，清水遥似乎对恐龙也颇为了解。

"在我们日本，恐龙竞技比赛也是一项很热门的运动呢，所以我从小就很向往能够参加这项运动。"清水遥边走边动情地说道。

"真的吗？没想到清水姐居然也喜欢恐龙竞技！"

"嗯。不仅如此，在去年年初时，我终于如愿以偿成为一名驯龙师，并且在前不久，刚刚以替补队员的身份加入了日本恐龙竞技队。"清水遥继续说道。

"哇！清水姐真棒耶！我的梦想是能够成为中国恐龙竞技队的一员呢！"小雪露出了羡慕的神色。

"加油哟，你一定能够办到的！不过话说回来，这次你乘坐'露易丝王后号'前往新加坡的目的是……"

"我……我其实是……"

面对清水遥的追问，不知该不该把实情说出来的小雪面露为难之色，她还没有做好准备……

与此同时，裴家却是另外一番光景。房屋内四处都是被破坏的家具，并且空无一人。原来，在得知女儿无故失踪的噩耗后，裴母整日以泪洗面。眼见没法再隐瞒下去，裴博士只得老老实实交代了自己授意韩娅将女儿和恐龙一起送出国的经过。得知这一消息后的裴母勃然大怒，不仅指着丈夫破口大骂，还将整个别墅搅了个底儿朝天。最后，怀着对丈夫协助女儿出走的无限敌意，裴母提出离婚并回了娘家，再未踏入这个昔日一家三口的"安乐窝"一步。在接连失去女儿和妻子后，精神恍惚的裴博士偶尔会回家看看，不过，每当目睹眼前这些伤心的场面并回忆起往事时，他总是选择迅速回到办公室——大半个月以来，他几乎一直以办公室为家。

星期六的中午，裴博士本受朋友邀请准备去观看国外来访的恐龙竞技队的表演，但是当他路过自己家的门口时，却又忍不住走了进去。只见裴博士轻轻走进位于二楼的小雪的卧室，伫立在那里许久，出神地望着女儿曾经每晚学习的书桌。就在这时，楼下传来一个声音：

"裴博士，您在这儿吗？"

"小韩？"裴博士立即辨出了声音的主人。

"我看到门半掩着，就猜想您可能又回来了，果然如此。"声音由远及近，一身运动装、扎着马尾辫的韩娅从楼下走了上来。

"唔……我也只是路过而已。"裴博士本想说些什么，但一时语塞，只得无奈地摇了摇头。

"对不起……倘若我当时不提出那个馊主意，事情也不至于……"

"不，小韩，你做得很对。我确信那就是小雪想要的生活，因此不管现状多么糟糕，我想，我还是会选择支持她的想法。"

裴博士斩钉截铁地打断了韩娅的话。就在这一刻，韩娅的眼中涌满了泪水：

"裴博士，您真是个伟大的父亲！"

"不，小韩，我是个糟糕的父亲——在她们眼中恐怕一直都是如此。不过我宁愿用这些糟糕的评价去换取哪怕只有一次'伟大'尝试的机会——只要不让我自己感到后悔，那就足够了。"

裴博士平静地说着，拍了拍韩娅的肩膀，转身离去……

"露易丝王后号"邮轮上，在甲板上散了一圈步的裴小雪和清水遥来到船尾的阳光沐浴区，找了两架躺椅美美地晒起了太阳。

"清水姐，你有属于自己的恐龙吗？我的意思是，你在恐龙竞技队中指挥的恐龙是哪种呢？"

"唔……这个嘛，其实我在恐龙竞技队里还没有自己独立指挥的恐龙。我之所以能够加入恐龙竞技队，也是因为我的姐姐怀孕即将生产，实在没法再坚持参加训练，教练才特许……"清水遥有些难为情地低声说道。

"你的姐姐？"

"嗯，她是清水由佳，日本恐龙竞技队的队长。"

"哇！我在电视上见过她，是个才貌双全又暖心的大姐姐呢！我记得她以自己的名义开办了一个规模很大的遗弃动物收容所，甚至还救助那些被遗弃的小型食草恐龙……"

"是的！我姐姐是个非常善良的人，在恐龙竞技队中的威望也很高，她和特暴龙金刚的配合默契程度也为人们所津津乐道。"

"特暴龙金刚？不会吧，那是你姐姐的恐龙？可是……明明是佐藤中树在指挥它参赛呀！"小雪一听，如触电般坐了起来。

"是的。虽说把我作为替补招进了恐龙竞技队，但教练并不认可我的能力，因此……我没有资格指挥姐姐的恐龙，我实在是太无能了！"清水遥说着，竟捂脸抽泣起来。

"清水姐，对不起，我提到了让你伤心的事情。不过，在我看来，佐藤先生才是没有资格指挥特暴龙金刚的家伙呀！将近11米的巨无霸金刚竟然打不过我那区区8米的未成年恐龙，真丢人！"小雪见状，忙安慰道。

"小雪，你有属于自己的恐龙？"清水遥似乎听出了什么，饶有兴味地追问道。

"啊……这个嘛……其实它们并不是符合恐龙竞技队要求的恐龙啦！它们现在就在这艘船上，要和我一起被送去新加坡呢！"

"它们？你到底有几头恐龙？"清水遥听着，更加吃惊了。

"嘿嘿，我有两头食肉恐龙，一头异特龙，名叫亚罗；一头蛮龙，名叫托沃……"

小雪话音未落，清水遥就已经有板有眼地鼓起掌来。她看起来打心眼里佩服眼前这个比自己小几岁，看上去稚气未脱的中国女孩。也许是出于对小雪的两头恐龙的好奇，清水遥提出上岸后想去参观一下。这理所当然地得到了想要展现自己爱龙的小雪的同意；而且这还不算完，中国女孩甚至迫不及待地在船上就想带自己的新朋友去"开开眼界"。面对"诱惑"，清水遥显得犹豫不决：

"在船上我们可是不被允许去货舱的呢……"

"嘿嘿……清水姐，请你放心好啦，只要我想，就没有去不成的地方！"小雪却一脸得意地拍着胸脯保证道。

"真的可以吗？那就拜托你啦！"

清水遥露出欣喜的表情。小雪打了个清脆的响指，得意扬扬地带着自己的新朋友向下层甲板走去。当她们来到二等舱甲板上时，机敏的小雪发现了正倚靠在一根船柱旁吸烟的佐藤中树。小雪不慌不忙地戴起连衣帽，与清水遥大摇大摆地从他面

125

前走过（她认为佐藤是很难认出换了一身衣服的自己的）。当两个女孩从佐藤身后走过的刹那，不知是有意还是无意，后者那比绿豆还小的眼睛悄悄瞟了一下，嘴角微微露出一丝笑意。

穿过甲板，小雪带着清水遥来到了B区前货舱入口的通道。这里果然站着几名负责安保的警戒人员。小雪略加思索后，扬着手中的特等舱宾客特有的水晶手环来到了其中一名看似是警戒队队长的人面前：

"哥哥下午好！我是来自特等舱的裴小雪，有一件事……不知道能不能请您帮个忙？"

"啊哈……小妹妹，有什么事我可以帮到你吗？"见眼前是个来自特等舱的清纯可爱的女学生，警戒队队长满面笑容地做出回应。

"我有个私人物品忘在父亲的行李箱里了，能不能……"小雪面露羞涩地指了指货舱大门。

"可是这里是大件货物的货舱，怎么可能有行李箱这种东西呢？"警戒人员显然有些摸不着头脑。

"我父亲是做生意的，他的名字叫裴杰文（2121年中国富豪榜排名前五的商界大亨，专做高端地产和园林建筑等服务，但与裴小雪一家没任何关系）。可能是他太粗心了，把行李箱跟一批货物混在一起了，所以我才这么着急！"

小雪灵机一动，编出了一个看起来并不太高明的谎言。警戒队队长当然知道裴杰文是谁，但从他盯着小雪的疑惑目光中可以看出，对此他还是持怀疑态度的。不过就在这时，清水遥插了一句：

"我可以替小雪同学作证。我是她在日本留学时的学姐兼闺密，清水财团北武川株式会社（清水由佳开办的收容所）社长清水由佳的妹妹清水遥。她父亲的行李确实混在船上的货物里了，我们保证不会给你们添麻烦的！"

说罢，清水遥向警戒队队长深深鞠了一躬。这下，几名警戒人员都露出了为难的神色。按照规定，普通乘客是绝不允许进入货舱区的，但眼前的两位少女都是来自特等舱的贵客，而且有确实需要进去的理由，经过短暂的商量，警戒队队长决定派出一名警戒人员带两位少女进入货舱寻找她们要找的东西，其他人留在门口继续警戒。

跟随着警戒人员，小雪与清水遥进入了B区前货舱。这里是"露易丝王后号"上占地面积最小的一个货舱，并且只用来存放货值最高的贵重货物。小雪将佐藤中树在上船之前告诉自己的货柜编号告诉了警戒人员，于是在警戒人员的引导下，她们很快在昏暗的通道中抵达了货柜所在的位置。在警戒人员按下了手掌识别后，货舱位的大门被打开，一座巨大的特制集装箱出现在三人面前。

"就算让你们来到这里，这种集装箱也通常是非人力所能打开的，你要怎样去拿你父亲的行李箱呢？"警戒人员不解地问道。

"嘿嘿……因为我只需要打开一扇小窗就可以看到了哟，这里面是我的恐龙。"小雪神秘地笑了笑。

"什么？恐龙！这艘超级油轮上是不允许在货舱里运载恐龙的！"

警戒人员脸色大变。完全不知道在货舱运载恐龙属于违法行为的小雪呆呆地站在那里,有点不知所措。就连清水遥看上去也是一脸茫然。警戒人员立即用对讲机请示队长该如何处置。不多时,警戒队队长带着更多的警戒人员急匆匆地走了进来。

　　"小姑娘,你说这集装箱里装的是恐龙?是什么恐龙?"警戒队队长目光严肃地询问道。

　　"是……是的。里面是一头异特龙和一头蛮龙。"惊慌失措的小雪立即如实招供了。

　　"唔……那不好意思,二位小姐被捕了。请跟我走一趟吧。"

　　警戒队队长听似平静的话语如晴天霹雳般吓到了天真的裴小雪。

十六　DMIG……

当小雪和清水遥戴着手铐被带至船上的禁闭室时，泪水早已模糊了中国女孩稚嫩的脸庞，日本少女看上去却仍旧十分镇定。在禁闭室里，起初警戒队队长只是询问了一些简单的问题，小雪基本上是"有问必答"，显得非常积极和配合。从她嘴中，警戒队队长很快得知在船上还有一个名叫佐藤中树的日本驯龙师在负责护送她，于是立即拨通了对方的电话；与此同时，年迈的船长竟然也急匆匆地赶到了这里，看来事情的严重程度已经非同寻常。

在紧皱眉头听警戒队队长把事情经过介绍一番后，船长一边摸着自己的白胡须，一边在审讯桌前踱着步子，然后坐在了两位姑娘的面前。

"你多大了？"老船长瞟了一眼小雪，问道。

"我……到年底才满17周岁。"小雪低下头去。

"你呢？"老船长略加思索后把目光投向清水遥。

"船长阁下，我刚满22周岁。"清水遥彬彬有礼地答道。

"你们知道自己在做什么吗？"船长虽然仍旧双眉紧锁，但看得出，他并不愤怒。

"船长阁下！这件事与清水姐无关，我们是在这艘船上认识的！所以……请您释放她！"眼见船长把清水遥也视作了"共犯"，小雪急忙大喊起来。

"小雪……"清水遥第一次露出了不安的神情。

"很好！很有担当的孩子。"船长的眼中掠过一丝赞赏之情，继续说道，"那么，请回答我接下来的问题。作为一名未成年人，想必背后一定有成年人指使，那么请问，是谁带你和这些恐龙上船的？恐龙的所有者是谁？难道是你的父亲吗？"

"不！父亲并不知道我的行为，并且这些恐龙也不是他的——它们都是我的宝贝！"小雪斩钉截铁地答道。

"真的吗？有谁会相信一个未成年的小女孩会持有两头珍稀凶猛的食肉恐龙的所有权，这太荒唐了！"老船长似乎有点不高兴了。

"可是，它们就是我的！是我的……是我的！"

就在双方"陷入僵局"之时，佐藤中树赶到了禁闭室。

"抱歉，给您添麻烦了，船长阁下！我是这孩子此次旅途的监护人佐藤中树，我的任务是护送她前往新加坡参加一个活动。"

"您好，佐藤先生。那么您对藏在船舱里的两头食肉恐龙作何解释呢？据我了解，它们缺少必要的运输手续，而且我也没有拿到特许运送它们的指令。"船长缓缓地说道。

"啊……我并不知道这孩子还藏了恐龙在船上呀！"

出乎小雪的意料，佐藤突然以一副无辜的样子想要撇清关系。中国女孩立即愤怒地大叫起来：

"胡说！他在骗人，他骗人！"

"哦？这听起来有点解释不通啊，一个未成年人把恐龙装进集装箱偷偷运送上船？"船长斜眼瞟了一眼佐藤。

"船长阁下，我是真的不清楚其中的情况呀！我只知道这孩子是一名立志成为驯龙师的恐龙爱好者，我受其父亲好友所托要护送她前往新加坡参加活动，仅此而已。至于偷运的恐龙，不知是否是她的父亲裴博士指使手下所为，这个在下便不得而知了。"佐藤显得很轻松地耸耸肩膀。

"你这该死的骗子！"小雪气极了，想要起身冲撞佐藤，但被两侧的警戒人员按回了座位。

"虽然你是未成年人，但是我也不允许放肆的事情发生！给我老实点！"老船长怒喝道。不过随即，他的声音又变得温和起来，"裴小姐，我再跟你确认一下，你是否确定清水小姐没有参与这起偷运食肉恐龙事件？"

"是的，我确定！"小雪毫不犹豫地点点头，但仍旧横眉冷目，"尽管我遭到了欺骗和背叛，但清水遥小姐的确与此事毫不相关！"

"好！清水小姐，你可以离开这里了。"

听了小雪的话，老船长十分爽快地向清水遥挥了挥手。有些意外的日本少女将信将疑地起身，并把目光投在小雪身上。

只见小雪向她使了个眼色，那分明是在说："快走！"踌躇几秒后，清水遥有些伤感地低头快速走出了禁闭室。

"那么裴小姐，在我们抵达目的地进行下一步处理程序之前，就只好委屈一下你了。不过你无须对生活担心，那扇铁门后有一个带盥洗室和卧室的房间。虽然你不可以离开这里一步，但你的餐食我们仍会按照特等舱的标准来配送——这点还请你放心。"

老船长说完，带着不失体面的笑容起身离去。不知出于何种原因撒谎、无颜再面对小雪的佐藤中树也迅速尾随在老船长身后，消失在小雪的视线中。

3天后，在狮城新加坡。

穿着一身灰黑色装束、戴着墨镜的贝尔格蕾雅在身着花花绿绿的衬衫、沙滩裤和人字拖的凯因茨的陪同下穿梭在熙熙攘攘的乌节路上。与以往不同的是，贝尔格蕾雅那一贯由自己背着的长背包这次挎在了凯因茨的肩膀上。

"老大，每次来这儿我都会情不自禁地想念起那令人无法拒绝的咖喱鱼头呢！不知道这次还有没有机会……"

"如果能完成任务，我就赏你吃个够。"贝尔格蕾雅斜眼瞟了瞟憨憨的部下，露出一丝笑容。

"嘿嘿！可是……我还是怀疑那帮家伙真的会选择在这里交接。"凯因茨憨笑了一阵后又担忧起来。

"这就不需要你去操心了。你只需要管住你那张嘴并且跟紧我就行。"

贝尔格蕾雅说着，突然停住了脚步。刚才还嘻嘻哈哈的凯因茨也连忙止步并闭上了嘴巴。只见帅气的金发美女回顾四周后，不由得稍稍皱起了眉头："我们可能被跟踪了……"

"不会吧，老大，难道是他们……"

"我们现在分开——你往右边那条路走，等会儿我们在前面的老地方会合。注意安全！"

"明白！老大，你也……"

"别啰唆了，我有你那么蠢吗？"

原本想关心一下上司，却讨了个没趣的凯因茨忙住嘴不再出声，按照计划与上司分开。机敏的贝尔格蕾雅在绕了几条街，确认四周安全后准备去与凯因茨会合。然而就在这时，一辆运载着特殊集装箱的警用重型卡车吸引了她的注意力。金发美女的神情立即变得严肃起来。

"凯因茨……凯因茨，我这边有点事，可能要晚点与你会合。你在确保四周安全后就在老地方附近待命。"她以极低的声音用微型对讲机说道。

"明白，老大！"对讲机另一端很快传来回应。

贝尔格蕾雅立即在路边拦了一辆的士，要求司机紧跟这辆重型卡车。在开过无数个红绿灯后，重型卡车在一个路口拐弯。贝尔格蕾雅不失时机地摘下墨镜，露出迷人的笑容。

"司机先生，能让我来驾驶您的车子吗？"

"搞什么！我这可不是你的私家车……"

的士司机话音未落，一叠厚厚的百元大钞已经被扔在他的怀里。将钞票揣进怀里的司机忙喜笑颜开地刹车，将车停稳，迅速与贝尔格蕾雅互换了位置。坐进驾驶室的金发美女一脚油门,出租车便如箭一般飞了出去。

贝尔格蕾雅判断得没有错,特制集装箱正是运输大型恐龙的专有载具,而集装箱里装载的自然是一小时前刚到港的小雪的两头食肉恐龙亚罗和托沃(贝尔格蕾雅并不知道这点)。看起来,这两头恐龙作为"走私品"将要被送往新加坡当地的警察局等待下一步处理,然而在上文提到的路口,本应直行的重型卡车却拐弯驶向了另一条路,这微妙的信息自然不会被早已对狮城道路非常熟悉的贝尔格蕾雅放过。

"喂喂,小姐,你这是要做什么?我还要接其他的活儿呢!"对于贝尔格蕾雅"粗野"的开车方式,出租车司机表达出不满。

"对不起,您的这辆车被我征用了。"

贝尔格蕾雅头也不转地一边开车一边向司机亮出了自己的证件,并扔给对方一张卡片。司机定睛一看,发现那证件是国际刑警的警官证,卡片则是国际刑警征用民用车辆的补偿证明(凭借证明可到当地政府领取补偿金或实物补偿),不禁目瞪口呆。

"你……你是警察?"

"等一下可能会有危险,如果您现在想下车,还不算晚。"贝尔格蕾雅微微一笑道。

"好,好!我下,我下!"

于是,贝尔格蕾雅一脚急刹。不等车停稳,惊慌失措的司机已经连滚带爬地下了出租车。

"偏离"路线的重型卡车行驶至位于西南区靠近海岸的

一座废弃工厂后门的小路上。这显然不太正常。贝尔格蕾雅在确认对方的停车位置后，驾驶出租车停在距其不远但足够隐蔽的一个小巷子里，随后弃车徒步来到重型卡车附近，低头看了下手表，开始耐心地等候。大约过了半个小时，几个身着黑色西装的男子从正东方向走来，与此同时，从卡车驾驶室跳下了两名身穿警服的男子——很明显，"接货"的时间到了。

贝尔格蕾雅迅速掏出手机，发送了一条简短的信息。不过就在她把手机揣进裤兜准备继续监视对方时，突然感受到了异样的气息——警察的敏锐直觉分明在提醒自己身后有人。当她以迅雷不及掩耳之势掏出手枪转身瞄准时，却发现……

"您是国际刑警吗？"

出现在贝尔格蕾雅身后的竟然是清水遥！金发女警以握枪姿势指着日本少女的额头停顿了数秒，而后微微点了点头。

"这个集装箱里装的是中国女孩裴小雪的两头恐龙……"清水遥以平静的语气说道。

"什么？你这话是什么意思？"贝尔格蕾雅听着，碧绿的瞳孔中掠过一丝不安。

"对不起，我不方便透露更多信息了。这个集装箱很快便会被运走，之后这两头恐龙恐怕就会被……"

清水遥欲言又止，转身准备离去，不过却被贝尔格蕾雅叫住。

"等等！你是DMIG的一员吧？"（Dinosaur Manager International Group，恐龙经理人国际集团，因疑似参与恐龙走私而在警察内部被称作"国际贩龙组织"）贝尔格蕾雅的声音很淡定。

清水遥愣了一下，但是没有应答，而是从容不迫地离开了。迟疑片刻的贝尔格蕾雅收了枪，继续观察重型卡车那边的情况。只见两名"警员"已经脱去警服站在了一旁；一个强壮的黑衣男子来到集装箱柜门处，似乎要将柜门打开。与此同时，金发女警的耳机里传来了队友的呼叫：

"威斯特哈根警督，我们已驾驶直升机出发，预计半个小时后可抵达指定地点。"

"地点更换，你们先去新加坡警局待命，等我下一步指令。"

"收到！预计抵达时间不变。"

贝尔格蕾雅关闭对讲机后，注意到黑衣男子并未打开集装箱柜门，而是通过一个隐蔽的窗口朝里面望了望，然后向旁边一个叼着雪茄的中年男子竖起了大拇指。中年男子点点头，两个黑衣人顶替先前卡车驾驶室中的假警察，发动卡车。贝尔格蕾雅意识到对方的交易就要完成。恰逢旁边驶过一辆踏板摩托车，金发女警一把将摩托车驾驶者拦住：

"我是警察——这车被我征用了，抱歉。"

她亮出警官证并递给对方补偿证明的卡片。不等摩托车驾驶者反应过来，摩托车已经紧跟上路的卡车而去。

与此同时，裴小雪正垂头丧气地坐在新加坡警察局的看守所里。她已被告知自己的两头恐龙会暂时由警察局扣押并等待下一步处理，自己也将于近期被遣送回国——由于是未成年人，态度良好，再加上其行为不具备社会危害性，所以警察局决定对她网开一面。

"局长,您的电话!"

正与属下讨论怎么处理那两头恐龙的警察局局长十分不耐烦地接过电话,不过没几秒钟,他那原本看起来漫不经心的神色便显得不安起来:

"什么?你说运载恐龙的卡车失去联系了?"

由于声音很大,隔着一个玻璃门坐着的小雪也听到了。小雪不由得一怔。虽然后面的话语再也听不到了,但从局长的脸色可以判断出,情况似乎在往不好的方向发展。

随着局长心事颇重地缓缓放下电话,另一名警员从门外敲门进入:"局长,国际刑警贩龙缉查科8名全副武装的警察乘坐直升机已经抵达我局。"

"哦,来得正好!看来又是和那帮败类有关,真见鬼……"局长自言自语着,整了整自己稍显凌乱的白发,戴上警帽走出门去。见局长出门,小雪忙问身旁的一名女警:

"大姐姐,请问发生了什么事吗?"

"我也不太清楚呢,恐怕是DMIG又开始作祟了吧。"女警略显担忧地摇了摇头。

"DMIG?"小雪显然听不懂这个神奇的名字。

"恐龙经理人国际集团,目前世界上最大的国际恐龙交易平台。但是近年来我们发现他们存在走私并在黑市贩卖恐龙的行为,因此我们警察都称其为'国际贩龙组织'。"女警毫无戒心地解释道。

"天哪!我的亚罗和托沃该不会被……"小雪失声惊叫

起来。

几分钟后，局长和国际刑警贩龙缉查科的一名全副武装的警察匆匆走进办公室，看上去神情很是严肃。见此情形，小雪忍不住问起情况：

"局长先生，请问，我的恐龙现在到警察局了吗？"

"裴小姐，我恐怕……你的恐龙已经被贩龙分子以冒充警察的方式劫走了。"

局长以沉重而无奈的声音答道。也许是刚才与女警的聊天让自己已经有了心理准备，面对局长的回答，小雪并未表现出过度的慌乱。她埋下头去，沉默了片刻，而后抬头以坚定的目光望向局长：

"局长先生，我认为这件事和一个人有关。请您一定要逮捕他！"

"什么人？"局长露出诧异的目光。

"佐藤中树—— 那个'护送'我来新加坡的日本驯龙师。"小雪斩钉截铁地回答道。

十七　营　救

　　骑着摩托车的贝尔格蕾雅依然追逐在重型卡车之后。不知何时,重型卡车驶入了一个较长的昏暗隧道。不过当车驶出隧道时,金发女警却惊讶地发现前面的重型卡车仿佛变戏法一般除去了警方的涂装,摇身一变披上了DMIG的标识——果然,这次事件又与罪恶的"国际贩龙组织"有关。贝尔格蕾雅暗想着,眼前仿佛又浮现出那个时候的景象——

　　一辆涂有巨大的DMIG标识的重型卡车在大雨中呼啸而过,将泥点溅到此时正站在斑马线旁等待红绿灯的年幼的贝尔格蕾雅身上,金发女孩不禁哇哇大哭起来。站在她身旁的一名身材高大的金发男子连忙将其一把抱起。

　　"爸爸……那个卡车好讨厌,呜呜!"

　　"D——M——I——G……"金发男子望着卡车远去的方向,喃喃自语道。

"爸爸，DMIG是什么呀？"

"我亲爱的贝儿（贝尔格蕾雅的昵称），DMIG是'恐龙经理人国际集团'的首字母简称。这可是目前世界上最大的恐龙基因重组和养殖推广的企业呢！简而言之，就是未来使'恐龙帝国'在这个地球上重现的希望啊！"金发男子说着，脸上露出了憧憬的笑容。

与此同时，正在指定地点耐心等着女上司的凯因茨突然发现手机聊天App上传来一段语音，打开一听，竟是贝尔格蕾雅要求他火速前往DMIG新加坡分公司附近"老地方"会合的指令。

二十分钟后。在DMIG公司大楼附近的咖啡店里，贝尔格蕾雅坐在一扇能看到公司正门全景的落地玻璃窗前，"悠闲"地喝着提神的特浓美式咖啡。再过一小时，太阳就要落山了，而天黑之后，所有事情的不确定性都将变得更加突出。也许是沉浸在思索解救两头恐龙的对策中，一向警觉性极高的贝尔格蕾雅竟没发现自己的搭档已经来到身旁。

"老大，老大？"

"嗯？抱歉，我竟然没注意到你。"听到凯因茨的声音，金发女警才回过神来。

"没……没关系。老大，他们果真又开始行动了？"

贝尔格蕾雅微微点了点头。

"这么说，刚才跟踪我们的也是他们的人吗？"

"可能……我看走眼了吧。抱歉，我最近状态不太好……"

贝尔格蕾雅将了捋稍显凌乱的金发，以充满歉意的目光望向凯因茨。不过就在凯因茨想着如何安抚女上司受伤的心灵时，对方的对讲机不合时宜地响起，令金发美女的状态迅速恢复了正常。只见她双眉紧锁地说道：

　　"埃尔德曼（8名前来增援的国际刑警的队长）说，局长带着100名警员直奔这里来了——真是个愚蠢的家伙！如果当面交涉有用的话，如今的DMIG还会如此猖狂吗？"

　　"老大，那么我们？"

　　"等等！如果埃尔德曼他们在前面与DMIG交涉，那正是我们从后面潜入公司的大好时机！而且马上就天黑了……"

　　贝尔格蕾雅似乎领悟到了什么，起身走到咖啡馆另一侧可以看到公司侧墙的落地玻璃窗前，仔细观察了一番。

　　DMIG新加坡分公司总经理办公室里，佐藤中树正坐在沙发上与分公司总经理英格拉姆博士密切交谈着，清水遥则恭敬地站在沙发后面——她在这里的出现基本印证了贝尔格蕾雅之前的猜测。

　　"本来，若不是那小丫头脑子犯浑，现在她应该和我们一起坐在这里与博士您谈笑风生呢！也许未来她会成为我们DMIG一枚重要的棋子，结果……还好佐藤我脑子够灵活，启动了紧急预案，还是成功地把两头宝贵的恐龙抢救回公司，哈哈哈！"

　　"我就知道你不会让我失望。话说回来，清水，你当时为何不阻止裴小雪做那么危险和愚蠢的事情？难道你的智商连个未成年人都不如吗？"英格拉姆博士冷笑了一下，随即回头对正不知所措地站在那里的清水遥进行训斥。

"对不起! 属下罪责难当!"清水遥低下头去。

"清水, 你真的以为你是靠实力进入日本恐龙竞技队的吗? 你和你姐姐比还差得远呢! 公司的忍耐是有限度的, 所以我奉劝你别再试探我们的底线了, 听明白没有?"

见清水遥默不作声地点了点头, 英格拉姆博士的怒气似乎消了些。不过就在他拿起茶杯准备喝口水时, 一阵急促的敲门声响起。

"进来。"不满再次挂在博士的脸上。

只见一个黑衣人急匆匆地走了进来, 在博士的耳边轻语了一番。渐渐地, 博士的脸上露出一丝不屑的笑意:

"佐藤! 你干的好事, 那帮警察又找上门了!"

"什么? 这不可能, 在码头我把这事处理得干干净净, 不可能会有人注意到我们!"佐藤中树的脸上掠过一丝恐慌。

"哼……哪里有不透风的墙呢? 不过, 让他们尽管来搜, 反正他们也不可能找到那两头恐龙。哈哈哈……"

咖啡店里的贝尔格蕾雅和凯因茨注视着大量警车停在DMIG门口, 以新加坡警察局局长为首的一众警方人员在DMIG工作人员的指引下走进大楼。接下来, 贝尔格蕾雅将金发扎起, 精神抖擞地站起身, 并拍了拍搭档的肩膀:"走吧, 时机到了, 趁着他们与DMIG交涉, 我们从后面混进去。"

见女上司有意捏了捏自己的肩胛骨, 凯因茨明白对方已经完全恢复了精神, 顿时感觉自己浑身也充满了力量。借着刚刚落下的夜幕,两人悄悄来到DMIG后门附近。由于并非什么军事组织,DMIG的守备力量是相对薄弱的,后门口只有两名手持霰弹枪的保卫队员把守,想要解决他们简直易如反掌。但是,由于上级严格要求尽量避免人命事件发生,贝尔格蕾雅决定另寻他法进入公司。四处观察后,经验丰富的金发女警发现围墙上的电网并未通电——这是个翻墙而入的好机会。要知道,翻越3米高的围墙对于训练有素的国际刑警二人组来说毫无难度。不多时,二人已经安然到了围墙内侧,顺着监视器死角的走廊(贝尔格蕾雅早已使用微型无人机侦察过DMIG新加坡分公司的监视器位置),很快来到室内一个入口处。为了不被里面的人发现,他们暂时蹲守在门口商量对策。

"老大,依你看,恐龙关在哪里呢?"

"根据我的无人机侦察,这里似乎没有能够容纳恐龙的大型库房,因此我推断,恐龙很可能被藏在地下。"

"也就是说,我们必须在外面交涉的警方撤走之前找到地下密室的入口,并将恐龙解救出来?但是这对于我们两个人来说几乎是不可能完成的任务。这两头恐龙太重了。"

"肯定会有办法的。"

"老大,我知道你想帮那个中国女孩,可是我们也得先看实际情况再……"

"够了!凯因茨,如果你想退出,我不会阻止。但是请你弄清楚,我来这儿不是因为想帮裴小雪,而是为了履行我们身为国际刑警的神圣使命!"贝尔格蕾雅的语气不容反驳。

一道闪电划破阴暗的天空……

"爸爸……求求您睁开眼睛! 我……我害怕!"

年仅9岁的贝尔格蕾雅伏在父亲的床前,早已泣不成声。大约过了十秒,双眼紧闭、面部表情极度痛苦的金发男子艰难地动了动干裂的嘴唇:

"对不起……贝儿,我的……乖女儿,爸爸犯了一个天大的错误……真是个天大的错误啊!"

"不,爸爸,请跟我一起走吧,您再也别为DMIG做事了。我们离开这里,远走高飞,求您了……"双目含泪的贝尔格蕾雅使劲摇了摇头。

"恐怕……已经太迟了。咳咳……那家伙果然没有放过我……"金发男子说着,猛地呕出一口殷红的鲜血。

"爸爸!"惊慌失措的贝尔格蕾雅想要做点什么,却无能为力。

"贝儿,你……快逃吧!"金发男子说着,伸手握住了女儿的手,流露出不舍之情,"我……对不起你早已去世的母亲——请你们……原谅我这个……愚蠢的丈夫和父亲吧……"

金发男子的头缓缓歪向一旁,手也垂了下去。金发女孩明白这意味着什么,然而这一刻,她却没有再像刚才那样痛哭,而是面无表情地站在那里。阴暗的天空再次划过一道闪电……

想到这里,贝尔格蕾雅毅然起身向公司内部走去。本想再行劝说的凯因茨见女上司的想法已不可逆转,只得跟在后面,穿过一间工作人员的小门,进入了房间。从漆黑一片的过道可以判断出，这里在晚上不是上班区域，自然不会有人守卫。走在漆黑的过道里，沉默良久的贝尔格蕾雅突然轻声说道："对不起，凯因茨，我为刚才的粗暴态度道歉。"

"啊……老大，你别放在心上，刚才其实我也……"见女上司向自己道歉，凯因茨反而感到非常不好意思。

"嘿嘿，其实我刚才仔细想了一下，我们并不需要把恐龙弄出来偷偷运走，只要让它们发出足以引起人们注意的吼叫声即可——当然，这一定要在那些前来交涉的警方撤走之前完成才行。"贝尔格蕾雅扭头冲搭档微微一笑。

"哇……老大，我明白你的意思了，这真是个好主意！"凯因茨恍然大悟。

一定就在这栋大楼的地下——贝尔格蕾雅暗想着，小心翼翼地观察任何一个可能露出蛛丝马迹的地方。当他们来到一个低于地面半层，近似六边形的巨大平台上时，金发女警突然停住了脚步，关掉手表上的手电筒，仔细察看。突然，她注意到地板的缝隙里有微弱的灯光隐隐透出……

"找到了，就在这里。不过我们还需要找到能够下去的通道。"

贝尔格蕾雅高兴地说道，随即开始沿着有光的地缝搜索。凯因茨紧随在女上司的身旁左右寻找。这回，幸运女神似乎眷顾了这位平时常因粗枝大叶而犯错的壮汉：

"老大，这儿好像有一整块活动的地板，你看！"

贝尔格蕾雅忙走过来察看情况。只见她单膝跪下，双手伏地，仔细检查搭档所说的地板情况。不多时，喜悦从她的脸上

绽开:

"让我来看看怎么把它打开。因为不知道下面是什么情况,所以我们不能贸然行动……嘘!"

也许是听到了什么动静,金发女警突然示意凯因茨别出声,并拉着他闪到一边。很快,一阵急促的跑步声伴随着愈加明亮的手电筒光线由远及近——很明显,有人过来了。待来人靠近,贝尔格蕾雅注意到这是两个穿着黑西装的男子。

"快,把通道打开!"其中一人急匆匆地说道。

"要开灯吗?"另一人问。

"别开灯,别让窗外警戒的警察看到这里有光。打开通道的小门!"

贝尔格蕾雅听在耳里,喜上心头,绝佳的机会应该就要来了。当其中一人按下打开暗门的开关后,贝尔格蕾雅迅速上前从背后将其一掌打昏;几乎在同一时间,凯因茨解决了另一个人。望着从打开通道的楼梯间透出的橘黄色昏暗灯光,贝尔格蕾雅拉着凯因茨毫不犹豫地跳了进去……

另一边,以新加坡警察局局长、国际刑警贩龙缉查科副科长埃尔德曼警督为首的警方正与以英格拉姆博士为首的DMIG新加坡分公司高层进行对话。狡猾老到的英格拉姆博士始终没有留给对方任何足以打开突破口的破绽。由于没有确凿证据,警方无法就DMIG新加坡分公司涉嫌走私恐龙一事对公司场地进行彻底搜查——要知道,DMIG是多国政府支持的巨型龙头企业,可没有那么容易对付,否则就不会在警界留下"国际贩龙组织"的称呼了。

时间一分一秒地过去，警察局局长与埃尔德曼的额头都沁出了汗珠。他们明白，再这样下去，就只能无功而返了。"威斯特哈根科长究竟在干什么？到底有没有希望找到证据？"埃尔德曼暗想着，苦恼地摇了摇头。也许是注意到了对方的尴尬，英格拉姆博士放下红酒杯，得意扬扬地说道：

"既然没有任何证据表明我司有你们所指控的行为，那么还请各位领导早点回去休息吧。局长先生，请您放心，我不会就此事向政府和集团总部控告你们的鲁莽行为的。"

"你这可恶的家伙！"

埃尔德曼气愤地想要站起身，却被局长适时地摁下了：

"让我们回去可以，但是请您交出佐藤中树先生，我们有一些话必须问他。"

"关于这个……我已经说过多少次了，我们公司根本没有佐藤中树这个人。难道您要让我变戏法，把他变出来不成？"

正说着，门外突然传来一阵明显的异响。也许是意识到了什么，英格拉姆博士的脸色骤然变得难看起来。局长与埃尔德曼忙起身向外望去，已经有一些警察揪住员工在问情况了。不多时，一名三级警司面带激动之色冲进办公室汇报道：

"报告，从地下传来了恐龙的叫声，我们已经派人去搜查了！"

"什么？这真是太好了！"局长与埃尔德曼异口同声地说。

不过此时此刻，贝尔格蕾雅与凯因茨的处境却并不太妙。因为恐龙发出的震耳欲聋的嘶吼，不仅吸引了地上警察的注意力，同样也引起了地下全副武装的DMIG保卫队员的警觉。当荷枪实弹的保卫队员前来搜查时，贝尔格蕾雅与凯因茨只得使用武器进行自卫。只见金发女警迅速拔出手枪，干净利落地打晕了最先摸上来的3名保卫队员。凯因茨看准时机，匍匐向前拿到了保卫队员的突击步枪，并扔了一把给自己的上司。就在这时，从背后传来一声枪响——贝尔格蕾雅应声向前扑地倒下——只见眼露凶光的佐藤中树如幽灵一般出现在二人身后："没想到来偷袭仓库的竟是个金发大美女，哼哼，就这样送死确实有点可惜……"

又是"砰"的一声枪响，佐藤腿部中枪，应声倒下——原来，贝尔格蕾雅迅速翻身，以卧位姿势还给对手以颜色。这时，从前方和佐藤身后又冲过来几名保卫队员。只见凯因茨一手举起一把突击步枪往两个方向一阵扫射，保卫队员应声倒地。贝尔格蕾雅捂着后肩窝的伤口从地上摇摇晃晃地站起来，凯因茨忙一把搀扶住她，急切地问道："老大，你没事吧？"

"还好。别忘了，我这身装束还是能派上点用场的……"

贝尔格蕾雅的脸上勉强挤出一丝笑容。这令凯因茨猛然想起，女上司这身有违季节感的服装实际上不是普通的物品。从皮夹克到皮短裤、皮靴，都有减弱子弹动能的"防弹"功效；甚至连腿上看似寻常的长袜都能有效化解刀具的划伤。这使得她在与不法分子搏斗时具备明显优势。

渐渐地，冲过来的保卫队员越来越少。细心的贝尔格蕾雅听到远处传来那令自己无比熟悉的"不许动，举起手来"的声音，于是开心地拍了拍搭档的肩膀："我们赢了！"

十八　新的开始

　　很快,闻声赶来的警察逮捕了被击伤腿部的佐藤中树,并在贝尔格蕾雅和凯因茨的指引下找到了亚罗和托沃。它们早已醒来,只是因被套着结实的嘴套而无法发出任何声音。不过这并不影响贝尔格蕾雅实施她的计划——成功诱使一头成年霸王龙发出了惊天地泣鬼神的咆哮声。对于金发女警这样机智的做法,警察局局长和埃尔德曼都赞不绝口。不过当埃尔德曼习惯性地拍她肩膀时,她不禁疼得尖叫一声并捂住了伤口。

　　"科长,你受伤了?"埃尔德曼有些吃惊。

　　"我中了一弹,不过还好啦……应该只伤了点皮毛。"

　　埃尔德曼忙喊来了随他一起前来执行任务的医务警员:"这恐怕是一枚45口径的大威力弹,怪不得防弹衣没能挡住。科长,你现在失血过多,必须接受治疗!你安心休息吧!"

　　"我们的女英雄!请您好好休息吧,后面的事请放心交给我们来处理。"局长微笑着向贝尔格蕾雅致谢。

"给你们添麻烦了。对了,亨利(埃尔德曼的名字),回到警局后,请把裴小雪带到我身边,谢谢!"脸色苍白的贝尔格蕾雅勉强挤出一丝苦笑。

"放心,科长,我一定照办。"埃尔德曼点了点头。

在解决了DMIG新加坡分公司的走私恐龙事件后——英格拉姆博士被带回警局暂时扣押,佐藤中树被逮捕,公司暂时被强制停止运营,警察们"满载而归"。夜色越来越浓,已经在警局枯坐数小时的裴小雪感到心脏忐忑不安地跳动着。终于,她透过玻璃窗看到了归来的警车。亚罗与托沃究竟有没有被解救出来?小雪的心跳得更厉害了。

"裴小姐,请你出来一下。"这时,办公室的门开了,一名女警招呼小雪。认为一定是有好消息的女孩立刻起身随女警穿过长长的走廊来到了警局的医务室,推开门后看到的情形却令小雪大吃一惊:

"威……威斯特哈根小姐?"

"嗨,小雪同学,我们又见面了。"正在包扎伤口的贝尔格蕾雅抬起头来,露出甜美的笑容。

"你……你受伤了?难道……你也是警察?"望着贝尔格蕾雅肩膀上那渗透绷带的殷红血迹,小雪吓得捂住了嘴。

"呵呵,小伤而已。是的,我是警察,很抱歉之前一直对你隐瞒,不过还是请你别把我的真实身份告诉……"

金发女警的话音未落,中国女孩已经箭一般冲上去,直扑其怀抱,大哭起来:

"求求你，威斯特哈根小姐，请一定要救救我的恐龙！"

"放心吧，小雪同学，它们已经被救出来了。"贝尔格蕾雅伸出未受伤的手轻抚着小雪的头，安慰她，"现在，我想听听你的故事——究竟是为什么，你会出现在新加坡？"

小雪大喜过望。她抬起头望向贝尔格蕾雅那姐姐般充满宠溺的面庞，止住了泪。清了清嗓子后，她开始诉说这几周以来发生的事情……

3天之后的早晨。

"Hello……This is Eileen Sun……"睡得昏天暗地的孙艾琳极不情愿地抓起正在振动的手机，有气无力地说道。

"嗨，艾琳，我已降落在戴德姆机场！怎么样，想我了吗？"电话那头传来贝尔格蕾雅的声音。

"贝姐，您老人家可算回来了，这都5天——不，都已经一个星期啦！"孙艾琳没好气地说。

"对不起，这次发生了一点事情，导致我出差多耽搁了几天……不过，我带来了一位你意想不到的客人哟！"

"意想不到的客人？"孙艾琳一听，似乎来了劲儿，连忙披上衣服坐了起来。

"嗯！半个小时后你就能见到了。"

挂了电话后，孙艾琳迅速穿好衣裤鞋袜，飞也似的跑到梳妆台前打扮起来。这位"意想不到的客人"会是王一川吗？混血美女激动地想着。说起来，她已经有一年多没有见到这位战友了。

半小时后，匆匆赶到摄影公司的孙艾琳看到贝尔格蕾雅亲自驾驶着一辆蓝灰色重型拖车驶入停车场。孙艾琳发现，闺密的副驾驶位置上坐的既不是通常都会坐在那里的凯因茨，也不是她所幻想能够重逢的王一川，而是——

　　"裴小雪？"

　　"琳姐？"

　　小雪也不禁吃了一惊，只有贝尔格蕾雅保持着略显得意的微笑。

　　"贝姐，这是怎么回事？"在与闺密拥抱后，孙艾琳的脸上依然写满了疑惑。

　　"从今天开始，小雪同学就要暂时和我们生活在一起了，而且要和你妹妹成为同学——怎么样，你该不会不欢迎她吧？"贝尔格蕾雅说着，冲身后的小雪笑了笑。

　　"当然不会啦！我衷心地希望小雪同学能够好好管一管我那心已经玩野了的妹妹……"孙艾琳连忙露出有些不自然的笑意，"话说回来，这集装箱里装载的是？"

　　"是小雪同学的两头食肉恐龙，异特龙亚罗和蛮龙托沃。明天我会把它们送到戴德姆恐龙竞技场开始新的生活。"贝尔格蕾雅说着，伸手拍了拍小雪的肩膀，"当然了，如果小雪同学不介意的话，我很乐意把恐龙竞技场的经理西蒙斯先生介绍给你认识一下！"

　　"太棒了！我一定会爱上那里的！"小雪毫不犹豫地点了点头。

　　随着集装箱被开打，几周来受尽委屈的两头恐龙终于重归自由的怀抱,兴奋地左顾右盼。孙艾琳感到自己眼前一亮——两头体形修长、优美而雄壮的年轻食肉恐龙让她仿佛重回当年热火朝天的恐龙竞技场……

"它们看起来似乎能够达到恐龙竞技世界杯的参赛标准了。"贝尔格蕾雅上下仔细打量这两头恐龙后说道。

"在国内时我曾测量过一次,两头恐龙的全长都已经接近8米。这……是不是达不到参加世界杯的标准呢?"

"它们多大了?"贝尔格蕾雅想了想,问道。

"亚罗到现在差不多快1岁半了,而托沃比它可能要大3个月。"

"嘿嘿,别担心,它们肯定还会长大的。就它们目前的年龄来看,这体长已经算很大了。"孙艾琳凑过来笑嘻嘻地说。

"话说……今天是周六,你妹妹还是没有回来吗?"贝尔格蕾雅却在此时有些"不合时宜"地岔开了话题。

"咳咳……别提她了,本来已经说好周末回来陪我去逛街,结果这丫头又以学校临时有事为由……"

孙艾琳没好气地说道。突然,她注意到了贝尔格蕾雅左肩领口下露出的一点白色的绷带,不由得起了疑心。这明显是受过伤的痕迹,外出执行拍摄任务居然会伤得这么重,这有些不合常理。一向心直口快的孙艾琳本想立即问个究竟,但看此时贝尔格蕾雅与小雪聊得正欢,她只得把疑惑吞回肚里。

"你真的不需要休息一下就立刻去恐龙竞技场吗?"

"当然!贝姐,你看,我现在浑身充满了力量!"小雪边说边撸起了袖子。

"既然又被姗姗那丫头放了鸽子，那我也一起去看看吧。"见自己确实无事可做，孙艾琳只得一同前往。只有凯因茨推说自己急需回家"补觉"，没有同行。这回，轮到孙艾琳做司机了。一路上，重型拖车的驾驶室里充满了欢声笑语。

然而，她们谁也没有料到，此时的孙姗恰好在戴德姆恐龙竞技场。原来，她是陪班上关系亲密的同学彼得·凯勒来这里观看恐龙竞技训练赛的。没想到，凯勒对恐龙竞技本身似乎没有太大兴趣（主要还是为了与孙姗一同出来打发时间），而孙姗却被正在进行表演的一头高大的霸王龙深深吸引了。

"没想到你竟然也喜欢这种可怕的动物。"凯勒笑了笑。

"我姐姐曾经是一名驯龙师，是中国恐龙竞技队的主力成员，所以我也……"

"你姐姐？可惜我从来没见过她。"

孙姗没有再接话，而是出神地注视着正在表演的霸王龙。不多时，也许是余光注意到了正向这边驶来的那辆熟悉的蓝灰色重型拖车，女孩突然低声叫了句"不好"，并连忙将凯勒一把推开，自己则迅速朝人群中跑去。不明真相的凯勒本想追上前去，怎奈孙姗早已消失在自己的视线中，他只得无奈地耸了耸肩。

坐在卡车驾驶室中的小雪早已注意到远处竞技场里正在表演的身材高大的霸王龙，她的心脏不禁跟着怦怦地快速跳动起来。虽然距离挑战强大的霸王龙还有很长一段距离要走，但是中国女孩绝不会放过任何一个可以和高手切磋的机会。

"什么？你想让亚罗和托沃挑战霸王龙？"在听了女孩那

不切实际的想法后，贝尔格蕾雅不禁皱起了眉头，"那可是一头成年霸王龙，至少有12米长。"

"相信我，贝姐，我的亚罗和托沃也会长到12米的！"小雪充满信心地说。

"可是现阶段还不行。当然了，也可以让它们见识一下霸王龙的威力……"

贝尔格蕾雅的话音未落，竞技场内被放入一头看起来比先前那头表演者更加强壮的霸王龙，发出一阵震耳欲聋的咆哮声。金发女警露出吃惊的神色：

"居然是苏……美国恐龙竞技队的核心成员！"

不用多说，小雪也早已被那头被称作"苏"，看上去如大山般巍峨的巨型霸王龙震住了，并逐渐回想起当时在现场观看加拿大队与美国队比赛时的场面。只见苏咆哮着冲向先前那头12米长的霸王龙，以强大的冲击力将其撞倒在地。后者挣扎着爬起想要反击，却被对方强健有力的脚掌牢牢摁在地上。现场爆发出一阵惊呼声。

"贝姐，你……你也认识这头可怕的怪兽？"直到对决尘埃落定，小雪才结结巴巴地问道。

"是的。苏不仅是美国恐龙竞技队的核心成员，也是当今实力最强劲的竞技恐龙之一。据我所知，目前还没有比它更强壮的恐龙……"

贝尔格蕾雅未把话说完便已注意到了人群中正在寻找孙娍的凯勒。虽然并没有与这位传说中闺密妹妹的好友有过任何接触，但有几次，贝尔格蕾雅远远地望见过他与孙娍在一起。

此时此刻，这个大男孩的出现意味着……犹豫片刻后，金发女警还是扯了扯闺密的衣袖：

"艾琳，我猜……也许娀娀就在附近。"

"什么？她对恐龙竞技并没有太大的兴趣啊！"孙艾琳下意识地摇了摇头，不过转头望着小雪，她突然露出了狡黠的笑容，"不过……小丫头，你可以帮我去好好调查一下有关彼得·凯勒的情报哟！"

"彼得·凯勒？"

"嗯，彼得·凯勒就是我那不省心的妹妹传说中的朋友。"

"哦？"小雪听后，吐了吐舌头。

"看，我就说娀娀在这附近吧——瞧瞧……"

顺着金发女警手指的方向，孙艾琳惊讶地发现西蒙斯先生正与孙娀边比画边交谈，朝这里走来。看得出，妹妹的脸上写满了不情愿的尴尬，尤其是与恰好望向这里的姐姐对视时……

"娀娀，你不是说今天在学校有事吗，为什么会出现在这里？"孙艾琳惊得目瞪口呆。

"我……我是……因为学校组织来观看恐龙竞技表演，才……才……"孙娀连忙红着脸编出了一个谎言。

"嘿嘿，娀娀，你可并不擅长撒谎哟！"贝尔格蕾雅一个箭步冲到孙娀面前，宠溺地捏了捏她红扑扑的脸蛋。

"真见鬼！难道……我又被骗了吗？"孙艾琳立刻转惊为怒。

"哈哈，饶了她吧！对于现在女孩们的心思，我们已经猜不透了呢。"贝尔格蕾雅巧妙地化解了"危机"，并拉着小雪来到孙娅面前，"孙娅，请容我介绍一下裴小雪同学——从今往后，你们就是真正的同学了。"

　　"同学？"孙娅的脸上写满了疑惑。

　　"是的，她将会进入格里诺贵族学校学习。如果我没记错的话，你们俩是同届生，并且有可能成为同班同学呢！"贝尔格蕾雅面带笑容地说道。

　　"你……也是中国人吗？"迟疑片刻后，孙娅开口问道。

　　"是的！孙娅同学，很高兴认识你哟！"

　　热情大方的裴小雪主动伸手握住了孙娅那摸起来有些冰冷纤瘦的手掌。笑容逐渐在两个女孩的脸上绽开——小雪和孙娅已经明白，对于她俩来说，全新的共同生活即将开始……

十九　世界杯附加赛

　　一周又一周过去，在比自己年长几个月的小姐姐孙娥的"照料"下，裴小雪很快适应了美国的生活。她开始尝试着用英语和老师、同学交流并思考问题，不过每当回到新家中时，她又全程用中文和孙娥、孙艾琳甚至贝尔格蕾雅交流。尽管并没有分到同一个班级，孙娥显然还是有些"忌惮"姐姐安插在自己身边的小雪，周末回家的次数大大增加。

　　在逐渐熟悉了身边的同学后，裴小雪开始像在南方大学附属中学时那样在课堂上向大家讲述自己与恐龙结缘的经过。与在中国的学校相同的是，格里诺贵族学校里的同学们也十分用心地倾听这位中国少女与恐龙之间的故事，并时不时提出关切的问题，并报以掌声鼓励。生性热情好客的小雪邀请与自己关系不错的老师和同学前往戴德姆市恐龙竞技场参观她寄养在那里的亚罗和托沃；这两头雄壮漂亮的食肉恐龙也博得了小雪几乎所有朋友的赞赏。

一眨眼，时间来到了5月底，一年一度的恐龙竞技世界杯战火重燃。按照惯例，比赛首先从6个小组的3轮附加赛打起，以决定最后6支能够入围决赛的队伍。已经连续3届附加赛折戟的中国恐龙竞技队的世界排名是第16位，不得不再一次参加附加赛。幸运的是，这次被列为"种子队"的他们（排名第11位到16位被称为附加赛的种子队）被分到了一个综合实力最弱的小组，同组包括加纳竞技队、印度竞技队和日本竞技队。其中，加纳队和印度队都是排名在30位上下的公认的"鱼腩"，只有排名第19位的日本队具备与中国队对抗的可能性。但是，此次日本队的队长——顶级驯龙师清水由佳却缺席比赛，仅由她的妹妹——名不见经传的清水遥顶替其指挥号称"亚洲第一强"的特暴龙金刚。

与两年前相同，来到美国的小雪尽管距离比赛地点已不是那么遥远，但由于报名参加了夏校学习，所以她依然只能通过视频和收音的方式来关注比赛。按照赛程安排，中国队将在前两轮分别挑战较弱的印度队和加纳队；最后一轮，则大概率需要与日本来抢夺唯一一个晋级名额。

与在中国时不同，由于附加赛大多安排在晚上进行，小雪可以在课余堂而皇之地戴上耳机，专心致志地坐在手提电脑前观看比赛。附加赛首轮比赛，中国队以压倒性优势在20分钟内以12∶2的悬殊比分全歼印度队，这令小雪兴奋不已。

3天后的周末，中国队在第二轮比赛中一度以5∶0的巨大优势领先加纳队，取得"梦幻开局"，最终以12∶5的大比分再次全

159

歼对手，成为附加赛进行至今唯一一支能够连续两场全歼对手的竞技队。比赛结束后，时任中国竞技队队长的王一川接受了媒体的采访。面对记者不吝赞美之词的"糖衣炮弹"，久经"沙场"的驯龙师显得十分镇定：

"虽然这两场比赛我们的胜利实至名归，但也暴露了在中路推进时配合的一些问题。呃……我想这些问题会在我们与日本队比赛时得到很好的解决。"

"王一川先生，想必您也注意到了，同组的日本队也是前两战皆胜，但是在小分上远远落后于中国队。这就意味着在最后一轮附加赛中，中国队只要打平即可晋级正赛。对此，您有什么想说的吗？"

"我认为，日本队一直都是我们的劲敌，清水由佳的缺席并不能说明什么，大家也注意到了，她的妹妹清水遥同样具备相当的潜力……"

坐在电视屏幕前的小雪神情激动。由于是周末，孙娀、孙艾琳、贝尔格蕾雅都聚集在客厅的沙发上一同观看比赛。与兴高采烈的小雪形成鲜明对比的是，曾经身为中国恐龙竞技队一员的孙艾琳的脸上却毫无光彩。也许是注意到了闺密的反常，贝尔格蕾雅适时宜地碰了碰对方的胳膊：

"艾琳，你怎么了？这是你曾经的母队，难道你不为他们的成功而高兴吗？"

"鹿死谁手还不知道呢，有什么值得高兴的！"孙艾琳冷冰冰地说道。

"咳咳……这话说的——现在应该没有人会怀疑中国队最

后赢不了失去核心队长的日本队吧？再说了，就算赢不了，打平也是稳稳地晋级呢！"贝尔格蕾雅耸了耸肩。

"哼……那么我们走着瞧吧。另外贝姐，我不喜欢那个站在一川身旁的女生！"孙艾琳恨恨地说着。

"哈哈……原来艾琳吃醋了呢！怪不得一直愁眉苦脸的。放心吧，我觉得他们俩只是正常的队友关系而已——那个……你不准备去现场和王一川聊聊吗？"贝尔格蕾雅露出恍然大悟的笑容。

"算了吧！等那臭小子能带领中国队打进正赛再说。"孙艾琳说着，转身回到卧室去了。

又一个3天之后。

放学后，小雪早早地回到宿舍，戴好耳机，准备迎接激动人心的时刻的到来。巧合的是，其他室友去参加当晚在学校操场上举办的"假面舞会"了，这给小雪留下了难得的独自观战的机会。时间一分一秒地过去，就在双方已经确认比赛地图，比赛开始前5分钟，突然传来了敲门声："咚咚咚……"

"请进。"

小雪头也不抬地应声道，双眼继续紧盯着屏幕。来者脚步非常轻，直到走到小雪背后时，小雪才借助屏幕的反光发现来人竟是孙娀！

"娀娀？你……不是也去参加假面舞会了吗？"小雪疑惑地回过头去。

"我……和彼得吵架了，所以……不想去参加舞会了。"孙娀面无表情地耸了耸肩。

"啊……这……"小雪一时语塞。

"没事的。小雪，我就陪你一起看比赛吧，怎么样？"孙嫄摇摇头，勉强挤出一丝笑容。

"当然可以啦！有嫄嫄和我一起为中国队加油，中国队一定能拿下比赛！"

小雪开心地攥紧了拳头。于是，姐妹俩开始一同观战。直播中传来了比赛解说裁判的声音，记忆力超群的小雪很快就分辨出，这人是马什博士。

"女士们、先生们！本次附加赛最令人瞩目的一场对决即将拉开帷幕。现在，请双方队长交换队旗！"

马什博士的话音刚落，中国恐龙竞技队队长王一川就手持队旗走上台前，与另一边手持队旗的日本队长田冈俊夫握手并交换了队旗。田冈俊夫是2119年恐龙竞技世界杯时日本队长清水由佳的副手，此次清水由佳缺阵，因此由他承担代理队长的职责。前两场比赛，日本队均险胜对手，而他自己的表现（田冈俊夫指挥一头比金刚小一些的特暴龙）也是平平无奇。2119年，凭借着清水由佳和金刚堪称神级发挥，日本恐龙竞技队首次跻身世界杯正赛。此番失去了王牌驯龙师，他们还会有那样的好运吗？

"现在，请双方队员各就各位！"

随着马什博士的指令，竞技队双方的驯龙师穿上比赛服后进入各自的操作舱中，戴上SDC头盔；同样佩戴着SDC头盔，身处赛场中的恐龙"悍将"们也做好了拼搏的准备。随着马什博士的一声哨响，比赛正式开始了。

"加油哇！川哥、黑哥、娅姐！"

小雪开始自言自语地给中国队几名主要成员加油。坐在她旁边的孙娍聚精会神地盯着屏幕，这个以前与恐龙竞技比赛毫无交集的女孩似乎也被眼前精彩的团队配合和搏杀所吸引，偶尔也会发出由衷的赞叹。不出小雪和大多数人所料，综合实力明显占优的中国队凭借速度超快的永川龙皇帝，在开局5分钟后便取得了1：0的领先优势。但是也许是太没有把对手放在眼里，中国队8头进攻的食肉恐龙因向前推动的速度过快而导致阵型与计划发生了偏差。从边路进攻的日本队特暴龙金刚抓住机会，解决了一头落单的中国队食肉恐龙，双方比分来到1：1。

"清水姐……"小雪不由自主地念叨起那个名字。

"小雪，你认识日本队的那个新秀？"孙娍感到有些诧异。

"嗯！我们是在邮轮上相识的，后来……后来还发生了一些小波折呢！清水姐是个看上去非常柔弱的漂亮可爱的小姐姐！"

"荆棘玫瑰嘛……"孙娍突然意味深长地说道。

"娍娍，你在说什么？"

"我的意思是，有些看起来柔弱的人实际上可是很坚强的哟！"孙娍一板一眼地说道。

"哈哈，娍娍，你是在说自己吗？我觉得你就是这种类型的女孩子呢！"

小雪看似半开玩笑地吐了吐舌头，孙娍则如触电般愣了一下。这时，屏幕里传来了马什博士的惊叹：

"不可阻挡的中国队特暴龙铁男！以一打二战胜了日本队

的7号和9号食肉恐龙，现在比分来到了3：1！"

"哇……黑哥加油啊！"小雪再次激动起来。

"嗨，小雪，你刚才所说的'娅姐'指挥的是哪头恐龙？"

"喏……就是剑龙女王，人家也是个姑娘哟！"小雪立即趁着直播切换镜头时，将站在中国队营地正翘首以盼敌人到来、显示为"1号"，通体青绿、背着暗红色背甲的剑龙指给孙娀看。

"女王？那不是原先我姐姐指挥的恐龙吗？"

"没错啊！在你姐姐退出中国队之后，新来的娅姐便接替她担任剑龙女王的驯龙师了。"小雪解释道。

孙娀陷入了沉默，原本她想开口说些什么，却又将话咽回了肚里，于是默不作声地随小雪继续观战。时间一分一秒地过去，比赛进程却并未如小雪所预料的那样轻松。日本队通过绝对主力特暴龙金刚连扳两分，双方再次回到同一起跑线上。此后，双方你追我赶，比分呈胶着状态缓慢向上攀升，并随着时间推移打出了一个极高的比分。离比赛结束还剩下10分钟时，双方已经打成8：8的平局了。这时，永川龙皇帝通过一次"致命一击"打倒了日本队代理队长田冈俊夫所指挥的特暴龙，并且快速向日本队营地奔去——9：8，在前场只剩下特暴龙金刚的情况下，日本队几乎可以说陷入了绝境。

"胜负逐渐浮出水面！现在，中国队的两头进攻选手和日本队仅存的一头进攻选手都可以直扑对方的营地了，但是……似乎看不到日本队有任何的胜算！"马什博士充满激情地解说着。

"加油啊，川哥、黑哥，一鼓作气摧毁他们！"小雪已经激动地将电脑捧在手中、站起身来观看比赛了。孙娀也不由自主地站在了她的身后。

"难题摆在了清水遥的面前！究竟是继续进攻还是回头援救基地……"马什博士继续激情四射地解说道，"哇……这位勇敢的日本姑娘选择了救援基地——特暴龙金刚掉头了！但是这样的选择真的明智吗？"

"哼……已经完啦，清水姐，你输了！"

面对特暴龙金刚的驰援，小雪嗤之以鼻。然而就在此时，正在攻击日本营地的中国队3号永川龙皇帝却发生了匪夷所思的失误——在进攻日本队2号防守选手的侧翼时竟不慎滑倒。趁着这个工夫，那头剑龙用尾部的钉刺狠狠地打在了皇帝的臀部，永川龙的分数立即由7分下降至4分；这还不算完，遭受攻击后本该立即爬起撤离危险区域的皇帝竟卧在地上爬不起来了，看起来它的脚踝似乎在刚才滑倒时扭伤了。日本剑龙没有给予受伤的对手丝毫的怜悯，而是抓紧时机挥舞着尾部的钉刺再一次击中了皇帝。由于此次命中的部位是柔软的腹部，电脑判决皇帝遭受了致命攻击……

"天哪……看似不可能的事情竟然发生了！永川龙皇帝出局了！"

马什博士惊叫起来，同时惊叫的还有原本期待皇帝给予日本剑龙致命一击的小雪以及一直默默站在她身后观战的孙娀……皇帝的倒下令一旁身上只剩3分的特暴龙铁男和它的主人卜小黑有些不知所措。正在犹豫时，特暴龙金刚赶到了。此时，这头日本队的绝对核心身上还有4分。两头特暴龙立刻展开了一场决斗。由于金刚在体形上更胜一筹，很快便在决斗中占据了优势。大约30秒后，铁男饮恨倒下，还剩2分的金刚仰首咆哮……

"日本队完成了绝地逆转！比分反超到10∶9！虽然还剩下不到5分钟的时间，但由于中国队已经没有了进攻选手，比赛已经提前结束了！笑到最后的居然是……"

小雪蹲下身，捂脸失声痛哭起来。孙娲如蜡像般站立在小雪背后，沉默了十几秒钟后，从她的嘴里蹦出了几个字：

"小雪，你有两头恐龙？"

哭得眼睛红肿的小雪回过头来，不假思索地点了点头。

"我也……想成为一名驯龙师。"

孙娲一字一句道。

二十　新的王者

　　由于在最后时刻不敌日本恐龙竞技队，原本发挥令人眼前一亮的中国队遗憾地第四次折戟于恐龙竞技世界杯附加赛，无缘正赛。赛后，中国队队长王一川在新闻发布会上将竞技队失利的责任全部归咎在自己身上，并因过于自责而几近落泪。短短一周时间——中国恐龙竞技队的世界杯之旅再次提前结束。

　　从中国队出局的那一天开始，向裴小雪表示想要成为一名驯龙师的孙娀便与之形影不离地开启了自己与恐龙的邂逅之旅。她不仅陪伴小雪观看了后面的全部比赛，而且还和小雪一起来到戴德姆市的恐龙竞技场近距离观察、了解亚罗和托沃这两位"小朋友"。周末，面对反差如此之大的妹妹，就连孙艾琳也感到不可思议——一向表现得很"小女生"的妹妹竟然和小雪一样对恐龙产生了浓厚的兴趣！

　　经过几天的休息，6月15日，恐龙世界杯正赛拉开了帷幕。

日本恐龙竞技队签运不佳，与卫冕冠军美国队、首届冠军得主阿根廷队以及欧洲劲旅德国队同组。小组赛开始后，尽管清水遥延续了她在附加赛时的神勇发挥，但日本队依然先后败于美国队、德国队和阿根廷队，以三连败的战绩黯然出局。其中，在对阵阿根廷的比赛中，日本队被进攻"凶残"的阿根廷队以12∶1的悬殊比分血洗，创下了恐龙竞技世界杯举办以来最惨的失利纪录。

在8支小组出线的恐龙竞技队中，有一支年轻的队伍引起了所有观众的注意，那就是欧洲"新秀"西班牙竞技队。说西班牙队是新秀其实是不准确的，因为他们在首届恐龙竞技世界杯上的表现就十分出色，决赛时仅以1分之差惜败于当时如日中天的阿根廷队，拿到了亚军。然而在2117年的小组赛中，他们却与此届的日本队类似，三战皆输，被横扫出局。随后的2119年，他们甚至未能突围附加赛。然而在本届赛事中，西班牙队似乎恢复了元气，不仅晋级正赛，而且小组赛三战全胜，淘汰了本组实力最强的上届亚军加拿大队，昂首挺进淘汰赛。尤其值得一提的是，本届西班牙竞技队出现了两张新面孔和两头雄壮的年轻恐龙——鲨齿龙熙德和格氏蛮龙恺撒——它们亲密无间，配合作战，所向披靡。它们的指挥者也是一对年龄相仿的大男孩——何塞·费尔南德斯和哈梅斯·加西亚。虽说两人之间的情谊堪比兄弟，但费尔南德斯与加西亚在外貌上却大相径庭。前者身材修长，面容英俊，自上而下散发着贵族的高贵气息；后者则面容黝黑，体壮如牛，看起来更像是一名拳击或摔跤选手。两人因为在小组赛的优异表现而被人们称作"西班牙金童二人组"。

一眨眼，时间来到7月3日，第二天便是恐龙竞技世界杯最后决赛的日子。不出众人所料，最终的决赛双方为此次世界杯发挥堪称"无懈可击"的西班牙队与已经连续两次夺冠的"王者之师"美国队。美国队的"领军人物"自然是先前小雪曾两次目睹过其雄风的霸王龙苏，而此次世界杯，他们加入了一位极具实力的新选手，那就是霸王龙杰克和它的驯龙师雷恩·马什。

　　由于决赛日是美国的国庆日，而且是周五，这使得裴小雪和孙嫄有足够的时间去品味决赛的魅力。于是两个女孩在商量着编出一个周末不回家的理由并网络购票后，偷偷乘坐当晚最后一班飞船前往新科罗拉多市，等待第二天的决赛。

　　"你猜西班牙和美国谁能夺冠呢？"躺在旅馆舒适的大床上，孙嫄两眼望着天花板，问道。

　　"当然是美国队啦！我相信雷恩哥是绝不会输的！"小雪想都没想便开心地答道。

　　"可是……你不觉得这次世界杯上的西班牙队强得有些诡异吗？"

　　"那又怎样？美国队已经两连冠了，三连冠已是囊中之物。如果对手是阿根廷队，我可能不会这么说——可惜它是西班牙队。"小雪十分不屑。

　　"你没听说过何塞·费尔南德斯和哈梅斯·加西亚吗？"

　　"听说过呀，最近红得发紫的西班牙天才少年二人组。不过仅凭他们两人就能掀翻实力与经验兼具的美国队？我不信……"小雪依然摇了摇头。

　　"你说你曾经见过雷恩·马什？"孙嫄突然换了个话题。

"是的，就在两年前，也是去现场观看决赛的时候。没想到雷恩哥已经成为正式驯龙师了，真令人羡慕……"

"我觉得两年后你肯定能站在赛场上。说不定我也可以！"

孙娍这句看似不经意的鼓励顿时令小雪浑身充满了力量。她开始憧憬明天的决赛，憧憬自己未来成为中国恐龙竞技队的一员为国出战的模样……

次日下午，裴小雪与孙娍手拉手来到新科罗拉多市恐龙竞技场。由于购买的是最便宜的入场券，小雪与孙娍不得不坐在距离赛场最远的位置。但与场外那些因无票而只能站在大屏幕前观战的人们相比，她们显然是幸运的。也许是第一次在这样宏大的赛场观战，孙娍对这里的环境还不是很适应，有些紧张地东张西望着。不过就在她坐立不安之时，小雪拉了拉她的胳膊——

"快看，双方队长进场，可能很快就要选地图了。"

"选地图？"

"是的！那是比赛专用的SDC模拟地图，开赛前由双方队长在主席台随机选择比赛地图……看来我这个位置选得还不算太糟糕，勉强能看到主席台呢！"小雪边说边站起身，伸长了脖子看着远处。

"什么！难道我之前看到的比赛中的地形都是虚幻的？"孙娍显然无法相信自己的耳朵。

"当然！不过也有一部分地形是真实的，恐龙在团队作战时可以利用那些地形进行攻击或防御。"小雪依然伸着脖子看着。突然，她的脸上露出了兴奋的神情，"哇……地图选出来了，居然是'安斯塔里亚'——这可是一张相当有难度的地图哟！"

孙娬瞪大了眼，似信非信又茫然不知所措。对于小雪的话，她显然还没有完全听懂，也许只有"实践"能回答满腹的疑问了。

"我看见雷恩哥了。娬娬，你快看——在那边！"

小雪指着远处主席台上挨个儿前去与主解说裁判握手的驯龙师激动地说道。孙娬却注意到了正与雷恩·马什握手的何塞·费尔南德斯——这个满脸高雅气质的英俊男孩牢牢锁住了中国女孩的视线。当他回过头时，似乎恰好瞟到了看台上孙娬的位置。女孩忙把目光移到旁处，但很快她便意识到，这一定是自己多想了。

"这次我不会再输给你了，何塞老弟！"握手时，雷恩以极轻的声音向何塞下了战书。

"尽管放马过来吧，雷恩老兄。不过今天的冠军，我要定了！"何塞稍微用力捏了下雷恩的手掌，露出一丝自信的笑容。

两位天才少年也清楚，这场对决的胜负将在很大程度上取决于他们的爱龙——霸王龙杰克与鲨齿龙熙德的临场发挥状态。斗志高昂的二人都希望今天成为站在最高领奖台上的主角。

此次决赛的解说裁判为著名的恐龙训练学家、国际恐龙运动协会秘书长K博士。当他那令人印象深刻的浑厚声音响起时，这位中国女孩不禁打了个寒战——她很自然地回想起了早些时候在南京市恐龙竞速赛时发生的不愉快。当然，那些不愉快并非由K博士引起，但是毫无疑问，那场竞速赛最后的结局给她造成了挥之不去的心理阴影。

"比赛开始了！双方的恐龙悍将们迅速进入角色。假如我说这是一场势均力敌的较量，很多观众可能会对我发起'灵魂质问'——面对两届冠军得主的美国恐龙竞技队，没有任何大赛荣誉的西班牙队又怎么会有资格去挑战……"

K博士开始了他独具一格的激情解说，小雪与孙娀也开始专心致志地观战。安斯塔里亚地图的虚拟地形十分复杂，对参赛恐龙的团队配合和"战术素养"要求极高，很多素质一般的恐龙甚至会迷路。但很明显，这难不倒美国与西班牙恐龙竞技队的恐龙悍将们，只见它们分成几队从容不迫地向对方营地推进。大约2分钟后，双方的先头部队开始了交战……

不只是新科罗拉多市恐龙竞技场里的10万人在屏住呼吸观看比赛，此时此刻，在世界的每个角落，很多人都关注着屏幕中的实时战况，这当然也包括手拿啤酒、坐在布满灰尘的沙发上、看着电视机的裴博士。

"是西班牙队3号鲨齿龙熙德！它的速度太快了，绕到美国队8号惧龙的背后——又是一记致命攻击！"

电视屏幕里传来了K博士的解说。镜头在给到参战恐龙的同时也扫了一圈观众席。握着啤酒瓶正准备一饮而尽的裴博士突然愣住了，他慌忙放下酒瓶，拿出遥控器观看回放画面，很快，他的脸上露出了一丝欣喜之色。画面中，那个激动得站起身为美国队挥拳助威的中国女孩，正是他的女儿裴小雪……

"比赛时间刚刚过半，美国队与西班牙队已经战成了5:5平，场面可谓十分激烈……"

K博士的解说仍在继续，两支实力顶尖的恐龙竞技队的搏杀也进入到白热化阶段。尽管已经各自折损了5头实力不俗的食肉恐龙，但双方的绝对核心都依然保持着充足的分数，尤其是西班牙队的"青年近卫军"——鲨齿龙熙德和格氏蛮龙恺撒，都还处于满分状态，这对任何敌手来说都是巨大的威慑。

"美国队的9号惧龙穿越了西班牙队防守的真空地带，成功突破至敌方营地前，但它所要面对的是西班牙队的1号甲龙佐罗！这可是参加过第一届恐龙竞技世界杯的老队长，也是西班牙队后防的基石……"K博士解说道。

看到9号惧龙拿佐罗毫无办法，小雪不禁着急地站起身。这时，在左路的山谷里，西班牙队攻击力最强的4号格氏蛮龙恺撒遇到了美国队队长3号霸王龙苏。两头堪称本届赛事最强壮的"团队之王"立即展开了一场激战。

"看起来，比苏年轻4岁的蛮龙恺撒更富有侵略性，若不是戴着护具，我敢肯定，苏现在应该已经倒地不起了！"就连一直坐着解说的K博士也激动地站了起来，全场气氛达到高潮，"又是一记致命攻击！曾经的赛场霸主——苏，被击倒了！"

小雪捂住嘴，惊讶地站在那里，久久不愿相信自己的眼睛。转眼间，美国队已经以5∶7落后。不过噩梦似乎还未结束，由4号霸王龙杰克所率领的最后一支美国食肉恐龙小分队在距离西班牙营地只有一道障碍物的地方被同样是4号的鲨齿龙熙德所率领的西班牙小分队拦截。距离比赛结束还有8分钟，看起来这将是一次终极对决。

"如果能突破西班牙食肉恐龙的防线，那么美国队还有一线逆转的生机。可以说，在这一刻，所有希望寄托在了不满19岁的雷恩·马什和霸王龙杰克身上！"K博士的神情变得严肃起来。

"雷恩哥……拜托了,请加油啊!"

小雪开始絮絮叨叨地祈祷起来。意识到已经到了比赛关键时刻的孙嫄也随小雪一同站起了身,不过首次观看比赛的她并不知道属于自己的主队究竟是哪支。

"霸王龙杰克与鲨齿龙熙德的对决开始了!在冲击力上,更强壮的杰克明显胜出一筹;但论灵活性,它却逊色于熙德……"K博士激动地解说,"啊……熙德躲开了杰克的攻击,并以锋利的前爪给予对方伤害,杰克被判失去3分!"

与此同时,杰克身边的5号霸王龙凯南德斯击败了西班牙队的5号食蜥王龙迦南;不过紧接着,它便被猛扑过来的另一头西班牙恐龙一记锁喉攻击踢出局。也许是因同伴出局而分心,霸王龙杰克的动作变得有些迟缓,被鲨齿龙熙德全力一击冲倒在地。熙德紧接着想要去撕咬杰克的咽喉,被疯狂挣扎的杰克推倒在一旁。两头身长12米的大型食肉恐龙扭打在一起。由于前肢比鲨齿龙短,霸王龙似乎并不占优势。很快,表现更加凶狠的熙德咬住了杰克的脖子——

"熙德获得了胜利!杰……杰克出局了……"额头沁满汗珠的K博士颤抖着声音说道。观众们都十分清楚这意味着什么……

见势头不妙,美国队残存的惧龙掉头逃跑,分数所剩无几的西班牙食肉恐龙也没有前去追击。时针嘀嘀嗒嗒地走着,当比赛时间来到45分钟(全场结束)时,小雪下意识地抬起头,看到记分牌上赫然写着:"美国恐龙竞技队6:9西班牙恐龙竞技队……"

二十一　重　逢

　　"女士们、先生们，现在我宣布：第四届恐龙竞技世界杯的冠军是——西班牙恐龙竞技队！"

　　在比赛结果尘埃落定后，国际恐龙运动协会主席霍普金斯宣布了最后的胜者，也就是本届恐龙竞技世界杯的冠军得主是西班牙恐龙竞技队。这同时也是恐龙竞技世界杯诞生至今的第四个冠军。已经接受了美国队无缘三连冠这一事实的裴小雪决定趁这难得的机会去见一见雷恩·马什，于是拉着孙娥快速穿梭在人群中，向正在主席台接受颁奖的双方队员跑去。

　　项上挂着亮闪闪的银牌，年轻的雷恩·马什的心里却很不是滋味。按照规定，赛后双方驯龙师应当排成纵列互相握手致敬，但雷恩拒绝了何塞的握手。看得出，对于此次失利，他的心是何等不甘。不过何塞似乎并没有计较对方的小情绪，在散场之前，他依然向雷恩送上了祝福。就在这时——

"雷恩哥！"清脆的声音在心情糟糕的雷恩的耳中响起。

"斯黛拉？"

此刻，小雪已经冲到雷恩面前，来了个美国式的大拥抱。也许是做梦都没有想到这个中国女孩会突然出现在自己面前，雷恩竟激动得热泪盈眶。站在一旁的孙嬿望着热情相拥的二人，心中竟生羡慕之情。不过……

"请问这位小姐，您和与雷恩老兄拥抱的女生是一起的吗？"何塞竟主动和孙嬿搭话了。

"嗯……是的。您一定就是何塞·费尔南德斯先生吧？"孙嬿回过神来问道。

"在下正是。很荣幸能被您知晓姓名。那么请问您的芳名是？"何塞微笑着退后半步，俯身托起孙嬿的手，以贵族的礼节亲吻了对方的手背。

这时候，也许是因为有小雪的安慰而心情转晴，雷恩在小雪的陪伴下前来与何塞来了个大大的拥抱，并奉上了令大伙儿哭笑不得的战书：

"两年后的世界杯，我一定能击败你，我的好兄弟！"

"非常期待！"

何塞十分大度地做了回应。几个年轻人都仰首哈哈大笑起来。雷恩提出在媒体采访结束后大伙儿一起去他家的庄园做客，这个提议得到了大伙儿的一致赞同。于是当天晚上，5位小伙伴在马什庄园的后花园燃起了欢乐的篝火。吃着美味的烧烤，喝着透心凉的冰饮，几个因恐龙而走到一起的小伙伴自然而然地又聊起了恐龙。

"这么说来，杰克、熙德和恺撒都是非常年轻的恐龙？"小雪边啃着烤羊腿边问道。

"是的，它们甚至都还没有成年。杰克和熙德都还不满3岁；而恺撒，你别看它块头最大（已经有12米多长、约7吨重），其实只有2岁半。"何塞边喝啤酒边点头道。

"真希望亚罗和托沃也能快快长大！两年后，我们赛场上见！"小雪激动地说着，竟误举起雷恩的酒杯，差点将啤酒喝下肚，幸好被反应迅速的后者一把摁住。

"嘿嘿……未成年人不得饮酒哟！"雷恩微笑着夺回酒杯，将橙汁塞到她手中，"等到你的恐龙成年，你就能饮酒了！"

"啧……那还得等一年半呢！"小雪不服气地吐了吐舌头。大伙儿都被她搞怪的表情逗乐了。

"我有一个大胆的想法。今年有时间，各位哥哥来戴德姆恐龙竞技场进行一场比赛吧，不知诸位……"

"哈，斯黛拉小姐年龄虽小，胆量可不小哇！"小雪话音未落，何塞已经鼓起掌来，"这是个好主意，记得今年早些时候我们还在那里参加过一次恐龙竞速比赛，场面有点熟悉哟！"说罢，何塞略带坏笑地斜眼瞟了眼雷恩。

"很好！那就是我的'复仇之战'！"念念不忘要与何塞一争高下的雷恩精神抖擞地攥紧了拳头。

篝火派对一直持续到凌晨。雷恩与哈梅斯看起来都喝多了，其他三人不得不扶着他们回房间去休息。艾贝尔太太适时地为尚且清醒的小雪、孙娅、何塞送来了提神的咖啡和美味的甜点。在用餐中，小雪发自内心地提出想要近距离看看鲨齿龙熙德和格氏蛮龙恺撒，得到了何塞的同意。

"原来费尔南德斯先生一年中的大部分时间都在美国参加训练和比赛。"小雪品尝着美味的面包说道。

"嗯。美国是目前世界上恐龙竞技比赛最为发达和专业化的国家，我和我的几名核心队友都是在美国受训的。另外，如果斯黛拉小姐愿意，可以直呼我为何塞哟！"

"嗯嗯，何塞哥，你也可以直呼我的名字'小雪'哟！"

"'Xiao Xue'——这是什么意思？"不懂中文的何塞有些摸不着头脑。

"啊……那个的意思实际上就是'Little Snow'，在中文里念'Xiao Xue'！"小雪笑着答道。

"嘿嘿……中文听起来确实挺有意思。好啦，以后我就喊你'小雪'同学吧！"何塞棕黄色的瞳孔中充满智慧，立刻确定了对小雪的新称呼；小雪则高兴地摆出剪刀手表示赞同。

周日中午时分，正当小雪与孙娀准备离开马什庄园返回学校之际，突然来了一位意想不到的客人——裴博士！小雪惊讶极了，数月不见的父亲白了头发、沧桑了面容。原来，观看决赛的裴博士偶然在电视屏幕上发现女儿的身影后，立即购买了飞往美国的机票。由于在抵达美国时比赛早已结束，裴博士便设法与马什博士取得了联系，想借助他的关系帮忙寻找女儿，万万没想到的是，女儿竟然被告知就在马什庄园做客！于是这位父亲风尘仆仆地赶到了这里。见父亲就站在自己面前，小雪再也抑制不住激动和伤感之情，哭着扑进了裴博士怀里。

"我的甜心宝贝，老爸对不住你，不该把你一个人……"此时的裴博士也按捺不住情绪了。

"老爸，我好怕……害怕会失去你们，失去这一切！"

"我知道你是不会离开你的恐龙的，也许……当时的那个决定就是最好的选择。"裴博士极力平复着激动的情绪，没有像女儿那样把自己弄成泪人。

"老爸……"小雪抬起头，任由裴博士为她轻轻拭去泪水。

"我的甜心宝贝，老爸这次来，并没指望你能和我一同回去，只要能够看到你过得还不错就行了。另外，如果方便的话，我想看一下你的两头'宝贝'现在长得如何了。"

"没问题！老爸，我们正要回戴德姆市呢！我想，您一定也打算和我们一起出发吧？"

裴博士毫不犹豫地竖起了大拇指，随即像抱小女孩一样把自己的女儿高高举起。这一举动看起来是那样温馨，让所有人都感受到了浓浓的亲情。

在返回戴德姆市的路上，小雪向父亲详细讲述了离家后自己所遭遇的一切。对于女儿在前往新加坡途中遇险的经过以及曾在南京有过一面之缘的贝尔格蕾雅竟然是警察的秘密，裴博士感到惊愕不已。同样吃惊的还有孙娵——她还从未听姐姐说过贝尔格蕾雅的真实身份，在她的印象中，后者一直是一位成功的摄影师。事实上，就连孙艾琳也并不知晓闺密警察的身份。

7月6日傍晚，小雪一行人回到了戴德姆市，这令孙艾琳和贝尔格蕾雅无比意外。当然，更令她俩吃惊的则要数出现在眼前的裴博士了。

"这么说，您此次来美国的目的仅仅是为了和女儿见一面，然后就要回国去吗？"在得知裴博士来这儿的原因后，贝尔格蕾雅略显吃惊。

"嗯。我从来都是主张小雪能够按照自己的意愿自由地生活；当然了，她住在这里的生活费，我肯定……"裴博士说着，从怀里掏出鼓鼓的钱包。

"您见外了。我们和小雪早已成为朋友，而她也成为这个家中不可或缺的一员，所以您完全不必担心生活费的问题……"

没等裴博士把话说完，贝尔格蕾雅已经善良地打断了他，并做出拒收的动作。然而就在这时，眼疾手快的孙艾琳却一把夺过钱包，将里面夹杂的百元美钞悉数抽出，塞入自己的口袋："至少在这谈话的人中还有一个是头脑清醒的——您的女儿胃口很好，住在这里可是很烧钱的哟！这点儿心意我就收下了！"

见自己的钱被收下，裴博士反而安心了许多，连连向二位美女鞠躬致谢。紧接着，他提出想要去看看那两头寄养的恐龙，得到了贝尔格蕾雅的同意。由于小雪与孙嫘第二天要回到学校，贝尔格蕾雅便当即给西蒙斯先生致电，请求当晚就去恐龙竞技场看一看亚罗和托沃，也得到了许可。于是五人即刻乘坐贝尔格蕾雅的卡车前往竞技场。虽然是用来拉货的重型拖头，但其内部的豪华程度和降噪水平完全不亚于顶级轿车，这令裴博士啧啧称赞。

"没想到威斯特哈根小姐居然把卡车当轿车用，真是魄力十足！"坐在宽敞的车厢内，裴博士一边摆弄着手边式样齐全的车载生活设施，一边赞不绝口道。

"所以我早就说过，贝姐是这个世界上最有个性的女人——喜欢重型机车和重型拖头——恐怕再也找不到第二个像她这样的霸道女总裁了!"

"艾琳,你能闭嘴吗!我只不过是因为喜欢这样视野好、操纵起来舒服的大车而已。我们快到了……哎,好像天上有点飘雨了。"贝尔格蕾雅注意到车窗上出现的碎密的水珠,露出不快之色。

"不过亚罗和托沃都住在室内,不受影响吧?我们可以直接去它们的住处……"

贝尔格蕾雅微笑着冲小雪眨了眨眼,逐渐降低车速,平稳地停在了恐龙竞技场的办公大楼前。西蒙斯先生和助手早已冒着蒙蒙细雨在门口等候了,看得出,他与贝尔格蕾雅的关系非同一般。下车后,贝尔格蕾雅与西蒙斯握手,并郑重地将裴博士介绍给对方。在获知裴博士的身份后,西蒙斯欣喜若狂:"没想到大名鼎鼎的恐龙营养学家裴博士就站在我的面前!"

"很荣幸能认识您,西蒙斯先生。犬女承蒙您关照,实在是非常感激!"裴博士也显得异常激动。

"哈哈,快请进!我这边寄养的恐龙很多呢,我带您挨个儿参观!"

西蒙斯说罢,兴致勃勃地领着裴博士等人通过办公大楼的长廊,来到了位于其后的"恐龙宿舍区"。这里寄养的大多是有足够资格参加恐龙竞技世界杯的精英恐龙,只有小雪的两头恐龙例外——不过两个小家伙最近生长速度很快,体长已经接近9米,重量也直逼2吨,距离能够登上世界杯舞台的时间已越来越近了。

看着亚罗和托沃精神气十足的模样，裴博士心中的石头落了地。这一刻，他突然由衷地觉得，自己几个月以来付出的代价是值得的。

在西蒙斯的陪同下，裴博士还参观了寄养在隔壁的几头惧龙、食肉牛龙以及更为雄壮的霸王龙，甚至还有一头比霸王龙更为庞大的巨兽——埃及棘龙。对于这头棘龙，西蒙斯解释说这是埃及恐龙竞技队的核心成员阿皮拉，由于世界杯结束后这头恐龙还要参加一些商业活动，因此暂时寄宿在这里。西蒙斯介绍说，这头埃及棘龙因为混有部分鲨齿龙的基因，攻击性更为强大，很适合参与恐龙竞技，几乎是泰坦巨人一般的存在。

其他人都在饶有兴味地参观着"恐龙宿舍区"中形形色色的巨兽，只有孙娥的心思似乎不在这上面——自从从小雪口中得知"贝尔格蕾雅是国际刑警"后，她就一直魂不守舍。在路过一个卫生间时，她突然用力把姐姐拉了进去。

"你这丫头，鬼鬼祟祟地想做什么？"对于妹妹的鲁莽，孙艾琳一脸不高兴。

"姐姐，有件事……我觉得有必要告诉你，"孙娥面露不安之色，轻声道，"贝姐她……她其实是警察。"

听完，孙艾琳如蜡像般愣在那里……

二十二　值得守护的东西

"姐姐……你……还好吧?"望着孙艾琳,孙娀着急地伸手在她眼前晃了晃。

"姐姐……对不起,也许我不该……"

"不,谢谢你告诉我。"

孙艾琳仿佛瞬间恢复了正常状态,露出一丝微笑,拍了拍妹妹的肩膀,拉着她的手一起去追赶大部队。

愉快的时光总是很快逝去,在参观完"恐龙宿舍区"后,裴博士以还要去纽约市找其他朋友办事为由,向女儿以及她的伙伴们告别。临别时,裴博士充满爱意地远远望了女儿一眼。他心中清楚,这一别,恐怕两人很长时间内都能不会再见面。

从机场返回家的路上,车厢里很安静。也许是白天消耗了太多精力,小雪与孙娀在后排卧厢打起了瞌睡,坐在副驾驶位的孙艾琳则一言不发地一直望着窗外。

"艾琳,你怎么了?"贝尔格蕾雅率先打破了沉默。

"没什么。"孙艾琳斜眼瞟了下闺密,冷冰冰地答道。

"那个……明天我们要去采访的客户……"

"够了,贝姐,我求求你别再骗我了好吗?你不是应该去警察局上班吗——去贯彻你上学时的志向啊!"孙艾琳终于提高了嗓门儿。

"艾琳?"贝尔格蕾雅似乎意识到了什么,露出了惊讶的神情。

"别再装蒜了!我可爱的警察姐姐!"

孙艾琳终于爆发了,扯着嗓子怒吼起来。原本在后排小憩的小雪与孙娀都被惊得猛然醒来,一脸迷茫,不知发生了什么。贝尔格蕾雅在思索片刻后刹车,将拖头停在了州道边。

"我们难道不是好闺密吗?为什么……你一直在骗我,当世界上所有人都知道你是警察的时候,我作为你最好的闺密,却还被蒙在鼓里!"

孙艾琳歇斯底里地咆哮着,那头棕黑色长发也因此蓬乱起来。贝尔格蕾雅静静地倾听着闺密的发泄,一言不发;处于惊吓中的小雪与孙娀则坐在后排不敢动弹。

"你是不是害怕我会拖累你,让你暴露目标或者丢了饭碗?你给我说话啊,贝姐!"孙艾琳揪起贝尔格蕾雅的领子,疯狂地扯拽起来,"你倒是给我说话!"

"艾琳……对不起,这是我的错。我不会为自己作任何辩解,你想发泄就发泄吧……"

"啪!"

不等贝尔格蕾雅话音落下，一个响亮的耳光打在了她的脸蛋上。见姐姐已经失控，孙娡终于鼓足勇气冲上去想要拉住她，小雪则趁势用自己的身体挡在了发生冲突的两人之间。孙娡哭着求两位姐姐先消消气，等回到家再去讨论怎么处理这件事；小雪则十分自责，觉得不该把这件事情说出来，紧接着，她又把自己在新加坡遇险、贝尔格蕾雅为救自己的恐龙而受伤的经过一五一十地讲给孙艾琳听。当然，这是孙娡白天已经听过的故事，不过和妹妹一样，听到小雪这段不可思议的经历后，孙艾琳那满是怒容的脸庞逐渐松弛了下来……

"贝姐，你是为了救小雪的恐龙才……"混血美女有些结巴了。

"我们回去再细说，好吗？艾琳，孩子们都累了。"

贝尔格蕾雅的语气依然温和。望着闺密那并没有责怪自己的眼神，孙艾琳有些木讷地点了点头。于是拖头再次被启动，继续行驶在回家的路上……

接下来的路程，孙艾琳依旧一言不发。不过这回她并不是因为生气，而是深深的自责——为自己没有能够理解闺密而懊恼。她暗地里攥紧了拳头，似乎在心中做出了某个决定。

一小时后……

在疲惫不堪的小雪与孙娡都上床睡觉后，贝尔格蕾雅主动找到闺密，准备为自己隐瞒警察身份一事做出解释。不过令她惊讶的是，闺密语出惊人。

"贝姐，我也想成为一名警察。"

"艾琳？你……你是认真的吗？"贝尔格蕾雅显然被这突如

其来的要求吓得不轻。

"当然是认真的。我想作为一名警察，去守护贝姐也守护的东西。"

见闺密一脸认真的模样，贝尔格蕾雅脸上的惊讶之色逐渐转化为欣慰的笑容。不过紧接着，她摇了摇头：

"不行，那太危险了，而且你没有经过训练……"

"所有事物不都是从无到有的吗？贝姐，你能做到的，相信我也能做到。请信任我，并给我一个证明自己的机会！"

孙艾琳将手一摊，神情激动地说道。望着眼前倔强的闺密，贝尔格蕾雅不禁低下头去，陷入了沉思。几秒钟后，她抬起头来——久违的阳光般灿烂的笑容重新挂在了她的脸上：

"好！艾琳，我相信你。"

在这一刹那，两人的眼中几乎同时涌满了泪水，继而拥抱在一起。

另一边，裴博士到达机场后，并没有搭乘贝尔格蕾雅在网上为其预约的前往纽约的末班机，而是静静地在机场大厅里坐了一夜。他坐在那里一动不动，宛若一尊雕像，仿佛睡着了，但时不时地又发出几声干咳。次日清晨，他购买了一张需经中转的远程航票离开了这座陌生的城市。

几天后。

"祝你生日快乐……祝你生日快乐！"

南方大学恐龙竞技训练场的会议室中传来阵阵欢声笑语。原来今天是中国恐龙竞技队这个大家庭目前唯一一朵"红花"韩娅的27岁生日。如众星捧月般的韩娅站在摆放生日蛋糕的桌子前，妆容精致，一袭红色短旗袍更是衬托出了她那姣好的身材。以王一川为首的竞技队驯龙师们引吭高歌，送上了祝福。随着歌声的落下，掌声四起，韩娅许下了愿望。

"一川学长，让兄弟们猜猜娅姐许下的会是什么愿望吧！"卜小黑凑到王一川耳旁悄悄问道。

"去去去！我们怎么可能知道人家许的是什么愿望！"

王一川一听，知道这又是个鬼点子，于是立即予以训斥。正说着，韩娅已经把切好的第一块蛋糕递到了王一川面前。王一川吃惊地接过蛋糕，有些手足无措。

韩娅向王一川伸出了酒杯，于是在阵阵雷鸣般的掌声和喝彩声中，两人喝下了这足以令各自永生难忘的一杯香槟。至少，在这个夜晚，中国恐龙竞技队的小伙子和姑娘暂时将一个月前不幸出局的切肤之痛抛在了脑后。

日子一天一天过去。得到小雪真传的孙姵逐渐掌握了驯龙的基本技巧，并且与蛮龙托沃建立了一定的默契。距离小雪先前所约定的"圣诞节大战"越来越近，初涉恐龙竞技领域的孙姵对自己的首战愈加期待。

由于戴德姆恐龙竞技场饲养的优越性，亚罗与托沃这半年在快速地生长，到12月时，体长甚至已达到10米，体重也上升到了2吨以上，完全具备了参加世界杯的条件，这令小雪感到无比兴奋——要知道，它们不过才两岁而已，还处于生长期，这似乎注定了它们都将跻身体形最大的食肉恐龙群体。

12月24日是小雪的生日。这天上午，雷恩、何塞、哈梅斯等人已陆续抵达戴德姆市为她庆祝在美国度过的第一个生日。与此同时，为了使这场"圣诞节大战"成为一场规格接近于正规世界杯比赛的竞技赛，作为主办人的西蒙斯还发动了寄养在竞技场的实力足够的恐龙参加比赛，这就包括了那头外观令人生畏的巨大棘龙阿皮拉。为此，西蒙斯还专门请来了阿皮拉的驯龙师——36岁的埃及队老队长亚历山大·卡里克。除此之外，小雪也请来了一位特殊的客人——如今已名正言顺成为日本队主力的清水遥和她所指挥的特暴龙金刚。

25日早上，小雪与孙娀很早便来到了竞技场进行最后的训练。曾在越南参加过训练赛的小雪明白，这将是一场分量完全不同的训练赛。为了使之尽可能与世界杯的参赛体验接近，西蒙斯在贝尔格蕾雅的支持下甚至租借来了昂贵的SDC系统设备，这也将是年仅17岁的小雪首次戴上能够获得恐龙视野的全真模拟头盔去指挥她的恐龙参加比赛。根据抽签结果，小雪、雷恩、清水遥和老将亚历山大·卡里克被分配在A组，何塞、哈梅斯与孙娀则被分配在B组。冥冥之中，亚罗与托沃注定将作为对手来参加这次比赛，这可急坏了初学者孙娀，从未与小雪分开训练的她甚至请求西蒙斯重新分组，不过被何塞礼貌地劝阻了。

"如果安娜同学信得过我的话，大可放心地留在B组，我们一定能战胜他们！"何塞面露微笑地说道。

"费尔南德斯先生……嗯，我明白了，那么还请您多多关照。"孙娀先是一愣，紧接着点了点头。

"现在，请双方各推选一位队长来选择比赛地图！我们的'世纪之战'即将开始！"

自告奋勇担任解说裁判的西蒙斯非常适时地提升了比赛的

热烈气氛。由于亚历山大的资历和地位，他被毫无悬念地推选为A组队长；B组则在经过一番斟酌后，推选了何塞作为队长出战。双方的队长在礼貌地握手后，共同选出"命运之门"这张颇考验战术技巧的地图作为此次训练赛的比赛地图。对于经验丰富、参加了全部4届大赛的亚历山大来说，没有哪张地图会让他的内心感到畏惧，于是A组很快制定出作战方案。

"'命运之门'这张图中位于中间位置的大型吊桥看起来好像是直取对方营地的一条近路，但实际上非常危险，因为在桥上打斗很容易使恐龙坠下'深渊'，从而直接被判负。"亚历山大用一口流利的英语开始介绍比赛需要注意的事项。

"雷恩哥、清水姐，等会儿我们一起行动，好吗？"

小雪一边听着亚历山大的讲解，一边把雷恩和清水遥拢到自己身旁悄悄说道。对此，雷恩与清水遥几乎不约而同地伸出了大拇指。

"好了，解读地图时间到！请各位驯龙师各就各位！"

西蒙斯看了看手表，30分钟的战术研究时间已结束，便要求各就各位。双方全部钻入SDC操作舱中。打开SDC头盔显示器，小雪感觉眼前豁然开朗，这可比人类双目的视野开阔多了。此时此刻，小雪的手心已沁出了激动的汗珠——她确信，属于自己的时刻即将到来……

二十三　圣诞大战

"嘟——"

随着西蒙斯先生发出的一声清脆的哨响，这场位于戴德姆市恐龙竞技场的全真模拟训练赛正式拉开了帷幕。得到赛场指示物和SDC头盔刺激的恐龙们在各位驯龙师的指挥下立刻行动起来，以各自的理解能力按照赛前制定的战术开始向对方营地推进。A组中，速度最快的要数小雪的异特龙亚罗了。由于年龄最小、资历最浅，亚罗获得了队内最靠后的编号"12"。相应地，B组的托沃也是12号。

比赛开始后，12号亚罗与4号杰克、8号金刚一同行动，从地图最左侧曲折的走廊向对方营地推进（3号队长阿皮拉带着另一些食肉恐龙从最右侧类似的走廊进攻）。不过很快，小雪猛然发现了一个问题，于是接通了与亚历山大的通话装置：

"队长，我方只有两头实力较弱的食肉恐龙守卫在大型吊桥处,倘若对方真的从那里攻过来……"

"我还没有遇到过这么疯狂的情况。孩子,倘若将主力选手安排在中路进攻,那么很容易遇到'一夫当关,万夫莫开'的局面——这太冒险了!"耳机里传来亚历山大斩钉截铁的声音。

"可是……假如是我的话,说不定会这样试试呢!"

"孩子,你还是太年轻了,好好跟着大伙儿一起行动吧!"

亚历山大根本没把连自己一半年龄都不到的小雪放在眼里,因而很不耐烦地应付了几句后便关掉了通话器。吃了闭门羹的小雪悻悻地噘了噘嘴,很不开心地继续指挥亚罗跟随雷恩和金刚前进。但是由于这3头恐龙的体形、速度相差都很大,所以没过多久便逐渐走散了队形。就在小雪反应过来应当与队友保持队形时,敌人出现了。

通过冲在最前面的亚罗的视野,小雪看到了一头同样速度很快的食肉牛龙——这是一种前肢极为短小,速度较快且灵活的食肉恐龙,常在美洲的恐龙竞技队中担任"斥候先锋"。这头食肉牛龙发现A组的队伍后,并没有上前交战,而是迅速掉头逃跑,这令小雪感到非常困惑。

"小心有诈。"小雪立即通过通话装置提醒雷恩和清水遥。

"也许是看到我们这一路有这么多头龙,被吓跑了吧。"雷恩不以为意地笑了笑。

"不管怎么样,我们先往前继续探探路吧。"相比充满自信的雷恩,清水遥显然谨慎很多。

正犹豫着,隔壁操作舱传来了"9号选手'Game Over'"的提示音,这意味着另一条线路已经展开了激烈的战斗。小雪立即感觉到局势有些不对劲：

"雷恩哥、清水姐，这里就拜托你们了——我要立刻赶回吊桥，我们被敌人欺骗了！"

"斯黛拉……"

雷恩正想喊住小雪，已经领悟到主人意图的亚罗从自己（霸王龙杰克）的视野前快速掠过，一溜烟向后方狂奔而去。小雪的直觉不错，以蛮龙恺撒为首的一支由4头食肉恐龙组成的强力突击小队正在攻击守卫吊桥的两头特暴龙，其中编号为9号的特暴龙已经被击倒出局，形势十分危急。尽管瘦小的亚罗的到来看似杯水车薪，却从士气上鼓舞了仍坚守在那里的10号特暴龙。两头相对于对手来说体形明显占劣势的恐龙凭借地形的优势竟成功暂缓了对方前进的步伐。小雪指挥亚罗仰天长啸以唤起队友的注意力。这一招还挺奏效，正准备从左侧转场至右侧的5号霸王龙——这在A组算得上是不折不扣的巨无霸了——及时听到叫声并迅速向吊桥处转移。在强有力的队友的帮助下，亚罗和10号特暴龙勉强守住了中路吊桥。

"左路，A组与B组发生了激烈交锋；在中路吊桥附近，双方陷入了僵局；右路，A组没有遇到太多抵抗……目前比分是2∶1，B组暂时领先……"西蒙斯在为现场观战的观众们解说着。尽管这是一次训练赛，到场观看比赛的观众仍不占少数。

但是，右路的霸王龙杰克与特暴龙金刚穿越峡谷，来到B组营地附近时，却发现前方有3头对方的恐龙，其中不仅有负责守护营地的两头食草龙，更有一头威风凛凛的灰白色鲨齿龙——由何塞·费尔南德斯所指挥的熙德。

“原来你在‘老家’等我呢……来吧！”雷恩通过SDC头盔发现对方是鲨齿龙熙德，嘴角不禁露出一丝笑意。

原来，何塞早已料到急于求胜的雷恩可能会从自己故意露出破绽的右路发起进攻，并且不会投入太多力量，于是干脆亲自在此等候。他估计，这样一股力量是无法拿下营地的，显然，这是一个展现自己与爱龙能力的时刻。

鲨齿龙熙德的出现倒是令清水遥大吃一惊，她原本以为这位对手会出现在左路与己方队长棘龙阿皮拉决战。

“嗷……”

随着一声怒吼，B组最年轻的蛮龙托沃咆哮着放倒了体形比自己大得多的6号魁纣龙，并用前肢锁喉将其彻底击败。转眼间，原本实力最强的A组左路只剩下了2头食肉恐龙（最初亚历山大指挥包括阿皮拉在内的5头食肉恐龙从左路进攻，结果5号霸王龙被异特龙亚罗的求救声吸引而去援助中路吊桥，另有两头被击败），它们将要面对包括蛮龙托沃在内的4头B组食肉恐龙（最初为4头，后由于10号食肉牛龙的加入，再加上已方有1头被击败，仍旧维持在4头）的疯狂进攻。

然而，勇猛的托沃在庞大的阿皮拉面前几乎不堪一击。身长15米的阿皮拉几乎是托沃的1.5倍，体重也超出其1倍有余。托沃并没能像大卫对战歌利亚时那样获得优势，这也凸显出崭露头角的孙媙在恐龙竞技中经验的不足。急于证明自己的她指挥托沃进行了颇为冒进的攻击，结果被阿皮拉用前肢打翻在地。

“A组老练的队长阿皮拉将B组冉冉升起的新星托沃狠狠击倒，给它上了生动的一课——这是一记致命攻击，托沃出局!"西蒙斯用他精彩的讲解点燃了现场的气氛。

见自己出局,孙嫄有些不甘心地摘下头盔并愤愤地跺了下脚。不过,仍在聚精会神参赛的小雪显然没有注意到这一切,她的双眼里满是正争先恐后攻来的食肉恐龙们。

说来也怪,当身躯庞大的格氏蛮龙恺撒站在纤瘦的异特龙亚罗面前时,竟犹豫不决,并未执行哈梅斯的攻击指令。见首领迟迟未能打开局面,其余3头食肉恐龙颇有些无计可施的样子。因为这里的道路十分狭窄,它们根本无法通过其他途径越过A组的防守。就这样,时间一分一秒地耗去,小雪为己方竞技队可能的增援行动拖延了时间——此时她还不知道,已经不太可能有援兵了。

此时,在B组的营地前,激战也在上演。机敏的何塞知道以一敌二胜算渺茫,便指挥鲨齿龙熙德退至营地防守区域之内。这样一来,原本占据攻击优势的霸王龙杰克与特暴龙金刚反而陷入尴尬的境地,倘若贸然进攻营地,一不留神便会被全部歼灭,这使得雷恩和清水遥犹豫不决。正在这时,雷恩注意到比分已经变成5:2——难道中路崩盘了吗?情急之下,雷恩请求清水遥一同回防,于是两头恐龙掉头向己方基地跑去。

"看样子已经没有悬念了吗?"见对方撤退,注意到了比分的何塞露出胸有成竹的笑容,指挥鲨齿龙熙德在保持安全距离的情况下开始追击。原来左路的阿皮拉小队已经全军覆没——尽管击败了蛮龙托沃,但棘龙阿皮拉和另一头食肉恐龙早已伤痕累累,很快便被B组的其余3头食肉恐龙所击败。至此,A组的左路已经门户大开,情势万分危急。撤退途中的雷恩注意到鲨齿龙熙德仍旧远远地跟着，心中下定了决心：

"清水小姐，请你先去救援基地吧，我还有些事要做。"

聪明的清水遥明白了雷恩的意图，于是指挥特暴龙金刚迅速向基地跑去。霸王龙杰克则转过身去，准备迎接来自鲨齿龙熙德的挑战。

"哼……很好！看来跟我想得一样。"见雷恩主动寻求单挑，何塞不禁心潮澎湃。

"来吧！这次我决不会输！"雷恩露出了坚毅的目光。

刹那间，两头巨兽俯身以最快的速度冲向对方……

在中路吊桥，A组的5号霸王龙击败了B组一头较弱的食肉恐龙，使双方在数量上趋于平衡。不过，就在小雪为自己能够协助队友守住吊桥而得意扬扬时，清水遥接通了与她的通话器：

"小雪同学，现在情况不妙，我们的左路已经被消灭了！"

"清水姐，你在说什么？"

"队长已经被打败了……"

小雪心头一怔。就在这时，蛮龙恺撒突然以泰山压顶般的巨大力量对异特龙亚罗进行冲撞，将其撞倒在地。不过好在亚罗反应迅速，没有给对方继续攻击的机会。但是赛况显然向着更不利的局面发展，狡猾的B组左路突破小队并未直接去攻击营地，而是掉头从背后向守护中路吊桥的A组食肉恐龙们发起了夹击。原本返回营地前沿，准备与队友一起防御营地的清水遥意识到了情况的危急，忙指挥特暴龙金刚前去驰援中路的队友。显然，B组左路突破小队没有把这单独的一头特暴龙放在眼里，仅仅派出最弱的10号食肉牛龙前来应对。只见特暴龙金刚咆哮着将食肉牛龙扑倒在地,使其出局!

"不过,特暴龙金刚为A组扳回的1分很快又被扯平——蛮龙恺撒也将A组同为10号的特暴龙阿莎彻底击败,现在比分是6:3,比赛时间还剩下不到5分钟!"西蒙斯不停地切换视线,激动地描述着两场战斗,"而在右路的峡谷,A组4号霸王龙杰克与B组3号鲨齿龙熙德的决斗仍在继续,它们各自都只剩下3分!"

"时间不多了!"雷恩自言自语道,额头沁出了汗珠。

"你们的失败已经注定了!认命吧!"何塞精神抖擞地怒吼着指挥鲨齿龙熙德凌空跃起,张牙舞爪地向霸王龙杰克发动最后一击。然而出乎意料的是,霸王龙杰克一改之前正面硬抗的战术,突然俯下身子让对方从自己的头顶扑过,并顺势用强有力的尾巴将刚刚落地、重心不稳的对手放倒在地。这一系列连贯娴熟的动作甚至让观众都以为自己眼花了!

"该认命的是你才对!熙德!"雷恩没有再给对方反扑的机会,沉着冷静地指挥霸王龙杰克张开血盆大口咬住鲨齿龙熙德的颈部——这是一记致命攻击,失去了全部分数的熙德立即被催眠。对于这一切还没反应过来的何塞张着嘴巴,惊讶得说不出一句话来。几乎在同一时间,比赛结束的哨声响起——6:4——尽管鲨齿龙熙德在最后时刻被霸王龙杰克几乎压哨绝杀,但B组仍旧获得了胜利。

摘下SDC头盔的裴小雪露出了满足的笑容。也许这个女孩曾期待过自己的首战结果,但是她心中十分清楚,对于自己来说,职业恐龙竞技的征途才刚刚开始,一次败北实在不足为耻……

二十四 三十而立

在切身体验了一次全真世界杯水准的恐龙竞技比赛后，裴小雪更加坚定了自己的目标——真正参加恐龙竞技世界杯。与此同时，原本只是对恐龙竞技有着初步认识和兴趣的孙娴也彻底被这项运动所征服，开始和小雪一样，把学习之余的全部时间都用在驯龙上，她与蛮龙托沃的配合也愈加娴熟了。

时间来到了1月底。在遥远的中国，这可是一年一度的新春佳节到来的时候，而在美国，小雪却体会不到曾经在中国过春节时阖家团圆的温暖。不过这并不代表她在这里就完全不快乐。1月30日中午，在学校上完课的孙娴突然接到姐姐的电话，让她和小雪放学后请假回家，参加重要活动。对此，两个中国女孩都有些摸不着头脑，不过她们还是乖乖地在晚饭前回到了家。刚迈进家门，张灯结彩的喜庆氛围就令她们眼前一亮。

"今天是……春节？"小雪迟疑地问道。

"真的呢,今天是春节!"孙娥连忙从手机中翻出日历,激动地嚷道。

"太棒了!没想到在外国也能过上春节!"

小雪高兴地攥紧拳头,一蹦三尺高。就在这时,孙艾琳哑着嘴从里屋走了出来:

"好了好了,你们两个丫头给我安静点!实际上,今天是贝姐的生日——她的三十大寿哟!"

"三十大寿?"小雪与孙娥不约而同地惊呼起来。

"没想到吧,我们美丽的金发大美女已经30岁了!"孙艾琳故意露出夸张的表情使劲点了点头。

"天哪!我一直以为贝姐比琳姐要小呢!"不知是有意还是无意,小雪发出了深深的叹息。

"你说什么呢!难道我看起来比贝姐要大吗——看我不修理你这死丫头!"孙艾琳装出极度愤怒的模样举起扫帚,却发现女孩竟捂着脸没有躲闪,不禁瞬间软下心来——那挥舞到小雪头顶的扫帚戛然而止,取而代之的则是二人心照不宣的哈哈大笑。

伴随着屋内的阵阵欢笑声,贝尔格蕾雅在西蒙斯先生、凯因茨和米娜的陪伴下回到家中。尽管已经预料到今晚会是特殊的一晚,但贝尔格蕾雅显然还是低估了闺密的能力——望着张灯结彩、喜气洋洋的房间,她惊讶得几乎说不出话来。

"大家……竟然为了我……"

"今天不单单是贝姐的生日哟,同时也是中国传统节日春节,因此我们要好好庆祝一番!"

孙艾琳说罢，敲起了早已捆在自己腰上的腰鼓；小雪与孙娅则吹起了小号，好不热闹。望着眼前热闹的场面，贝尔格蕾雅却如木桩一般愣住了……

　　22年前的同一天晚上，当盘腿坐在窗台前翘首以盼的小贝尔格蕾雅悻悻地准备回床去睡觉时，房门开了，手捧大纸盒的爸爸急急忙忙地撞了进来——

　　"贝儿！我回来啦……喏，你的生日礼物！祝我美丽的女儿8岁生日快乐！"

　　看见老爸送到自己面前的生日礼物，原本一脸不愉快的贝尔格蕾雅立即雨过天晴，兴奋地撕开大纸盒。不过当她把礼物拿出来时，那稚嫩美丽的脸蛋上却露出一丝疑惑——那是一个制作极为精美的音乐盒，音乐盒上是一组正在表演传统中国舞蹈的小人儿，转动音乐盒侧面的转轮，它们便会通力合作演奏出一曲中国风浓郁的戏曲。听着这样奇妙的乐曲，贝尔格蕾雅的脸色逐渐由疑惑变为惊喜。

　　"爸爸，这是什么曲子呀？真好听！"

　　"这是中国传统节日春节的歌曲哟！对了，贝儿，今天正是中国的春节，因此，我们要好好庆祝一番！"

　　"可是……你怎么会买这么精美的礼物？"贝尔格蕾雅开心地问道。

　　"嘿嘿……实际上这是凯文博士的主意，哈哈！"威斯特哈根先生见瞒不住，便红着脸哈哈大笑起来。

　　"凯文？难道是你常提到的那位……"

　　"没错哟，我们的恐龙基因天才青年科学家凯文博士。有趣的是，他是一名亚裔美国人，姓凯名文，英文名也是'Kevin'，所以大家都叫他'凯博士'或'K博士'。"威斯特哈根先生轻抚着女儿的金发，露出慈爱的笑容……

"喂喂……贝姐，你在干什么？大家都在为你庆祝，你却在发呆？"

不知何时，贝尔格蕾雅听到耳边传来刺耳的噪声——原来是自己因为恍惚而遭到闺密尖锐的指责。于是她忙回过神来，并幽默地回应道："真抱歉，我实在是太感动了，感动得有些不知所措了呢！那么我宣布……今晚的生日派对现在开始！"

于是，在一派欢声笑语中，贝尔格蕾雅的三十岁生日与春节联欢双料派对拉开了帷幕。尽管参加派对的人不是很多，但这个特殊的日子注定会令大家印象深刻。

一个多月以后……

下班后的孙艾琳提着一袋刚干洗完的衣服回到家中。这是一套看上去笔挺精干的藏青色警服——原来，自从去年夏天表达了自己想要加入国际刑警的强烈愿望后，贝尔格蕾雅就给了闺密一个试训的机会。经过长达半年的艰苦训练，孙艾琳那泼辣、能吃苦、悟性高的特性最终打动了贝尔格蕾雅的顶头上司康威尔警监，他将孙艾琳正式纳入国际刑警贩龙缉查科，成为贝尔格蕾雅手下的一名警员。同时，由于驯龙师的背景——这也是康威尔警监非常看重她的一点，孙艾琳被要求以驯龙师的身份暂时加入美国恐龙竞技队，负责指挥美国队的主力防守成员——三角龙霍顿。尽管对于加入美国恐龙竞技队不太感兴趣，但作为一名初来乍到的新人，孙艾琳还是服从了组织的安排。贝尔格蕾雅和凯因茨的伪装身份则仍旧是摄影公司成员。

由于工作的特殊性质，和闺密一样，孙艾琳也很少穿警服，不过每逢每周为数不多的坐班和开会时间，她总会把自己心爱的警服拿出来打理干净并穿上。这不，她刚刚接到指示，要求明日（3月7日）前往总部开会——兴奋之情在混血美女的脸上展露无遗。

不过，当她走进客厅将衣服放在沙发上时，却注意到餐桌上有一个醒目的，虽然不大但足够精致的蛋糕，上面还插着一张卡片。好奇的孙艾琳忙走上前去拿下卡片并将其打开：

"祝我亲爱的艾琳妹妹30周岁生日快乐！虽然不能亲自陪伴，但请允许我献上最诚挚、热情的祝福，同时致敬一个月前乃至至今为止你为我所做的一切！相信在不久的将来，我们缉查科会以你为荣！"

一行热泪涌现在孙艾琳的眼眶中："贝姐……谢谢，谢谢你！"

就在这时，手机传来了嘀嘀声。孙艾琳下意识地将手机掏出，却发现那是个数字古怪的陌生电话，但从前面的域号来看，竟然似乎是一通来自中国的电话！当手机铃声响到50秒时，颇为犹豫的孙艾琳还是滑开了通话键：

"喂……请问你是哪位？"

一阵短暂的沉默后，从听筒里传来熟悉的声音：

"艾琳……生日快乐啊！"

"一川？"孙艾琳立即辨出了这个她既期待又不想听到的

声音。她明明断绝了所有与中国恐龙竞技队成员可能的联系，为何……

"对不起，我通过葛燕（孙娸的同学）先联系上娸娸，而后从娸娸那里要到了你在美国的手机号码。本来我也想……在美国这么久了，你应该也有自己的生活了，并不想来打扰你；但是……今天是你的三十大寿，无论如何，我都……"

"一川你这个大笨蛋！"

不等王一川把话说完，孙艾琳就歇斯底里地咆哮起来，并立即挂断了电话。不过在冷静了几分钟后，也许是意识到自己的行为有些过激，混血美女忙按照这个号码回拨过去。电话在响了第一声后便接通了，不等她开口，王一川已经笑出了声：

"嘿嘿……艾琳，你可真是一点都没变哪！我就知道你会给我回拨的，所以，我很耐心地在等你。"

"啧啧……刚才好歹你也是给我送生日祝福，我的态度过激了，还请你……别放在心上。"孙艾琳感觉自己的声音越来越小。

"不过，你说我是大笨蛋——莫名对我进行人身攻击，这，我可不认啊！给个理由呗。"

"那是因为……本来去年我就想，如果你能率领中国队进入正赛就和你见面，结果你这个笨蛋又一次输在了附加赛上！真是个大笨蛋！"孙艾琳感觉自己的喉咙仿佛被什么东西堵住了，但说出来的话却又瞬间变了味儿。

"什么？难道去年你关注了我的比赛？早知如此……"

"哼……没了我，你小子休想赢！哈哈哈……"原本眼眶已经湿润的孙艾琳被对方的反应逗得大笑起来，不过紧接着王一川便接过话来：

"所以艾琳，请你回来吧！"

"泼出去的水是无法收回的，你死了这条心吧！"

"艾琳……艾琳！"

伴随着王一川最后的"哀求"，孙艾琳果断地挂断了电话。这次，她没有再回拨，而是把手机扔在沙发上，迈着轻快的步子往洗漱间走去。看得出，她的嘴角掠过一丝幸福的笑意。

时光飞逝，一切如流水般一如既往又悄然无声。夏去秋来，裴小雪和孙娍通过自身努力和贝尔格蕾雅等人的帮助，考入了马萨诸塞州当地小有名气的克拉克大学的恐龙竞技理论与研究所，至此，小雪终于将儿时的爱好转化为所学专业。异特龙亚罗和蛮龙托沃也搬进了自己的新家——位于克拉克大学的恐龙竞技训练场。这样一来，两个女孩几乎可以每天都和自己所驯服的恐龙待在一起，这令她们无比兴奋！

经过长时间的专业训练后，此时的亚罗和托沃可以说已经成为专业的恐龙竞技选手。而随着3周岁（部分恐龙成年的年龄，不同种的恐龙成年年龄有所不同）的陆续到来，两头雄壮的食肉恐龙的身材也趋于成型。尽管要小几个月，但亚罗的体长竟达到了12.2米，甚至超过了托沃的12米，几乎是目前世界上最长的巨异特龙！体重方面，由于亚罗总体呈瘦长状，因此二者差距明显，分别为5吨和6.5吨。在竞技比赛中，二者所担负的角色也各不相同：亚罗擅长凭借自己的速度和敏捷度绕到对手身后给予致命一击，托沃则喜欢以自己的蛮力从正面冲倒对手并结束战斗。

就连研究所里的教授们都对这两头充满激情和活力的小恐龙刮目相看，甚至认为它们会成为未来美国恐龙竞技队的中流砥柱。对此，两个女孩坚决地回应道：

"我们要为中国恐龙竞技队而战！"

由于恐龙竞技比赛并不像其他很多比赛那样有严格的"初次效力原则"（即第一次代表哪个国家比赛后，以后不可以再代表其他国家出战），教授们依然相信女孩们会改变自己的心意。不过不管如何，亚罗和托沃参加2123年度恐龙竞技世界杯已经是一件板上钉钉的事情了。

时间来到2122年的最后一天。随着新年将至，很多地方飘起了雪花……

由于第二天放假，王一川计划和卜小黑、韩娅一同去旅游，因此最后一堂训练课结束后，他便急匆匆地赶回宿舍，准备收拾行李。在返回宿舍的路上，小雪花逐渐变成鹅毛大雪，王一川一路小跑着回到宿舍。直到冲进温暖的宿舍楼走道，抖掉浑身的雪块，这个男孩才总算松了口气。

"见鬼……真是百年一遇的大雪！"

王一川愤愤地自言自语道。不过很快，他便注意到了自己宿舍门口似乎放着一个方方正正的包裹，于是快步向前将其拎起。借着昏暗的灯光，他发现这竟是个生日蛋糕！

"生日快乐哟！一川哥哥！"

这时，从漆黑的走道里传来一个温柔的声音。王一川不由自主地扭过头去，只见身穿羊绒大衣的韩娅从黑暗中走出。

"我……我的生日? 见鬼, 我竟然忘记了。"

"这可不是一个小生日哟, 一川哥哥, "韩娅徐徐地走到王一川面前。

"什么! 我……竟然30岁了! "望着眼前晃动的3根纤细的手指, 王一川大惊失色。

几分钟后, 在开足了暖风却依旧有些寒冷的空调房间里, 王一川按照惯例冲了一杯热气腾腾的咖啡, 以服务生特有的姿态端至坐在书桌边搓着双手取暖的韩娅面前:

"这位小姐, 您要的 'double sugar' 咖啡。"

"谢谢您! 帅气的30岁咖啡师小哥哥! "心领神会的韩娅很好地维护着这奇妙的语境。

"话说回来, 这是我今天收到的唯一一个祝福呢! 小黑那小子, 估计正忙着和葛燕跨年呢……"被韩娅逗笑后的王一川突然想到了什么, 又露出了一丝伤感之色。

这时, 丢在床上的手机发出信息提示的铃声。在床上捡起手机的大男孩看清手机上显示的信息时, 心跳得更快了——竟是孙艾琳发来的信息!

"一川, 今天是个特殊的日子, 我从遥远的美国送来祝福——'happy birthday'! 三十而立哟, 我相信你一定能获得自己想要的冠军。加油! 真正的男子汉! ! "

刹那间, 王一川感到自己的鼻子酸酸的, 有些难受。

二十五 　 “我为祖国而战”

　　2123年，将会是令人无比期待的一年，因为两年一度的恐龙竞技世界杯将第五次拉开战阵! 从2115年此项赛事诞生至今，已经进行了4次杯赛，决出了3支冠军队伍，它们分别是第一届冠军阿根廷队、第二届和第三届连庄冠军美国队与2121年的新科冠军西班牙队。在这具有里程碑意义的第五届恐龙竞技世界杯中会诞生新的冠军吗? 每个恐龙竞技爱好者都翘首以盼。

　　自2月开始，小雪与孙娀在学业之余已经开始随美国恐龙竞技队进行训练。美国恐龙竞技队新晋主教练皮特·霍尔姆斯再次充当了说客的角色，试图劝说两个女孩与她们的恐龙加入美国队，然而再一次遭到了婉言谢绝。不过这一次，小雪没有把话说死，而是表示“想在世界杯开始之前，提交参赛名单时再做出决定”。当时的美国恐龙竞技队中有一名特殊的成员——与亚罗外形相仿的巨异特龙艾伯塔（与亚罗相比，艾伯塔显得更强壮些,并且年龄也是前者的1倍)。它的主人雅各布·梅森是一名来自加拿大的优秀驯龙师,被誉为"天才少年"。但与小雪和孙娀不同,他接受了来自霍尔姆斯的邀请。不过在训练中可以看得出,雅各布·梅森一直闷闷不乐。独来独往、似有心事的雅各布反而吸引了小雪与孙娀的注意力。一次中午在食堂用餐时,两个女孩端着饭盘坐在了雅各布的对面。不过雅各布就像没看到她们一样,依然眉头紧锁,独自用餐。终于,小雪忍不住了:"这位大哥哥,请问你是雅各布·梅森吗?"

"你怎么知道我的名字?"雅各布总算将诧异的目光投向了眼前发问的女孩。

"哈哈,当然是因为霍尔姆斯先生啦!"小雪立即来了劲,于是放下了刀叉,"我还听说,你是加拿大人呢!"

这下,梅森也放下了刀叉,端详着眼前这个留着黑色长发的中国女孩,不多时,脸上却露出不屑的神色。

"那又怎么样,这与你无关。"

"作为加拿大人,你为何会成为美国恐龙竞技队的一员呢?"

"小妹妹,你有点啰唆呢!那么我也要问问你,你肯定也不是美国人吧,为何也会坐在这里呢?"

"那是因为我在这里参加训练呀!美国有目前最好的恐龙竞技运动专业设备,这也是我一直留在这里的原因。不过呢,我仅仅是在这里训练而已,这一点和大哥哥你可……"

没等小雪把话说完,看似脸色已经不太好的雅各布一拍桌子站起身,扬长而去。这可把正准备享受美味炸鱼的孙娀吓了一跳，甚至连叼在嘴里的鱼肉都惊落在餐盘中。

"小雪！你在说什么呢……"孙嬿露出埋怨的神色。

"嘿嘿……事情变得有趣了！"小雪却露出了神秘的笑容。

几天后，因为公务出差而离开竞技队两周的孙艾琳回到了训练场。按照惯例，在训练之余，她与妹妹孙嬿以及小雪一同用餐。用餐时，小雪忍不住提起了前些日子与雅各布的"奇遇"。

"你是说那个来自加拿大的大男孩吗？"孙艾琳放下手中的刀叉，微微皱起眉头。

"是的。但是我认为雅各布同学应该为加拿大恐龙竞技队效力。"小雪十分肯定地说。

"你现在吃在这里，住在这里，还在这里上学，难道还有什么不满意的吗？"孙艾琳却出乎意料地当头浇了小雪一盆冷水，"小雪，你要明白，为哪支队伍效力是每个驯龙师的自由和权利，而且……这与国籍和爱国与否没有直接关系。"

见孙艾琳并没有站在自己这边，小雪有些难为情地低下了头。就在这时，孙嬿却有些不合时宜地问道：

"那么姐姐，你的选择是？"

妹妹的问题显然触动了孙艾琳的心扉——她愣了一下，不过很快便回过神来，十分认真地说道："至少我现在还在这里。"

说罢，孙艾琳起身离去。望着她的背影，孙嬿愣住了，小雪则若有所思地点了点头。

又过了些日子。

由于愈加临近恐龙竞技世界杯挑选队员参赛的时间节点，

美国恐龙竞技队开始组织各项队内对抗比赛。得益于他们先进的设备，小雪积累了更多的比赛经验。令人感到不解的是，自从那次与小雪在食堂进行"神奇"的对话后，原本一直在队内表现不俗的雅各布·梅森就像变了个人似的，在指挥恐龙作战时表现相当糟糕。在一次分组小队对抗中，小雪指挥的亚罗恰好与雅各布指挥的艾伯塔相遇——这两头巨龙的扭打立刻吸引了所有观看者的目光。然而再一次，艾伯塔犯下了低级失误——当亚罗张开血盆大口想要咬住它的脖子时，雅各布却指挥艾伯塔向后退了两步，一不小心滑倒在地；亚罗趁机伸出锐利的前爪给了艾伯塔致命一击!

"这头巨异特龙是业余的吗?"

"枉费了这一副魁梧的身材……"

观战的训练场工作人员发出无可奈何的感叹。出局的雅各布顺势摘掉了头盔。不过与以往的垂头丧气不同，此时的他脸上竟露出一丝如释重负的笑容，似乎做出了什么决定。

比赛结束后，雅各布不出意外，再次招致主教练皮特·霍尔姆斯的严厉批评。然而这一次……

"霍尔姆斯先生，也许我该和您说说我的心里话。"

"哦? 雅各布，那么你跟我说说，最近你究竟是怎么了?"

"我觉得……也许我不适合待在这里。"

"你说什么呢! 难道你的意思是自己不配成为一名驯龙师吗? 但事实上你是这些孩子中最优秀的一个!"霍尔姆斯教练一听，脸上立即露出了不快。

"不，我并不是那个意思。我很热爱恐龙竞技运动，但是……我总觉得现在的我并没有待在正确的地方——或许，我该回到自己的国家队去了。"雅各布心平气和地说。

"原来如此。"霍尔姆斯听罢，先是一惊，紧接着露出了恍然大悟的神色，继而以平静的语气说道，"可是，雅各布，如果回到加拿大竞技队，你恐怕一辈子也拿不到冠军了——难道你不就是为了冠军而来到这里的吗？"

听到"冠军"这个词，雅各布似触电般愣住了，久久接不上话。就在这时，裴小雪与孙娥从远处有说有笑地走来。也许是碰巧想到了什么，霍尔姆斯把她俩也喊住了。

"斯黛拉、安娜，雅各布说他想回到加拿大竞技队，可是这样做他很可能就无法拿到冠军了—— 你们说说看，难道你们不正是为了获得冠军而参加这项竞技比赛的吗？"

"教练先生，您说得没错，我相信每一个驯龙师都是为了拿到冠军而努力的！但是，我希望这个冠军是为祖国而拿的——哪怕需要为此等待10年、20年，我觉得那也是值得的！"

小雪不假思索的回答令在场的人都大吃一惊，不仅是霍尔姆斯教练，就连孙娥和雅各布也都露出不可思议的神情。在经过一阵略显尴尬的沉寂后，雅各布终于做出了决定：

"霍尔姆斯先生，我已经想好了。我要……代表加拿大恐龙竞技队参加此次世界杯！"

霍尔姆斯吃惊地望着眼前攥紧拳头、去意已决的雅各布，又回头瞟了眼对加拿大青年露出赞赏目光的小雪，露出了一抹无奈的微笑。

4月1日下午。

　　夹着篮球、大汗淋漓的王一川带着满足而略显疲惫的笑意走出篮球场。临近世界杯附加赛（由于上届世界杯附加赛未能突围，2123届恐龙竞技世界杯，中国队将依然从附加赛开始打起），他经常用这样畅汗淋漓的篮球运动来给自己解压。通常来说，他都会和卜小黑一同打篮球，然而今天恰逢卜小黑要陪朋友逛街，王一川不得不上演了一场灌篮表演的独角戏。不过缺少搭档的王一川却在结束时迎来了自己最忠实的观众。

　　"一川哥哥，今天一个人呀？"

　　"嗯……小黑那小子又放了我鸽子！"

　　"可是你也有朋友哇——晚上我们可以一起用餐哟！"

　　"距离比赛越来越近了呢……"走在路上，王一川望着远方逐渐隐没的夕阳感叹道。

　　"嘿嘿，一川哥哥，我有个好消息呢！张教练终于同意让我指挥他曾经的'宝贝'——吉兰泰龙阿鲁了！"韩娅边说边露出得意的笑容。

　　"什么！那不是遂了你的心愿吗？"王一川大吃一惊。他当然知道韩娅一直都想指挥一头进攻型恐龙。

　　"哈哈哈……那是当然，因为我一直都拥有一颗进攻的心哟！"

　　"那我真是要恭喜你呀！你可真有两下子呀，居然能说服教练！"王一川说着，露出钦佩的神色。

　　"嘿嘿……一川哥哥，今天是几月几日？"

　　"4月1日呀，你问这个做什么？"对于被突然转移的话题，王一川显得有些摸不着头脑。

"愚人节呀！所以……我刚才说的都是哄你玩的，大笨蛋！"韩娅嬉笑着吐了吐舌头。

"什么呀，原来你在耍我！啧啧……我就说嘛，你怎么可能说服那个'古板的老头儿'！"意识到自己被骗的王一川撇了撇嘴。

但谁也没想到的事竟发生了。几天后，主教练张恩南竟主动找到韩娅，询问她是否愿意指挥自己曾经的"战友"——吉兰泰龙阿鲁，原因是他对本队攻击线上的疲软状态非常担忧，随着世界杯的临近，他决定让经验更丰富、驯龙能力更强的韩娅担任自己爱龙的驯龙师。面对这份意外之喜，期盼已久的韩娅自然笑纳——她对即将到来的第五届恐龙竞技世界杯充满了期待。

一个多月之后。

由于要从世界杯的附加赛打起，按照惯例，中国恐龙竞技队不得不在5月中旬就要抵达位于美国新科罗拉多市的恐龙竞技世界杯专用营地待命。按照惯例，在5月20日会抽取附加赛的对阵名单。通常来说，附加赛会在抽签结束差不多一周后正式进行，届时，被分为6个小组的24支附加赛参赛队伍将为了仅有的6张入场券进行3个回合的"殊死战斗"。值得一提的是，此次参赛，裴博士也专程跟随中国恐龙竞技队到了美国。他的身份是"恐龙竞技队随队营养师"——让国内首屈一指的恐龙营养学专家随队出征，这显示了中国恐龙竞技队在此次赛事上想要有一番作为的决心。

就在中国恐龙竞技队抵达营地开始训练的第二天，贝尔格蕾雅开车载着小雪与孙姚悄悄来访。这对于裴博士来说无疑是一个天大的惊喜。望着站在眼前,将近两年未见的女儿,恐龙营养学博士的脸上老泪纵横——虽然他知道女儿肯定过得很好,这一次并不是来求助于他的。

"老爸!我们终于又见面了,这次我还带来了两位老朋友呢!"

小雪激动地与裴博士拥抱后,回头伸手指向贝尔格蕾雅开来的重型拖车货柜。只见贝尔格蕾雅正指挥两名工作人员将藏身于货柜、身躯巨大的亚罗与托沃牵出来。望着两头昔日寄宿在家中,如今体长已有12米的巨型食肉恐龙,裴博士欣喜若狂。

很快,两头巨型食肉恐龙也吸引来了正在训练的其他中国恐龙竞技队的驯龙师。并且,注意到来访者是两位老熟人时,人群彻底沸腾了。最激动的莫过于曾与孙姚相处过一段时间的卜小黑了——只见他与孙姚喜极而泣地拥抱在一起。

"没想到你们在美国居然都成了驯龙师。"就连王一川也不由自主地感慨起来。

"哈哈,川哥,这次我可不只是来给你们加油的哟!"

"什么?难道你的意思是……"王一川有些摸不着头脑。

"我和姚姚要加入你们,和你们并肩作战!"

"这个想法是很不错,可惜……似乎迟了点。"韩娅从王一川背后走出,开心地握住小雪的手,"因为参赛的名单在4月底就通过邮件发送给国际恐龙运动协会确认了。不过还是很高兴能够在美国与你重逢!"

"确实如此,小雪,我们也知道你和你的恐龙有无限潜力。"主教练张恩南也走到小雪身边,"很遗憾……"

看得出,刹那间,小雪的脸上写满了悲伤,因为她明明记得曾有人告诉过自己,到5月份也可以报名参赛,但偏偏此时此刻,她却想不起这个信息的出处了。与此同时,由远及近传来一阵机车的马达轰鸣声——只见一台"红魔鬼"驶入了营区。当驾驶者跳下机车、摘下头盔时,大家惊讶地发现来者是久违的曾经被誉为"中国恐龙竞技队女王"的孙艾琳!

"也算上我一个吧!我还想再一次披上中国队的战袍!"孙艾琳那熟悉的声音传到每一个人的耳朵里。

"琳姐……可是他们说我们已经错过报名机会了!"已经委屈得快要落泪的小雪连忙向孙艾琳诉苦道。

"错过?嘿嘿……那怎么可能呢!据我所知,今年的赛事将会推出一项新规定,参加附加赛的竞技队可以在抽签结束的两天内递交一份增补名单以增加至多两头新的恐龙,同时驯龙师的名单也可以进行一次更新。"走到众人面前的孙艾琳胸有成竹地说道。

这时,中国竞技队的领队从会议室一路小跑着过来:"各位,我刚刚收到一封来自国际恐龙运动协会发送的邮件,上面说:为了应对附加赛参赛队伍在赛前有恐龙受伤或驯龙师无法参赛的情况,特许本届杯赛在附加赛抽签结束后视各自情况增加至多两头新的恐龙,同时驯龙师的名单也可以进行一次更新……"

"欢迎你们加入!"教练张恩南掩饰不住自己的喜悦说道,脸上终于露出了欢快的笑容。

二十六　出击！中国恐龙竞技队

随着孙艾琳的意外回归，原本空缺下来的防守端中坚力量——剑龙"女王"也迎回了它原本的主人。并且在随后的训练中，中国恐龙竞技队中居然真的出现了变故——有两位驯龙师因为个人原因不得不先行回国，同时，还有一头特暴龙因为腿部较为严重的伤势不得不退出竞技队，这使得原本就按照最低限度提交名单（18头参赛恐龙）的中国竞技队的替补申请成了顺理成章的事情。

令人略感意外的是，重归竞技队的孙艾琳并未显示出与昔日好友王一川重逢的热情，与此相反，在大多数情况下，她甚至有意回避总是形影不离的王一川与韩娅。在抽取附加赛对手的前一天晚上，王一川主动找到孙艾琳，试图与她"聊一聊"，然而遭到了婉拒。

"等等！艾琳，我不明白，你为何总是躲着我？"就在孙艾琳转身离开时，王一川一把抓住了她的胳膊。

"把你的手拿开！韩娅看到了……她会怎么想？"孙艾琳头也不回，冷冷地答道。

"可是，艾琳……"王一川似乎有些不甘心。

"你一个大男人这么肉啊！"孙艾琳不耐烦地吼道。

"艾琳……"王一川在尴尬之余灵机一动，岔开了话题，"我只是想知道你为何又回到中国队呢？"

"哼……我只不过是想最后一次披上祖国的战袍去追逐奖杯而已——这个理由难道还不够充分吗？"

这似乎还是混血美女首次将中国称为"祖国"。她淡然一笑后扬长而去，留下了站在那里依然惆怅不已，曾经与之形影不离的篮球大男孩……

第二天，激动人心的时刻来临，教练张恩南和队长王一川代表中国竞技队前往比赛主场馆的议事大厅参加抽签仪式。当主持抽签的国际恐龙运动协会秘书长K博士打开抽签嘉宾递过来的抽签字条，宣布中国队被抽入日本队所在的小组时，在场所有嘉宾都惊呼起来，因为在上次附加赛时二者就被分在一个小组，而日本队在最后关头完成神奇绝杀，逆转晋级正赛。

"这会是一场'复仇'之战吗？让我们一起期待一下……"担任解说抽签直播的新闻嘉宾马什博士不禁感慨道。

小组中另外两支队伍则为实力明显偏弱的新西兰队和智利队，基本上构不成威胁。毫无疑问，中日之战再次成为此次恐龙竞技世界杯附加赛的焦点。

"来得正好！等着瞧吧……"望着显示抽签结果的电子大屏

幕，陪在张恩南身旁的王一川露出迫不及待的神色。

"也不能大意。难道你忘记了上次的失误？"见王一川有些盲目自信，张恩南适时地给他泼了盆冷水。

营地里，正在电视机前收看抽签仪式的中国竞技队驯龙师们纷纷露出了大失所望的神色。

"又是他们……真没劲！"卜小黑叫道。

"毫无新意。"韩娅也耸了耸肩。

"在地区赛事中我们都碰面过多少次啦！"另一个人嚷嚷道。

抽签仪式结束后，国际恐龙运动协会还公布了赛程。不出意外，中国队与日本队又抽在小组赛的最后一场。紧接着，张恩南代表中国队向协会递交了恐龙竞技队增补和变更名单，孙艾琳、裴小雪和孙娍3位驯龙师顺利入选，同时异特龙亚罗和蛮龙托沃也被列入参赛恐龙名单，这使得中国队的恐龙总数升至19头，符合国际参赛标准。而亚罗和托沃的加入也使得亚洲恐龙竞技队第一次拥有了12米长的大型食肉恐龙——中国队一跃成为亚洲实力最强的恐龙竞技队。

尽管已经顺利递交名单，但由于加入恐龙竞技队的时间较晚，在附加赛第一场比赛开打之时，孙艾琳等人并不具备出场资格，因此不得不作壁上观。好在中国队的第一个对手新西兰队是一支实力无比孱弱的队伍，被中国队以12：4的比分轻松拿下；而在随后的小组赛第二场比赛中，尽管三人都已获得了出场资格，但也许是出于对新人的不信任，教练张恩南只委派孙艾琳恢复了曾经在中国队中的位置——指挥剑龙女王，并站在营地外围线上镇守大门。

　　面对实力低于自己的智利队，中国队却遭到了超乎想象的顽强抵抗。在比赛中，特暴龙铁男腿部受轻伤中途退赛。不仅如此，韩娅也因身体不适无法坚持比赛而退出。失去两员大将的中国队顿时乱了阵脚，被仅以较小的食肉牛龙作为主力的智利队频频偷袭得手，比分一度被反超为8：10——形势危急。不过在最后关头，凭借着王一川和永川龙皇帝的大爆发，中国队还是艰难地以12：10战胜了对手。

　　另一边，日本队也毫无悬念、轻而易举地拿到了前两场比赛的胜利，并且在小分上超过了中国队。这令中国竞技队陷入了背水一战的境地——在最后一战中，唯有胜利才可晋级淘汰赛。这样的境地与两年前相比显然有了微妙的变化。

　　“从'打平即可出线'到'只有获胜才可出线'——我想，大家都很清楚其中的差别。我们已经没有退路了。”在赛前会议上，张恩南面色凝重。

　　“这意味着我们肩上的担子更重了，稍有闪失……”王一川补充道。不过他的话音未落，一旁的孙艾琳便接过话来。

　　“哼……几年不见，你小子怎么变得畏手畏脚的了？倘若连日本队都拿不下来，我看你们还是尽早回家洗洗睡吧！”

　　“艾琳，请注意你的言辞！”王一川有些不满。

　　“哼，我说的可是实话哟……难道你还不知道日本队在正赛中只有挨打的份儿？”孙艾琳冷笑着说道。

　　“我支持琳姐的说法。也许早点被逼上绝境并非坏事，可以激发我们埋藏在内心深处的斗志——那是无可超越的精神食粮！"就在会议室陷入尴尬气氛之时，小雪那略显稚嫩的声音打断了大家不知所措的思绪。一阵掌声从目瞪口呆的张恩南教练的身旁传出：

"好家伙……小雪同学人小志向大嘛！我也赞同她的观点，对于背水一战的我们来说，没有什么是不能战胜的。"原来是韩娅。只见她以极为钦佩和欣赏的目光看着小雪，并走上前去使劲拍了拍女孩的肩。霎时间，会议室里响起了充满赞同和鼓舞的掌声。当即，张恩南宣布由新加入竞技队的异特龙亚罗和蛮龙托沃担任附加赛最后一场比赛的进攻主力。这意味着裴小雪和孙娴这两个不满20岁的女孩都将首次参加恐龙竞技世界杯的正规比赛。

中国队与日本队的比赛被安排在6月4日晚上8点，也是此次附加赛的最后一场比赛，前5个小组的晋级队伍都已产生。开赛前一小时，张恩南递交了中国恐龙竞技队参加末轮附加赛的出场名单。站在比赛场的通道里，小雪已经听到了观众热烈的呼声。

开赛前30分钟，中日双方队长来到主席台，将手按入地图选择界面挑选比赛地图。经过几秒钟的跳跃后，地图显示为"克拉伯大峡谷部落村镇"——这是一个拥有多个出发点、地形复杂且双方难以将兵力集中使用的高难度地图。王一川等老驯龙师们对这张图已经再清楚不过了，纷纷倒吸了一口凉气，只有"初生牛犊不怕虎"的小雪与孙娴看上去充满了期待。

"我再说一遍，所有人必须听从我的指挥，此战切忌贸然行动。"王一川利用赛前的半个小时给出场队员们紧张地布置战术，"小黑，你去A山谷，但是不要冲，守住隘口；小雪、嬂嬂，你们俩去B山谷，以游击的方式骚扰从那里出来的日本队恐龙，等我命令再进攻对方营地；至于C山谷，则由我亲自负责。艾琳，总后方就交给你了，一旦出现敌情，不要慌乱，小黑那一路可以迅速回防……"

大伙儿互相望了望，都露出坚定的神色。王一川面带微笑地示意队员们该去和自己的恐龙交流战术了，只有未收到指令的韩娅一脸茫然地站在那里。

"一川哥，我的任务呢？"

"唔……小娅，虽然已经把你列入比赛名单，但我觉得你还是不能过于激动，所以……你指挥阿鲁在基地附近协防就好。"

"你在说什么呢！大敌当前，为何只有我被区别对待？"王一川的解释显然引起了韩娅的强烈不满。

"因为你最近状态不太好……"

"这也不能成为我怯战的理由啊！不行，我要进攻！请你放心，上场比赛发生的意外，本场比赛绝不会发生！"

面对倔强的女友，王一川感动得热泪盈眶，最终不得不服了软，只好同意韩娅随小雪她们一路见机行事。也许是出于对年轻气盛的小雪和孙嬂的不完全信任，王一川叮嘱韩娅一定要看紧她俩，切不可让她俩擅自行动。韩娅高兴地接受了任务。

"在我左手边的是中国恐龙竞技队代表队员，在我右边的是日本恐龙竞技队代表队员。即将到来的是本届恐龙竞技世界杯附加赛的最后一场比赛，亦是一场压轴好戏——两支亚洲最强的恐龙竞技队将为了最后一张通往正赛的门票进行搏斗。"

伴随着解说裁判马什博士铿锵有力的声音,双方驯龙师在各自队长的带领下昂首踏上主席台。有趣的是,两年前中国队被日本队逆转淘汰的那场令人伤心的比赛也正是由马什博士解说的。距离比赛开始还有5分钟,按照惯例,双方驯龙师站在主席台前面向观众致敬,紧接着相互热情握手和拥抱。当小雪走到清水遥的面前时,两人的目光会合了。

"清水姐……"小雪的嘴唇微微动了动。

"小雪同学,很高兴能站在这里与你相见。比赛中还请你多多指教!"

"清水姐!虽然我知道这场比赛一定要分出胜负,但是……作为你的朋友,请你一定要加油!"

"放心吧,小雪同学,你也一样哟,请务必加油!"

拥抱之后,两个女孩相互击掌互勉。要不是小雪与清水遥身穿着不同国家的队服,观众甚至会把她俩误认为是一对亲密的队友吧。

距离比赛开始还有1分钟,中日双方驯龙师已经在SDC系统模拟设备中全副武装、各就各位,等待着解说裁判的哨声——时间仿佛在此刻凝固了……

"嘟——比赛开始!"

伴随着哨声和随后响起的解说裁判的指示,中国队与日本队的20头食肉恐龙接收到来自SDC操作舱中以迅猛姿态行动起来的驯龙师的指令,迫不及待地如箭一般冲了出去……

二十七　守得云开见月明

　　最兴奋的当数小雪了。也许是受第一次参加正式比赛的新鲜感影响，也有可能是年龄过小还不够成熟，她有些控制不住自己激动的情绪，任凭孙嬿在耳机里不时地提醒她应该慢一些，指挥原本速度就奇快的异特龙亚罗一马当先，很快便冲到B山谷的边缘、部落村镇的入口处。无奈之下，孙嬿只得呼叫王一川来制止小雪的莽撞行为。很快，小雪的耳机里传来王一川严厉的批评声："小雪！请你严格按照战术安排来指挥恐龙走位！"

　　"啊……川哥，对不起！"小雪猛然醒悟。

　　"还有，比赛中请叫我队长。"王一川补充道，关掉了通话频道。

　　"是！队长……"

　　小雪立即做出一个敬礼的动作，随后又不服气地做了个鬼脸。不过，不服气归不服气，小雪还是乖乖地要求亚罗停下脚步并退回B山谷边缘的小树林里，等待同伴的到来。不多时，蛮龙托沃和另外两头吉兰泰龙（其中一头是由韩娅指挥的阿鲁）按照王一川的指示来到B山谷边缘的小树林与亚罗会合——这4头食肉恐龙组成的小队被认为是此次比赛成败的关键。

"难道我们就坐在这里等日本队'送货上门'？"眼看时间过去了5分钟，对面E山谷中没有任何恐龙的影子，小雪有点按捺不住了。

"别急，至少在这里我们能把对面的一举一动看得清清楚楚。"孙嫘借助托沃的视野，边仔细扫视四周边说。

"从这边峡谷到对面峡谷至少有1千米的距离……真是个巨大的地图。"韩娅倒吸了一口凉气。这时，她的耳机里传来了王一川的声音："你们那边情况如何？"

"未见敌人出现。"

"小黑那边也没有遇见敌人，真是奇怪了……我这边C山谷对面的F山谷中也没有任何动静。"

正说着，通过永川龙皇帝的视野，王一川突然注意到对面树林里似乎"龙头攒动"——有状况！他忙打开对讲装置提醒队友注意。然而说时迟那时快，在极短的时间内，对面便有4—5头食肉恐龙冲出F山谷边缘的小树林，直接向部落村镇奔去。目标再度从眼前消失，但可以肯定的是，日本队即将发动进攻。

与此同时，在A山谷边缘，通过独自守在此处的特暴龙铁男的视野，卜小黑也发现前面出现了一些状况，于是立即联系王一川："队长！从对面的D山谷下去了3头恐龙，但是从行进路线来看，目标可能不是A山谷。"

“倘若目标不是A山谷，那会是哪里呢？难道是B山谷？这帮狡猾的家伙……”王一川的额头沁出了汗珠。

　　另一边，带领日本食肉恐龙从F山谷进入部落村镇的正是指挥特暴龙金刚参赛的清水遥，她的任务是与从D山谷带领另一队食肉恐龙进入部落村镇的日本队队长田冈俊夫会合，而后以绝对的优势（一共8头食肉恐龙）攻击中国队一侧的B山谷，突破B山谷中国队的防御，从而长驱直入地攻击他们的营地。但是，这样做有很大的风险，倘若中国队安排全部主力从另外两个山谷直捣日本队营地，那么这场比赛便成了一场竞速赛。

　　“队长，你确定要这么做吗？”在部落村镇里会合后，清水遥对这一行动方案提出了质疑。

　　“当然，中国队此次派出了实力压倒亚洲食肉恐龙的两头‘巨无霸’（指体长超过12米的亚罗和托沃），我们从正面硬拼绝无胜算，只能出此下策。”田冈俊夫坚定地说道。

　　“但是万一那两头‘巨无霸’也正守在B山谷呢？”清水遥仍然不放心。

　　“即便如此，它们的留守兵力也绝不能与我们匹敌。我了解一川君，他是个有条理并且保守的人，绝不会做出派7—8头食肉恐龙守在一处道口的疯狂举动！”田冈俊夫非常自信。

　　正如田冈俊夫所料，王一川并非喜欢冒险的激进分子。然而他的队伍中并非所有人都是如此——至少年轻气盛的小雪便有着自己的想法。在她看来，守在B山谷出口处等着和对方打“游击战”完全是一种怯战的行为。无聊地四处张望时，小雪突然注意到一些熟悉的身影正在部落村镇中借着建筑物的掩护悄悄移动，机敏的她立即打开了与韩娅的通话。

"娅姐，你看到了吗，有恐龙在部落村镇中移动。"

"在哪里？"

"大约在1点钟方向。"小雪转动着乌黑的眸子。

顺着小雪所描述的方位，韩娅瞪大了眼睛搜索了半天都没有发现目标，只得继续按照王一川的指示执行警戒任务。但是小雪并未就此放弃追踪，很快，她再次发现了蛛丝马迹——一群暗影正偷偷摸摸地向B山谷移动。

"娅姐，我想我们这里马上就会变成战场了！"

说时迟那时快，未等小雪的话音完全落下，由田冈俊夫指挥的特暴龙已经咆哮着出现在众人眼前。大敌当前，韩娅一边让小雪和孙姚保持冷静，一边把这一紧急情况通报了王一川。由于没有想到日本队竟会押上全部家当进攻B山谷，年轻的中国队队长一时间竟不知所措。

"队长！我们拖住他们，你快点集中优势兵力进攻敌人的基地！"此时，王一川的耳机里传来小雪撕心裂肺的呼叫。

"可是你们那边只有3头恐龙……"王一川有些犹豫。

"快点啊，队长！再犹豫就来不及了！"小雪吼道。

在小雪的催促下，王一川只好服从了这一冒险的战术。不过，出于对韩娅等人以三敌八的担忧，他还是火速命令卜小黑前去协防。布置完毕，他便带着守卫C山谷的中国队恐龙向日本队的大本营奔去。

与此同时，位于日本进攻小队中间的清水遥也看清了防守B山谷的中国队的兵力——只有3头食肉恐龙。突然间，也许是意识到了什么，她慌忙打开了与队长田冈俊夫的通话器：

"队长，中国队的主力不在这里，请小心他们直袭我们的大本营！"

"我本来就没指望他们的主力在这里，要的就是这个效果——不过看起来他们新加入的两头巨型食肉龙就守在这里，必须迅速解决它们！"

清水遥无可奈何地摇了摇头。她心里很清楚，这将是一场胜算渺茫的赌博。虽然在数量上占据优势，但面对体长超过12米，已属于大型食肉恐龙范畴的亚罗与托沃，日本队的食肉恐龙们犹豫了，任凭驯龙师的"心灵感应"和连声吆喝，都没有发动进攻。眼见时间一分一秒过去，恼怒的田冈俊夫强令他的特暴龙向蛮龙托沃冲去，双方很快进入战斗状态。但由于田冈俊夫的特暴龙在体长上与蛮龙托沃有1米多的差距，所以它的第一次进攻很快被后者化解。于是，看似文弱的孙娀也开始施展自己驯龙的才华——在她的"心灵感应"下，勇敢好斗的托沃立即还以颜色，没几下就把田冈俊夫的特暴龙打翻在地。这让看台上的观众们发出惊呼。

"中国队的6号蛮龙使用其超出寻常恐龙的蛮力将日本队的3号特暴龙打翻在地并来了个致命攻击——后者一下子失去了5分！"原本语调平淡的马什博士一下子变得激动起来。

不过作为日本队目前资历最老、经验最为丰富的指挥官，田冈俊夫并没有就此服输——只见那头皮肤带有一些青绿色的特暴龙咆哮着甩开了蛮龙托沃的压制，来了个反咬；然而这个精彩的动作并未换来得分，看似身躯庞大的托沃轻松地躲过了此次攻击。

"一个反手锁喉,日本队3号特暴龙再次倒下!中国队的6号蛮龙获得了这次一对一挑战的胜利!"

伴随着马什博士的激情解说,田冈俊夫的特暴龙倒在地上陷入休眠状态——它被蛮龙托沃的锁喉攻击彻底击败了。击败这头日本队的10.5米长特暴龙没有耗费任何分数,强壮的托沃在观众的欢呼声中昂首长啸。

最先倒下的竟是其中一方的队长,这在恐龙竞技世界杯成立以来进行的上百场比赛中实属罕见;队长在一场一对一的搏斗中被击败更是大大打击了日本队其余驯龙师的信心,其中就包括清水遥——甚至就连正在与4号吉兰泰龙阿鲁战斗的特暴龙金刚也愣了一下。

裴小雪也意识到了面前站着的这头庞然大物的主人便是老熟人清水遥。她禁不住喊出了那个名字。但由于SDC头盔不支持与对手对话,她没有得到清水遥的回应。

"成田、安智、佐藤,你们快上!这里交给我,必须抓紧时间!"

清水遥一边喊着,一边指挥金刚从容不迫地与吉兰泰龙阿鲁战斗。只见日本队随同进攻的几头灵敏的小型食肉恐龙趁着中国队3头防守山谷的食肉恐龙应接不暇之时迅速脱身。小雪注意到有3头日本食肉恐龙已经突破了防线,立即意识到了情况的危急。

"娅姐,你赶紧回防,这里交给我和姨姨!"

"可是……"

"别犹豫了!"

韩娅果断地指挥阿鲁掉头向己方大本营跑去。事实上,原本体形便处于劣势的阿鲁即便与特暴龙金刚战斗到底,胜算也非常渺茫。眼见对手想要逃走,清水遥哪肯放过,不过灵活而庞大的亚罗立刻用它修长的身躯挡在了特暴龙金刚的面前。

"是小雪同学……"清水遥不禁倒吸一口凉气。

"来吧,清水姐,这次我们不再是队友了,我要打败你!"小雪死死盯着SDC头盔显示出的恐龙视野,嘴角露出战意浓浓的笑容。

尽管在体长上明显占据优势,但异特龙本身并不算特别强壮,咬合力也较特暴龙要弱,因此在与之搏斗时最多只能平分秋色。当韩娅的吉兰泰龙阿鲁脱离战场后,在B山谷边缘的这场战斗甚至变成了4对2,亚罗和托沃分别面对两个对手的攻击。这对于勇气有余、经验匮乏的两个中国女孩来说是个难题。不一会儿,这两头食肉巨龙就已经失去了一半的分数。

"娥娥……我们快扛不住了。"小雪的额头沁出了汗珠。

"坚持住!我们得拖延时间!"孙娥咬着牙说道。

当身上分数还剩下4分时,亚罗终于解决了与特暴龙金刚一起攻击自己的那头较小的食肉恐龙。与此同时,永川龙皇帝带着"大队人马"已经逼近了日本队大本营附近。通过恐龙视野的观察,王一川发现日本营地里除了两头防御的剑龙,没有其他食肉恐龙存在。在下达了进攻指令后,王一川的耳机里传来孙艾琳的声音:"一川,我看到敌人的食肉恐龙了!你们没有拦住他们吗?"

"唔……艾琳，是这样的，我们做了一个大胆的抉择：和他们打对攻。现在我也在他们的营地……"

"什么？这也太疯狂了吧！据我目前所见，敌方人至少有3头恐龙……不过体形都不算大。"

"放心，我这边有6头恐龙。我们会迅速拿下敌人营地！"

"现在，中国队与日本队的'勇士们'都已抵达对方营地——观众朋友们，这是一场罕见的'一波流'对攻战，虽然现在中国队只是暂时2：0领先，但胜负可能会在接下来的几分钟之内揭晓……"对场上形势看得一清二楚的马什博士继续解说道。

全场数万观众鸦雀无声，所有人都在期待着最后的时刻。

在躲过特暴龙金刚的一次致命攻击后，只剩下2分的异特龙亚罗已经疲态尽显，而特暴龙金刚仅仅损失了2分。眼见身旁的蛮龙托沃也陷入了苦战（小雪不知道此时托沃也只剩3分），小雪明白自己已经不太可能阻止对手了。然而就在这时——

"比赛结束了！中国队占领了日本队的基地——12：1（虽然在比分上是4：1，但因中国队占领了基地，因此被立即提升至12分）！恭喜中国恐龙竞技队拿到了最后一张门票！"

伴随着马什博士声嘶力竭的吼叫，终场哨声响起，全场观众沸腾了。正准备迎接"最后"时刻的小雪兴奋地摘下头盔，从座位上跳起来。王一川终于做到了。趁日本队大举进攻、后方空虚的绝佳机会，他以恐龙数量上的优势先日本队一步拿下了对方营地；而另一边自己的营区里，仅存的防守恐龙（另一头剑龙已被打败）——剑龙女王正在孙艾琳的指挥下苦苦抵抗3头食肉恐龙的攻击,听到终场哨声响起,她竟激动得眼眶湿润了——
要知道,这个坚强的混血美女一贯有泪不轻弹。

　　就连王一川都落下了热泪。只见他如同孩子般搂住了身旁
的卜小黑,卜小黑的一只手则与孙娥紧握在一起。与此形成鲜明
对比的是日本队垂头丧气的驯龙师们——两年前,中国队的驯
龙师们也经历过他们如今的痛苦。然而,只有一个日本驯龙师未
表现出应有的沮丧,她就是清水遥。只见她平静地摘下头盔,走
到正疯狂庆祝,几乎忽略了自己的小雪面前,轻轻拍了拍对方的
后背说道:

　　"小雪同学,恭喜你们!"

　　"清水姐?我很抱歉……"见是清水遥,小雪的脸色暗淡
下来。

　　"别这样说,小雪同学,你能够获胜令我非常欣慰。加油,
请替我去完成接下来的比赛吧!"清水遥露出迷人的微笑。

　　"嗯,清水姐,我答应你,我会努力……努力拿到最后的冠
军!请你等着我的好消息吧!"

　　小雪也笑了,两人如同姐妹般紧紧拥抱在一起,沐浴着照入
比赛控制室的阳光……

二十八 揭幕战

击败日本恐龙竞技队后，中国恐龙竞技队第一次杀入恐龙竞技世界杯正赛，这甚至引发了国内民众观看恐龙竞技比赛的热潮。大街小巷铺天盖地都是中国恐龙竞技队突破历史的小报和视频，几乎所有中国人都为中国恐龙竞技队加油鼓气，尤其对首次加入竞技队便拿出上佳表现，尚不足20岁的两位少女伸出大拇指；而勇敢的搭档——异特龙亚罗与蛮龙托沃也一跃成为国内群众眼中的"明星恐龙"。

在中国与日本的最后一场附加赛结束后不久，最终进入恐龙竞技世界杯正赛的16支竞技队被分为3档，分别为一类种子队、二类种子队和非种子队。这个档次是完全按照上届杯赛正赛参赛队伍的成绩来决定的——进入四强的4支竞技队成为A—D小组的一类种子队，根据电脑抽签次序安排为西班牙（A组）、阿根廷（B组）、德国（C组）、美国（D组）。说起德国恐龙竞技队，这支原本不太起眼的欧洲二流队伍在2121年恐龙竞技世界杯中异军突起，在四分之一决赛中爆冷，击败了埃及队，晋级半决赛，最终成绩为第四名，与它的"欧洲兄弟"西班牙一道震惊了世界。二类种子队为上届杯赛打入八强但未能更进一步的4支竞技队。剩下的8支非种子队则为上届杯赛没有从小组赛中突围或本届附加赛新跻身正赛的队伍。首次挺进正赛的中国恐龙竞技队自然属于非种子队。

毫无疑问，在随后的抽签仪式上，中国队代表张恩南与王一川最希望抽到的是目前看来在种子队中实力最弱的德国队。然而事与愿违，他们抽到了位于A组的公认的本届杯赛实力最强的西班牙队；霉运远未结束——当最后一轮抽签抽出每个小组的二类种子队时（恐龙竞技世界杯的抽签会在第一轮先按照上届杯赛的名次确定每个小组的一类种子队，中间两轮抽签皆为非种子队，最后一轮才抽二类种子队），张恩南与王一川不约而同地倒吸了一口凉气——主持人竟然将公认为二类种子队中实力最强的埃及队抽到了A组，这似乎预示着中国队难逃在小组赛中被淘汰的命运。

"看来……今年只能打满3场小组赛便打道回府了。"得知这一抽签结果的孙艾琳不禁摇了摇头。作为一名老资格驯龙师，她很清楚对手的实力。

"不，不会的！我是不会输给何塞哥的！至于亚历山大大叔……我认为亚罗与托沃的组合也绝不会输给他的阿皮拉！"在大家的一片哀号声中，似乎只有小雪充满信心。

"啧啧……还真是个初生牛犊不怕虎的黄毛丫头。西班牙队可不只有鲨齿龙熙德与蛮龙恺撒哟！再说了，埃及队也不是只靠巨无霸阿皮拉呀——更何况，至今还没有恐龙能在一对一对抗中战胜那头可怕的怪兽！"孙艾琳没好气地冲小雪露出嘲讽的冷笑。不过当她注意到各队参赛名单时却愣住了，美国恐龙竞技队驯龙师名单中竟赫然写着贝尔格蕾雅的名字。

"贝姐？"

就连凑上前来的小雪与孙娥也发出同样的惊叹。当孙艾琳继续搜索驯龙师所对应的恐龙番号与名称时，竟发现贝尔格蕾雅指挥的是美国队的核心——3号霸王龙苏！这令混血美女立即不由自主地拿起了电话。铃声响过，等到对方刚一接听，孙艾琳便立即连珠炮式地开始发问：

"贝姐，你怎么会成为美国队的驯龙师？你之前不是和我说过，再也不会参加恐龙竞技比赛了吗？"

"哈哈……其实是一个巧合。苏的驯龙师格里高利先生因病退出了比赛，由于霍尔姆斯先生与我是老相识，并且我也曾作为驯龙师训练过霸王龙苏，霍尔姆斯先生便给我打电话，询问我是否能顶替一下。想到你也为中国队出战了，我觉得这一定是一个有趣的机会，所以……嘿嘿！"电话那头传来贝尔格蕾雅爽朗的笑声。

"啧啧，真是恶趣味！那么，请接受我的挑战。倘若我们两队碰面的话，我可不会手下留情！"孙艾琳立即下了战书。

"我很期待！另外，请帮我鼓励一下小雪同学，我觉得她将是你们此次杯赛上的'奇兵'呢！"

"哼……那个不自量力的黄毛丫头！"孙艾琳不服气地吐

了吐舌头后挂断了电话。

另一边，得知抽签结果后，韩娅悄悄来到操场上透透气。就在这时，手机响起了铃声。当她拿起手机看清来电是空号时，脸上立刻露出了不安的神色。

"大小姐，任务进展得如何了？"那是一个明显使用了变声器的小丑般的男子声音。

"放心，一切都在掌握之中。"韩娅忙强打起精神道。

"放心？难道你真的指望可怜的中国恐龙竞技队进入决赛——之前的失败你已经抛在脑后了吗？而且我听说你和王一川之间的关系好过头了，有这回事吗？"

"唔……其实我……"

"哼……难道你对那个傻小子动了真情？可真够天真的！大小姐，就算你贵为那位大人的妹妹，也必须完成上面交代的任务——不管用什么手段，我只要看到任务完成，不然没法向上面交代。如果完不成或者耍滑头……嘿嘿，你是知道规矩的。"

手机那端令人作呕的声音消失了。惊魂未定的韩娅拂去额头沁出的汗珠，缓缓靠在墙角，陷入了沉思。

一周之后，恐龙竞技世界杯的正赛拉开帷幕。本届赛事的第一场比赛，便是由卫冕冠军西班牙竞技队迎接来自世界杯新军中国竞技队的挑战。外界普遍认为这将是一场一边倒的揭幕战，因为单从排名来看，目前世界第一的西班牙队和排名第五的埃及队将会轻松从小组赛中突围，而排名靠后、通过附加赛才晋级小组赛的英国队和中国队几乎不可能实现逆转。

"中国竞技队方面，孙艾琳指挥1号剑龙坐镇防线，队长王一川指挥3号永川龙领衔攻击线，冉冉升起的新星——6号异特龙由此届杯赛最年轻的驯龙师裴小雪指挥，而它的双子星——7号蛮龙托沃则由倒数第二年轻的驯龙师孙娀指挥……"在双方驯龙师见面握手后，解说裁判开始介绍双方参赛恐龙和人员，"西班牙竞技队方面，队长冈萨雷斯指挥1号甲龙坐镇防线，备受瞩目的双核心——3号鲨齿龙熙德与4号蛮龙恺撒则分别由两位天才少年费尔南德斯和加西亚指挥……"

小雪与孙娀相互击掌鼓励后便钻进了各自的SDC操作设备中。尽管实现开门红的难度极大，但两个女孩依然充满了斗志和信心。比赛开始前，她俩约定在遵照队长战术的情况下一定要配合行动，争取发挥出这两头中国队仅有的大型食肉恐龙最大的能量。

"比赛开始！第五届恐龙竞技世界杯正式拉开帷幕！"担任本场比赛解说裁判的是大名鼎鼎的K博士，他以那独特的声音敲开了观众们期待的心扉。

现场的中国恐龙竞技队工作人员专区中，压低了帽檐的裴博士正激动地注视着赛场。经过附加赛的煎熬，裴博士终于可以如愿以偿地在现场观看女儿参加恐龙竞技世界杯正赛了。不过开赛后不久，裴博士的脸上便露出了不安的神色——对比赛机制和地图有一定了解的他发现中国竞技队的战术出现了问题。

"这要命的走位，难道把西班牙当成了日本吗？这可完全是两个段位的选手啊……"裴博士轻捻着自己的山羊小胡须，自言自语道。

裴博士看到的发生失误走位的恐龙正是由韩娅指挥的吉兰泰龙阿鲁以及跟随在它身后的两头较小的食肉恐龙。原本按照王一川的要求应该守住"河边树林"的这3头恐龙竟向西班牙的腹地发起攻击，它们的怪异举动很快便被想要从同样道路进攻的何塞注意到了。

"哈梅斯，呼叫哈梅斯……看，他们来了。"发现敌情的何塞立即拨通了与搭档的对讲系统，听起来，他有点小兴奋。

"嘿嘿……我这里也发现情况了，应该是中国队的主力——斯黛拉同学的巨异特龙和安娜同学的谭氏蛮龙。"何塞的耳机里传来哈梅斯那男性荷尔蒙十足的声音。

"啊哈……那么你的心脏颤抖了吗？"何塞以开玩笑的口吻说道。

"等着吧，我会给她们好好上一课的！"身材强壮的哈梅斯边说边将自己的手指骨捏得嘎嘎作响。

哈梅斯所说的正是在王一川的永川龙皇帝带领下按照既定战术向前推进的异特龙亚罗和蛮龙托沃。此时此刻，它们都未发觉危险即将到来。王一川的耳机里传来卜小黑的声音：

"队长，娅姐并未按照战术部署防守'河边树林'，而是向对方营地发起了攻击！"

"什么！她在搞什么？"王一川一听，立即皱起了眉头。他担心韩娅又是因为身体不适而导致发挥失常，果真如此的话，恐怕要考虑后面她是否还能继续指挥恐龙比赛的事情了。出于担心和质疑，他迅速拨通了女友的通话器。

“韩娅，你为何主动进攻？”

“我……觉得还是主动一点好。”韩娅有些语无伦次。

“笨蛋！赛前我已经说过多少遍了，必须按照既定战术行动！你……你怎么如此心不在焉！”

王一川终于按捺不住胸中怒火，冲通话器中自己一向温柔以待的女友发出怒吼，而几乎在同一时间，他听到了女友的尖叫声——原来吉兰泰龙阿鲁遭到了袭击，而这袭击正源自早已将其视为猎物的鲨齿龙熙德。各项数值均碾压阿鲁的熙德只用了一次连贯的攻击便将“心不在焉”的前者“踢出了局”。

“1：0！比赛仅仅进行至3分51秒，西班牙队便取得了此次赛事的第一个积分，并且打破了往届赛事最快得分的纪录！”K博士以略显意外的口吻解说道。

紧接着，熙德带来的两头凶猛的食蜥王龙在1分钟内也解决了阿鲁带来的两头较小的食肉恐龙。比分被改写为3：0。由韩娅指挥的小分队顷刻间全部倒下。这给解说裁判和观众都带来极大的震撼——大家都清楚西班牙队与中国队之间存在巨大差距，但谁也没想到西班牙队开局便如此顺利。

注意到突如其来的比分变化的王一川只得懊恼地猛跺脚来泄愤。不多时，由哈梅斯指挥的以蛮龙恺撒为首的攻击群也从侧面突然跃出，攻击了以永川龙皇帝为首的中国队主力部队。由于西班牙队的恐龙普遍体形较大且是突然袭击，中国队的阵型很快便被冲散。

“中国恐龙竞技队看起来情况不太妙……他们已经完全失去了对局面的掌控，难道这就是实力差距的体现吗？”

迅速"杀死"两头中国队较小的食肉恐龙后，士气正旺的"巨兽"恺撒把目光转向正被两头食蜥王龙攻击的亚罗和托沃。

"哈梅斯·加西亚？"小雪与孙娥不约而同地叫道。

"哼……让我来教你们如何战斗吧——恺撒，上呀，把它们'撕成碎片'！"哈梅斯的双眼中射出凶狠的光芒。

身躯庞大的蛮龙恺撒几乎不费吹灰之力便将比自己小一圈的蛮龙托沃撞翻在地。亚罗试图上去帮助同伴，却被恺撒强有力的尾巴扫倒；当亚罗想要爬起时，一头食蜥王龙再次将其击倒。连续两次打击导致亚罗一下子损失了6分。

"小雪，你快指挥亚罗离开这里！"耳机里传来孙娥的声音。

"可是娥娥，你……"

"别管我，以你（亚罗）的速度逃离这里，去袭击敌人的营地吧！"

小雪只得点点头，指挥亚罗以一个翻滚动作躲开食蜥王龙的再一次攻击，同时趁机摆脱对手离开了混战区域。通过惊慌的亚罗的视野，小雪注意到托沃倒在了恺撒脚前……

几分钟后，镇守"国门"的剑龙女王变得躁动不安起来。已经通过对讲机得知前方王一川带领的大部队陷入苦战的孙艾琳不由得皱起了眉头。没过多久，一头身形修长的鲨齿龙带着两头同样块头不小的食蜥王龙出现在她的视野中。

"真见鬼……来得这么快吗？"混血美女不由得倒吸了一口凉气。

"3打2，迅速拿下，结束战斗吧！"何塞向两名队友下达了指令。不过就在此时，一头中国队的特暴龙从附近的丛林中冲出来，孙艾琳一眼认出，那是卜小黑指挥的特暴龙铁男。

"休想偷袭我们的营地！"卜小黑咆哮着，指挥铁男直扑熙德。

"哼……这算是自杀行为吗？真是个愚蠢的家伙！"

何塞轻蔑地笑了笑，立即指挥熙德轻松躲过了攻击。在长达13米的鲨齿龙熙德以及身旁两头12米的食蜥王龙面前，仅10余米长的特暴龙铁男显得那样微不足道，很快便被解决了，但是它的英勇行为引起了全场观众的掌声。

"已经8∶0了，这不是比赛，更像是一场一边倒的'屠杀'……"K博士的解说变得迟缓了许多，看得出，连这位经历过无数大风大浪的老解说裁判对这样的战局也颇感意外。

另一边，"身负重伤"的异特龙亚罗狂奔在通往西班牙营地的道路上。已经习惯了耳边"0∶7、0∶8、0∶9"比分提示的小雪现在只想快点冲到对方营地实施偷袭占点，以求逆转不利局面——尽管这本身听起来几乎是个幻想。当西班牙营地及防守营地的两头重型甲龙出现在小雪视野中时，比分提示来到了0∶11，这意味着除异特龙亚罗外，中国队的其他恐龙，包括防守基地的2头食草恐龙在内都已经被击败。

"已经结束了吗？不……还没有结束！我必须做点什么！"小雪喃喃自语着，毅然指挥亚罗向西班牙营地的甲龙发起了攻击。由于甲龙防御力极高，势单力薄的亚罗几乎拿它们没有办法；但同时由于甲龙行动迟缓，它们同样也无法以铁锤般的尾巴给予亚罗致命一击。时间一分一秒地过去，小雪明白自己的机会已经越来越渺茫了。终于，她发现亚罗的斜后方出现了一个熟悉的身影。

"何塞哥……"

"哼……'漏网之鱼'果然是斯黛拉同学，我还以为我们碰不到了呢。"何塞也一眼认出对方，随即露出笑容。

也许是做出了某种决定，小雪突然指挥异特龙亚罗掉头向鲨齿龙熙德猛扑过去。

"这是要进行最后的决斗吗？中国队6号异特龙向西班牙队3号鲨齿龙发动了全速冲刺……"

不等K博士话音落下，异特龙亚罗已经冲到了对方面前。只见它高高跃起，以标志性俯冲攻击的姿势举起双爪向鲨齿龙熙德划去。但很明显，它起跳早了些，不仅前肢的双爪没能够到对方，甚至在落地时还因重心不稳摔了一跤；熙德则趁着这个机会给予亚罗致命一击。

"中国队6号异特龙出局！比赛结束，最终的比分是12：0。这……比赛只进行了32分钟而已。真是一场难以置信的揭幕战，一个难以置信的比分！"

记分牌上血红的"12：0"的比分赫然映入观众们的视线。在这一刻，整个场馆竟然鸦雀无声。

二十九 绝 境

　　望着记分牌上的"12：0"，中国恐龙竞技队的参赛驯龙师落下了眼泪，尤其是最年轻的小雪和孙娥——两个女孩抱在一起，几乎哭成了泪人。就连原本坐着的裴博士也默然起立，神情严肃地摘下了帽子……

　　12：0——这是恐龙竞技世界杯举办以来，通过非占领营地方式获胜的最大分差，毫无疑问地也给初出茅庐的中国恐龙竞技队的比赛前景蒙上了阴影。当第一轮比赛全部结束时，博彩公司开出了16强晋级淘汰赛的赔率，以最大比分失利的中国队毫无悬念地位于赔率榜单垫底的位置——1赔1000，这意味着几乎没有专家认为他们能够从小组赛中突围。而A组的另一场比赛，埃及恐龙竞技队兵不血刃地以12：4轻取英国恐龙竞技队，紧随西班牙，位列小组第二。A组第二轮比赛将由两支超级强队——西班牙队与埃及队进行直接碰撞；另一场在两支"弱旅"——中国队与英国队之间展开的比赛则显得有些无足重轻了。

"我们与英国队之战的负者基本会确定告别本届世界杯，我想大家应该很清楚这一点吧？"召集众人进行赛前训话的张恩南以沉重的语气说道。众驯龙师面面相觑，没有说话，于是教练继续说道："因此，对于我们来说，必须拿下这场比赛！大家有没有信心？"

众人沉默不语。数秒后，只有裴小雪颇具信心地挥舞着拳头响应教练的号召：

"我们一定能赢！"

"很好！只要大家都有小雪同学这样的决心，我相信我们还是能够战胜英国队、夺得一线出线生机的。"张恩南扫视了一下众人，"大家还有没有什么想说的？一川，你有什么建议吗？"

"我……没什么可说的。"

罕见的是，作为队长的王一川居然拒绝发言。张恩南只得皱着眉摇了摇头，宣布解散，却单独留下了韩娅。

"教练？"

"韩娅，你是知道的，自从来美国之后，你一直没达到最佳状态，若不是因为王一川求情……"

"教练！我韩娅绝对有实力站在世界杯的舞台上，请相信我！"韩娅急得摊开手辩解道。

"相信你？第一场小组赛你是毫无疑问的全场最差……而且在之前的附加赛中，你所指挥的阿鲁的表现也没有亮点，这怎么能让我再相信你呢？就算我相信你，你的队友们能信任你吗？"张恩南面露难色地摇了摇头，"队员中已经传出了'果然队长的女友待遇不一般'这样不利于团结的议论，对此，我也很难办。你懂吗？"

"教练……"韩娅明白了教练的意思，眼泪霎时涌满了眼眶。

"这样吧，无论如何，这场与英国的比赛你都不能上了，至于之后怎样……恐怕只能走一步看一步了。"

韩娅听着，低头啜泣起来。紧接着，她转身快步离去……

这一天，获准得到休息的裴博士更早地来到了赛场，不出他的意料，观众比揭幕战时要少得多，上座率不到五成。很显然，观众们对这场"弱旅之间无足重轻的交战"没有足够的兴趣。比赛很快开始了，中国恐龙竞技队除了吉兰泰龙阿鲁，其他主力倾巢出动，拿下英国恐龙竞技队的意图十分明显。此届赛事，英国队中没有12米级别的大型食肉恐龙，因此论实力，中国队要占据少许优势；但双方接战后，英国队的表现却比想象中要好——3：3、4：4……比分一直呈胶着状态。

"真是菜鸡互啄呢，哈哈！"裴博士身旁传来一个男声。

"但是如此激烈的比赛，你不觉得比揭幕战要好看吗？亲爱的……"继而传来一个女声。很明显，这是一对情侣。

裴博士听着身旁的对话，掐灭烟头，振作精神，继续观战。这时，传来手机信息的提示音。当他掏出手机滑动解锁屏幕时，不禁吃了一惊——那条消息居然是离婚后已3年不联系的妻子发来的，虽然只有简短的几个字：

"老公，你在现场看比赛吗？"

裴博士心中不由得一怔，事实上，他从未再奢望听到裴母称自己为"老公"；在他看来，那段曾经甜美的婚姻已成往事。

　　"是的，我正在看我们女儿的比赛。"犹豫片刻后，裴博士快速点击手机屏幕发送了这样一句话。

　　"请代我为我们的女儿加油，谢谢！"不多时，屏幕上又出现了裴母的回复。裴博士的嘴角露出一丝笑意，迅速回复了一个表示"没问题"的表情。在此之后，手机恢复了平静。

　　"比赛时间过半，双方比分来到了6：6——这会是本届杯赛开赛以来的第一个平局吗？然而平局或许对于比赛双方来说都是个糟糕的结果！"

　　解说裁判的声音回响在空荡荡的赛场上空。裴博士有些焦虑地站起身走向看台前沿的矮墙，顺手又点着了一支烟，目光紧紧地盯着女儿小雪所指挥的异特龙亚罗。此时此刻，这头中国队中最长的恐龙正与一头来自英国队的10米斑龙对战。这场一对一的战斗持续了整整两分钟，终于，亚罗艰难地击倒了对手。

　　"7：6，中国队再次获得领先优势。不过，谁知道这次领先能维持多久呢？"

　　果然不出解说裁判的预料，仅仅在异特龙亚罗击倒对手后不到10秒，中国队一头较小型食肉恐龙出局，比分第N次回到同一起跑线上。作为队长的王一川有些沉不住气了，他深知英国队的整体实力——连这样的"弱旅"都无法顺利拿下，最后一轮面对强大的埃及队只怕又将遭遇一场"血洗"。看台上，原本没把这样低水平的比赛放在心上的观众们逐渐看得入了迷，开始愈加想知道最后的结局。45分钟的比赛时间很快便进入尾声。当大屏幕显示的比赛时间结束时，场上的比分显示为10：10，双方场上都只剩下1头食肉恐龙和1头食草恐龙，并且都还正在进攻对方的营地。

"比赛最终以平局收场，这对于双方来说当然是一个双输的结果！"解说裁判用略带遗憾的口吻说道。

裴博士失望地站起身，他心里明白，女儿所在的中国恐龙竞技队的本届世界杯之旅恐怕就要到此为止了。

"姐姐……我们……真的要到此为止了吗？"走在离场通道里，眼中噙着泪水的孙娨轻轻扯了扯孙艾琳的衣服。

"真见鬼……我回到这里可不是只为了参加3场比赛！"见妹妹如此伤心，孙艾琳恨恨地攥紧了拳头。

"可是埃及队的实力……"孙娨哽咽了。

"娨娨，你知道什么叫奇迹吗？所谓奇迹，就是斗志彻底爆发而创造出来的东西；人类也好，恐龙也好，都是为了这一刻而努力去奋战的——正因为如此，我相信我们一定能够创造奇迹！"孙艾琳突然以非常认真的口吻对妹妹说道。

在另一座赛场的比赛中（为了适应日渐激烈的恐龙竞技世界杯赛事，新科罗拉多市在2115年第一届世界杯结束后便开始着手第二座巨无霸竞技场的建造工程，全新的竞技场在2122年竣工，并在本届世界杯中首次投入使用），位于B组的"二类种子队"加拿大恐龙竞技队以8：6的比分击败了同组的澳大利亚队，小组赛前两战皆胜，与同样两战皆胜的阿根廷队携手提前晋级8强。

与疯狂庆祝出线的队友们不同，在本场比赛中独得3分、几乎以一己之力帮助队伍获胜，被誉为"天才少年"的驯龙师雅各布·梅森却显得异常冷静——他已经从收音机中得知中国队打平英国队的消息，这意味着中国队陷入了绝境。

"小雪同学……请一定要加油啊！多么希望能够在淘汰赛中与你交手，看看谁的异特龙才是'巨异特龙之王'！"雅各布喃喃自语着。

夜幕降临，在比赛训练营地休息的驯龙师们都在以各自的习惯和方式放松心情，准备迎接小组赛最后的挑战。因没能拿下对手而神情失落的裴小雪早早便洗漱完躺在了床上，但久久无法入睡，直到一阵敲门声打破了屋中的沉寂。

"谁？"

"小雪，你应该没睡吧？是我……"

"老爸！"

小雪慌忙从床上爬起，来不及穿鞋子便冲到门口打开了房门。只见一脸微笑的裴博士正慈爱地注视着小雪。

"希望我现在出现没有打扰你。"

"当然……不会。老爸，我现在……心情很复杂！"小雪说着，将头发一捋，背身过去。

"我知道没能拿下这场关键的比赛，对于你们来说……"

"意味着濒临出局啊，老爸！最后一轮面对强大的埃及队，我们不仅要取胜，而且还需要寄希望于明天西班牙队能够击败埃及队，这……这几乎是不可能的事情！"小雪接过父亲的话，眼泪汪汪地说。

"小雪，我问你个问题：你为什么会在这里？"

"为什么会在这里? 老爸……你失忆了吗,当然是为了我的梦想呀!"

"那么你的梦想是什么呢? 如果是想成为一名驯龙师——你已经做到了;如果是想参加恐龙竞技世界杯—— 你也已经做到了。既然如此,你为何还要哭泣呢?"

"那是因为……"小雪说着,突然一个翻身坐起,一本正经地盯着父亲说道,"我不仅要参加恐龙竞技世界杯,而且要站在世界之巅!也许我说的话会让你觉得很幼稚,但……我就是这么想的!然而现在我们却……很难再走下去了!"

"幼稚? 我并不觉得这很幼稚。"裴博士的眼神也变得认真起来,"听着,我的女儿,人类所谓的梦想就是由无数看似幼稚的想法堆积出来的;若没有梦想,人类又如何进步呢?"

"老爸……"听着父亲的话,小雪沉默了。

"当然了,以目前这个状况,想要小组出线确实需要不小的奇迹。不过……"裴博士拉住女儿的手,"实力、努力和运气—— 这3样东西加在一起的话就有可能会创造奇迹。小雪,假如你想创造这个奇迹的话,需要和你的队友一起去完成!无论怎样,请记住,实力、努力,再加上足够的运气,就可以创造奇迹!!"

裴博士的话点燃了小雪心中本已几乎熄灭的斗志之火。在这一刻,她的脸上露出了坚定的神色。

另一间宿舍里,王一川正坐在桌边望着窗外的月色发呆。不知何时,韩娅未经敲门便轻手轻脚地走了进来。当她走近看上去忧郁无比的大男孩时,听到他的嘴里发出一阵含混不清的声音。

"也许明天这个时候我们就可以准备回家了。"

"回家? 小组赛最后一场比赛还没有进行呢……"

"呵呵, 难道你还不明白吗? 只要明天西班牙队赢不了埃及队, 我们就等同于出局了。不过这样也好, 我可以回去好好忙一忙我们结婚的事情了……"

"如果就这样灰头土脸地回去, 那我宁可……"

"别傻了, 你觉得我们还有可能出线吗……"

"啪!" 王一川话未说完, 脸上却先挨了一巴掌——大男孩以极度惊诧的目光望向对自己横眉冷目的女友, 有些不知所措。

"还没到结束的时候! 如果你现在就放弃了, 那只会让我看不起你! 别忘了, 你是我们的队长!"

说罢, 韩娅头也不回地离开了王一川的卧室。懊恼的王一川将愤怒之拳砸在墙壁上。

"实力、努力, 再加上足够的运气, 就可以创造奇迹……"

睡梦中的裴小雪反复念叨着裴博士的这句话。数小时后, 幸运女神真的眷顾了中国恐龙竞技队——西班牙在稍晚的比赛中以12:8击败了埃及, 从而提前从小组中出线。这下, A组剩余的3支队伍, 1胜1负的埃及队、1平1负的中国队和英国队在理论上都还有争取小组出线的机会。

希望之门就这样为中国队留下了一道缝隙, 尽管透过这道缝隙的光芒是那么微弱……

三十　破釜沉舟

"小雪……小雪！快醒醒……"

"爷爷？不可能吧，怎么会是您？"辨认出声音的裴小雪猛然从床上坐起，耳边回响着那个失去很久但又从未被忘却的声音。

小雪的爷爷在8年前的夏天去世。在世时，这位老人也是个恐龙迷，一直希望能够在有生之年看到喧嚣已久的"恐龙竞技世界杯"付诸现实。2115年夏天，病重的裴爷爷在病榻上观看了首届恐龙竞技世界杯的小组赛，随后安详地离去。他临终时那句"不要放弃，我们中国恐龙竞技队也能进世界杯"直至今天依然在鼓舞着小雪前进。

"小雪，还记得你小时候我给你讲的关于西楚霸王的故事吗？"裴爷爷的声音越来越清晰。

"故事？难道您说的是……"

"记住，小雪，绝望的尽头可能就是希望的开始，一定不能放弃……"

　　小雪猛然睁开眼睛，才发现刚才自己似乎做了个梦。看看窗外，天空泛起了鱼肚白，闹钟上的时针刚刚走到5点，这新的这一天，就是中国队最后与埃及队争夺出线希望的日子。由于最后一轮小组赛事关出线，因此从2121年开始，恐龙竞技世界杯小组赛同组的最后两场比赛被安排在新科罗拉多市的两座竞技场内同时进行。比赛之前，张恩南表示这场比赛即便失败，也不会是世界末日，两年之后，中国恐龙竞技队一定会卷土重来。

　　小雪和孙娀来到亚罗与托沃面前，做赛前的心理疏导。异特龙亚罗宛若能听懂小雪所说般不住地眨着它那明亮的眼睛；蛮龙托沃则时而仔细聆听，时而仰起头迫不及待地露出想要战斗的姿态。两个女孩明白，她们的恐龙已经准备好了。

　　赛前的时间飞快流逝，转眼间，双方的驯龙师都已经进入SDC操作舱中，大战一触即发。经历过几场正式比赛的小雪已经感受不到初次出战时的紧张和兴奋，面对几乎不可能战胜的强敌，她反而显示出与年龄不符的冷静。队长王一川却着实无法平复自己的情绪，因为赛前抽取对战的SDC地图时，运气欠佳的他和埃及队队长亚历山大·卡里克共同选出了"尼罗河畔"。很明显，这对于埃及队来说可以算得上是最大的利好，因为他们就生长和训练在尼罗河畔，尽管这张地图与真实的尼罗河畔还是有很大的不同。

　　这是裴小雪和孙娀第一次接触有"水"的地图。带有

"水"和"雪"等特殊地貌的地图只有在世界杯级别的SDC地图中才会出现，毫无疑问的是，它们对恐龙的考验是非同寻常的，尤其是从未进行过水中比赛训练的亚罗和托沃。不过，在2121年圣诞节的那次恐龙竞技全真体验赛后，何塞·费尔南德斯曾跟小雪讨论过"水中作战"的事情，只是当时的小雪似乎并未放在心上。

按照赛前制定的比赛方案，开局哨声响起后，小雪和嬑嬑指挥的亚罗与托沃跟着王一川指挥的皇帝和其他两头食肉恐龙沿着河边的湿地向对方营地推进。尽管这是一条最快的攻击线路，但孙艾琳似乎有不同的见解。

"一川，你带嬑嬑他们过河，从河对岸推进到与对方营地平齐的浅滩，从那里能看到对方营地的全貌，然后从那里发动攻势！"

"艾琳？你……熟悉这个地图？"王一川有些诧异。

"这不是废话吗？这破图我在美国队训练的时候当然玩过！难道你想和埃及队主力正面硬拼吗？人家也会走河边走廊的。"

"当然……我不会想和他们硬拼。不过，这河的深度……"望着看起来并非涓涓细水的"尼罗河"，王一川皱起了眉头。

"你忘了吗，食肉恐龙可都是游泳能手，而且在F3区域有一片浅滩，从那里过去会比较安全。"

孙艾琳的话令王一川恍然大悟。于是他决定指挥其他4头跟随其一同行动的食肉恐龙以最快速度赶到孙艾琳所说的F3

区域。果然，透过清澈的波流，王一川通过皇帝的视角清楚地看到了河底的沙滩和礁石。虽然没有通过SDC系统真正参加过需要渡水的比赛，但在平时训练中，王一川也曾指挥永川龙皇帝进行过涉水训练。只见皇帝稍加犹豫后便将一条腿迈进河里——刹那间，王一川的腿部也感受到了在水中的压迫感。这时，耳机里传来裴小雪略显慌张的声音：

"队长！我们真的要蹚过河去吗？"

"这是我们唯一的办法。难道你想正面对抗埃及队的猛攻，或者你认为亚罗能敌得过阿皮拉？"

王一川的话让小雪不再作声。曾经在2121年圣诞节的那次恐龙竞技全真体验赛中指挥亚罗与亚历山大·卡里克所指挥的阿皮拉并肩战斗过的小雪当然知道，那头恐怖棘龙的身型几乎是参加恐龙竞技世界杯各食肉恐龙中的"天花板"，想要在一对一的决战中击败它，即便是最强壮的霸王龙苏恐怕也难言稳胜。可是，从未指挥亚罗下过水的小雪同样对渡河充满了恐惧，不过时间已经不允许这头年轻的异特龙再犹豫了。

"紧跟队长，亚罗，我知道你能行的！"

小雪开始以温柔的声音鼓励亚罗。在河边徘徊的亚罗迷茫的眼里逐渐有了神采，几秒种后，这头年轻的恐龙便鼓足勇气跟在另一头中国队食肉龙之后扑通一声扎入水中。眼见自己最好的"兄弟"下了水，托沃也不再犹豫，紧随其后……

"中国恐龙竞技队的5头食肉龙潜入了'尼罗河'！这真是个大胆的举措！"解说裁判吃惊地喊道。

看台上的裴博士则眉头紧锁，认真地注视着逐渐消失在河流中的几头食肉恐龙。距离比赛开始已经过去3分钟，突然，这位父亲激动地攥紧了拳头——原来，在收音机里，他收听到了另一场比赛——西班牙恐龙竞技队已经1：0领先英国恐龙竞技队。而中国想要出线，一个先决条件就是英国队输。

尽管孙艾琳的这个建议是个妙招儿，埃及队却并非完全没有觉察到。与王一川原本的想法一致，埃及队队长卡里克也带领一支主力分队沿着河岸准备进攻中国队营地，但是路程过半，却连中国队恐龙的影子都没见到，这显然不合常理。

"队长！难道那些中国的恐龙会从最右侧的峡谷进攻吗？但是那里易守难攻，我们已经有4头恐龙守在那里了，他们绝不会得逞！"一名埃及队驯龙师对队长亚历山大·卡里克喊道。

"不……王一川不是这样喜欢冒险的人。按理说，他应该会布置恐龙从这里突破，但是为什么……"

正说着，卡里克通过阿皮拉的视野注意到了身旁微波荡漾的河面，突然产生了些许疑惑。难道中国队的恐龙从这条河游到对岸去了？很快，他又摇了摇头，因为这实在是个疯狂的举动，并不符合王一川的性格。想到这里，他指挥小分队继续前进。

两分钟后，由卜小黑指挥的留守在靠近营地一侧的几头食肉恐龙已经能远远望见由巨型棘龙阿皮拉带队冲锋过来的埃及小分队了。卜小黑的脸上流下了紧张的汗水——这自然是很正常的事，面对如此庞大、可怕的对手，哪怕是世界驯龙师冠军也会畏惧三分。

"队长，他们来了……"卜小黑接通了与王一川的通话器。

“很好，拖住他们，尽可能拖！”王一川的语气中略带一丝颤抖。

“明白！我和留守的队友们一定会战斗到最后一刻！”

卜小黑激昂的话语令王一川激动万分。不过就在这时，他的耳机里却传来另一个声音——

“不……不好了，队长，我控制不住了，呜啊啊啊……”

紧接着，记分牌上的比分来到了0∶1，中国队在未接战的情况下自损一头恐龙。原来是一头随队游泳准备过河的吉兰泰龙不幸“溺亡”。尽管这不是真的水，但先进的SDC系统能够完全模拟水中效果，并判断该角色是否因溺水而丢掉所有分数，倘若被判定为“死亡”，那么这头恐龙便会立即被催眠并出局。

“非战斗减员！中国恐龙竞技队为他们的渡河付出了代价……”解说裁判遗憾地说道。

不过，尽管付出了损失一头恐龙的代价，顶住压力的王一川还是成功地指挥剩余4头食肉恐龙登上了对岸，并在河边茂密丛林的掩护下向前推进。这样的代价显然是值得的，由王一川指挥的4头食肉恐龙在推进过程中没有遇到任何阻拦。

“虽然中国队目前的走位看起来是个很新奇的战术，但在我看来，这跟你们打日本队时如出一辙……”

坐在看台上的裴博士突然听到一个熟悉的声音，他回过头，发现竟是马什博士的儿子雷恩·马什。裴博士连忙站起身，十分绅士地与雷恩握手：

“什么风把马什老兄的公子吹来了？哈哈……今天美国

队没有比赛吗？"

"是的，而且我们已经提前晋级了，因此压力小了很多。我今天是特地来看令爱比赛的，并且由衷地为她加油！"

听了这话，裴博士将雷恩的手握得更紧了些，嘴角露出了感激的笑容。正在这时，裴博士注意到不远处，一名金发女士正手持外形特别的单筒望远镜观看比赛，不禁激动地喊出了声："威斯特哈根小姐！"

似乎早有准备的贝尔格蕾雅放下望远镜，朝裴博士这边望了望，露出了看似有些尴尬但又不失礼貌的微笑。原来，贝尔格蕾雅是作为雷恩美国队中的队友身份来观看他俩共同的朋友裴小雪的比赛的。不过，为了不打扰裴博士，金发美女选择了较远一些的位置独自观战。不巧的是，她还是被发现了。只见裴博士身形灵活地挤过人群，来到贝尔格蕾雅身旁的空位前。

"博士您好，好久不见了。"不等裴博士开口，贝尔格蕾雅已经用流利的汉语开始与之交谈，"今天的比赛对于小雪同学来说非常重要，所以我和雷恩一起来为她加油。"

"有威斯特哈根小姐给犬女加油，相信中国队一定能够创造奇迹！"裴博士的欢喜之情溢于言表。

"是的，我也相信小雪同学，并且已经看到了未来……这将是一场前所未有的比赛。"贝尔格蕾雅说罢，将望远镜举到眼前，继续认真地观看比赛。

"现在，双方在D4区域开始了激烈的战斗，埃及队5：4略占上风……看哪！埃及队3号棘龙以它强有力的前肢对中国队9

号吉兰泰龙进行了锁喉的致命一击，2∶0！埃及队2∶0领先！这并不令人感到意外，因为这就是埃及队实力的体现！"

随着比赛双方开始接战（由亚历山大·卡里克指挥的埃及分队对战由卜小黑指挥的中国分队），解说裁判也变得激动起来，场上的观众也随之沸腾了。与此同时，王一川指挥的4头食肉恐龙已经抵达与对方营地平行的河对岸，通过皇帝的视野，王一川已经能望到远处营地的影子，除了两头防守的食草恐龙外，暂时看不到任何协防的食肉恐龙，这说明对方没有想到中国队会渡河突袭营地。王一川心里清楚，面对埃及队主力的冲击，卜小黑的分队支撑不了多久——已经没有时间再犹豫了，他下令立即全体渡河！

通过异特龙亚罗的视野，看到对岸的一切离自己越来越近，小雪的耳边再次回响起爷爷讲的"破釜沉舟"的故事，她不禁暗暗下定决心。尽管水中的压迫感让她几乎透不过气来，小雪仍咬着牙指挥亚罗在水中不断提升划水的频率。观众们目睹着这头异特龙竟超越了领头的永川龙皇帝，第一个破水而出上了岸！

"中国队的4头食肉恐龙突然出现在了埃及队营地的附近！这绝对是一次'天降神兵'的'作战'！"解说裁判发出阵阵惊叹。

与此同时，正在与卜小黑激战的卡里克收到了来自营地负责防守的食草恐龙的报告——中国恐龙竞技队突然出现在营地附近！一名埃及驯龙师劝卡里克赶紧回防，但经验丰富的老将冷静地判断出回防营地已经不可能，于是一面下令让原本防守在右侧峡谷的4头食肉恐龙火速回防营地；一面下令本队继续猛攻卜小黑分队。

"比赛进行到22分钟，中国队已经开始攻击埃及队营地了！飞驰回援营地的4头埃及队食肉恐龙可能还需要1分钟才能赶到战场……"

"埃及队败就败在只有一头实力超群的巨无霸棘龙，而其他的食肉恐龙和食草恐龙乏善可陈。"解说裁判的话音还未落下，一旁观战的雷恩就突兀地说出了这句话，吸引来了周围包括裴博士在内的几名观众诧异的目光。

"埃及队明明还处于领先优势呀……"

"这个小伙子疯了吧！"

雷恩身边的观众议论纷纷，甚至连裴博士也将信将疑地摇了摇头，只有举着单筒望远镜专注于比赛的贝尔格蕾雅嘴角露出一丝难以察觉的笑意。

经过一番苦战，卜小黑的分队除了他亲自指挥的特暴龙铁男之外已全军覆没，而卡里克的分队包括令人生畏的棘龙阿皮拉在内还剩下3头食肉恐龙。看起来中国队在营地前的防线即将被突破，但与此同时，王一川分队的4头食肉恐龙已经抢先一步对埃及队的营地开始了攻击。4打2，看起来是占据了优势，然而很快，随着埃及队4头食肉恐龙的及时赶到，力量的天平再次倾向埃及队。

中国队的教练席上，张恩南正为眼前的局势大发雷霆。由于恐龙竞技比赛的特殊性，教练在比赛中是无法与驯龙师进行沟通的，因此作为主教练的张恩南也只能干着急。不过相较于张思南和其他未上场的驯龙师的躁动,身旁一直默默不语观战的韩娅却显得异常平静,她那清脆的声音令嘈杂的教练席顿时安静下来:"你们这样吵,难道他们就能听见吗?"

大家面面相觑后,张恩南发出了忧愤的声音:"赛前我布置的战术明明是稳住阵地,可是这个王一川……他到底在想什么,难道他不清楚敌我实力相差很多吗!"

"教练……恕我直言,在我看来,这恐怕是我们能获胜的最合适的战术了——是的,唯一的机会……"韩娅突然插话道。说着,她把目光继续投向赛场。直觉告诉韩娅,比赛的关键节点即将到来。

"嘭——"

特暴龙铁男轰然倒地,它再一次被棘龙阿皮拉强有力的尾巴打倒,已经损失了8分,处于"濒死"状态。而在铁男身后目力可及的范围便是中国队的营地了。孙艾琳正紧张地关注着前面的战况。

"小黑,别再硬撑了,快退回营地和我们一起防守!这样我们还能互相照应一下!"

"明白!"

卜小黑立即把指令传达给铁男。只见倒地的铁男向侧面翻滚了几圈后轻巧地爬起,以最快速度向己方营地奔去。卡里克见状,毫不犹豫地指挥剩余的埃及食肉恐龙穷追不舍。在这场已经演变为"竞速赛"的恐龙竞技比赛中,任何一个环节上时间的浪费都将左右比赛的结局。

另一边,好在埃及队留在本方区域内的食肉恐龙实力都不太强，王一川的分队因异特龙亚罗和蛮龙托沃的速度击杀连获2分，再度将双方的恐龙数量拉到了同一起跑线上。从时间来看，当中国队开始攻击埃及队营地时，埃及队还在被顽强的特暴龙铁男纠缠着，因此算是占据了先机。

转眼间，比赛已经进入了最后10分钟，并且局势愈发复杂——在埃及队的营地，残血的异特龙亚罗和蛮龙托沃正面对埃及队最后一头防守恐龙（王一川的永川龙皇帝和卜小黑的特暴龙铁男都已经出局）；而在中国的营地，几乎满血的棘龙阿皮拉正逼近已无退路的剑龙女王……

"艾琳，请务必加油！"贝尔格蕾雅轻声自语着。

与此同时，被巨大压力压迫得几乎透不过气来的孙艾琳似乎感受到了来自闺密的鼓舞，霎时间浑身仿佛充满了力量，指挥剑龙女王灵巧地躲过了一次棘龙阿皮拉成竹在胸的攻击，赢得了观众雷鸣般的掌声。

"以前的中国恐龙竞技队实际上就是靠着剑龙女王的出色发挥获得比赛胜利的，由于中国队的进攻能力不强，因此很多时候都是靠着女王在后场硬撑来争取时间的……"站在贝尔格蕾雅身后的裴博士略有所思地说道，"这和孙艾琳的高超驯龙能力密不可分——她是首屈一指的恐龙竞技防守大师，尽管有时也会犯一些错误。"

贝尔格蕾雅没有应声，仍然聚精会神地观看比赛。躲过了棘龙阿皮拉几次攻击的剑龙女王甚至还靠尾钉打掉了对方2分。场上本就人数占优的支持中国队的观众开始齐声为孙艾琳加油。不过……好景不长，棘龙阿皮拉还是依靠身体素质的巨大优势逐渐占据了上风。孙艾琳开始有些急躁了，她想依靠尾钉多打掉对方一些分数，却被经验老到的卡里克钻了空子——在一次甩尾未中后，棘龙阿皮拉依靠其巨大的身躯将剑龙女王撞翻在地，孙艾琳清醒地意识到，自己可能无法再坚持下去了……

"小雪、嬷嬷，后面就拜托你们了！"

孙艾琳打开了与裴小雪的通话器。话音刚落，剑龙女王在棘龙阿皮拉的一记致命攻击下失去了全部分数。仅仅数秒后，埃及队的营地中，蛮龙托沃在一次蛮横的冲撞后也将埃及队最后一头防守的食草恐龙彻底击败，这下，双方的营地皆门户大开。

见此情形，全场观众霎时间鸦雀无声。不过很快，解说裁判的声音打破了沉寂："目前，中国恐龙竞技队是两头恐龙在占领营地，而埃及队只有一头，并且埃及队已经没有可能回防了。可以说，中国队获得了胜利！"

解说裁判话音刚落下，全场就爆发出热烈的欢呼声。由于另一个赛场上西班牙队早已大比分领先英国队，因此所有人都清楚这句话的分量：中国恐龙竞技队晋级了淘汰赛！

三十一　重拳出击

"嘀嘀嘀……"就在大家沉浸在小组出线的胜利喜悦中时，韩娅的手机不合时宜地再次响起。看到号码依旧是那个熟悉的空号，她的脸上不禁露出了慌张的神色。

"恭喜呀，大小姐……"那个使用了变声器的小丑般的男声再度响起，"看来，大伙儿说你是幸运女神——真不是瞎吹哟！"

"求求你，别再给我打电话了，我们会进入决赛的！"韩娅环顾四周，压低了声音说道。

"哼……大小姐，我会按照上面的指示看着你完成任务的——你最好能够做到。"

一阵冷笑之后，那个令人作呕的声音消失了。韩娅慌忙挂断电话，大口地喘着粗气，同时将目光投向显示比分的大屏幕——中国恐龙竞技队12∶10埃及恐龙竞技队。

随着中国恐龙竞技队率先完成了对埃及恐龙竞技队营地的占领，比赛以中国队的胜利而结束。小组赛中，中国恐龙竞技队1胜1平1负，力压1胜2负的埃及队和1平2负的英国队，紧随3战全胜的西班牙以第二名的身份晋级淘汰赛。按照比赛规则，出线后，A小组的第二名将迎战B小组的第一名，也就是上届赛事的季军阿根廷恐龙竞技队！要知道，阿根廷队与埃及队一样以蛮横的攻击力而著称，并且其恐龙的平均实力比埃及队明显高一个档次，因此对于中国恐龙竞技队来说，这将是一场更加严峻的考验。

　　"也许我们无法逾越阿根廷队这座大山，但我想说的是，今天在这里的诸位已经创造了奇迹！接下来我们要做的是享受比赛，在享受中向更高的极限挑战！"张恩南正按照惯例进行赛前动员。

　　"回想起来，能够战胜埃及队如同做梦一般啊……"望着身旁踌躇满志的队友，队长王一川露出心满意足的笑容。

　　"哼，最后关头多亏了我妹和她的小闺密，嘿嘿……"孙艾琳不以为然地笑了笑。

　　"不过也有麻烦事……小黑的特暴龙铁男因为腿部受伤，恐怕赶不上和阿根廷队的比赛了。"张恩南面带愁容。

　　"教练，我请求在对阵阿根廷队时出场，以顶替小黑同学！"

　　就在这时，从王一川身后传来一个坚定的声音。大伙儿一齐望去，原来是已经休战两场的韩娅。先前因为小组赛第一战对阵西班牙队表现失常，这位美女被通知无限期休战，但经过两轮休息，她的气色看起来好了很多。孙艾琳将目光投向王一川，不过后者并未如她所料替地自己的女朋友求情。只见张恩南沉吟片刻后微微点了点头。

"好，韩娅，我相信你已经调整好自己的状态了。那么，我现在宣布本次比赛的出场名单……"

张恩南随即拿出口袋中的一张字条开始宣读出场比赛的驯龙师及其所指挥的恐龙的名单。令人吃惊的是，韩娅的名字就在这张纸上——就连这位美女本人也觉得有些惊讶。原来，教练早已做好了让她出场的打算。

"太棒了！娅姐又可以出场比赛了！"

小雪听罢，高兴地一蹦三尺高。她身旁的孙娀则略有所思地把目光投向显示八强对阵的电子牌——上半区西班牙队（A1）对决加拿大队（B2）、阿根廷队（B1）对决中国队（A2）；下半区德国队（C1）对决伊朗队（D2）、美国队（D1）对决俄罗斯队（C2）。

傍晚时分，中国恐龙竞技队在进行最后一次训练后，准备次日参加比赛的恐龙都被驯龙师带回"龙舍"休息。只有小雪依然与自己的恐龙待在一起。她轻抚着蹲卧在地上的异特龙亚罗，嘴里念念有词；面容温驯的巨大食肉恐龙则不停地转动着圆溜溜的黑棕色眼睛，那副神情似乎在说，自己已经听懂了主人的话。

"小雪……小雪？"

小雪听到了孙娀的声音。原来，结束训练后，孙娀本以为小雪会和自己一同回宿舍，但在与姐姐聊了一会儿后却发现闺密不见了踪影。考虑到一直全身心投入在自己爱龙身上的闺密很可能还与自己的恐龙在一起，孙嬿便返回了龙舍。

"小雪，刚才你在说什么呢？"孙嬿好奇地问道。

"明天的比赛极为重要和艰难，因此……我要和亚罗多说几句——话说回来，托沃已经睡了吗？"小雪边说边拍了拍亚罗的脑门，示意它可以睡觉了，于是这头庞大的恐龙乖乖地闭上了眼睛。

"应该还没有吧，我走的时候，它似乎在东张西望着什么，看起来有些不安……"

"快，带我过去！"小雪急切地说道。孙嬿点点头，忙带着闺密来到了蛮龙托沃休息的龙舍。果如孙嬿所言，本应已经入睡的托沃一直在慌张地东张西望，直到小雪随孙嬿走进龙舍，它才表现出一丝安定。小雪快步走到托沃面前。托沃立刻将硕大的脑袋倚靠在女主人身上。

"你在慌张什么，我的宝贝？明天就要决战了，放松点……放松点……"

听着小雪的话，蛮龙托沃似乎完全领会了，微微点了点头并发出低沉的哼唧声。这一场景令一旁的孙嬿瞠目结舌——尽管知道闺密爱龙，但她还是第一次看到能与恐龙"交谈"的人。

夜色渐浓。宾馆里，裴博士正打算按照惯例在比赛的前一晚去找女儿聊聊天，这时候手机铃声却响了起来。他打开手机，不禁愣了一下，是前妻的同事兼闺密小兰。

"小兰？"

"老裴,不好啦,你家阿慧出事了!"

裴博士的心立刻沉了下去。

次日清晨,裴小雪在洗漱之后准备找父亲聊一聊关于即将到来的比赛的事情,却寻人不见,电话不通,这令她十分着急。直到跑到会议室见到教练张恩南后,她才知道父亲已于昨晚因急事离开了美国。

"你父亲告诉我,因国内有急事,他必须连夜回去一趟。"面对一脸怀疑的小雪,张恩南只得耸了耸肩。

"怎么会……在如此关键的比赛开始之前,老爸竟然会抛下我离去!"失望之余,小雪眼里噙满了泪水。

"小雪……你爸爸不会抛下你的,我想他一定是有非常紧急的事情。而且……我敢打赌,当你指挥亚罗在赛场上拼搏的时候,他一定会通过电视观战的!"

看到小雪伤心落泪,韩娅搂住了她,轻声安慰着。这一场景令在场的王一川、孙艾琳等人为之动容。细心的孙娬注意到,队长王一川悄悄攥紧了拳头……

另一边,南京市,在机场的航站楼里,刚下洲际飞船的裴博士拖着行李箱在走廊里急速奔跑,引来无数人好奇的目光。不过,面露焦急之色的博士完全顾不上这些,只见他快速上了一辆出租车。

"师傅,快,市中心医院!"

"市中心医院?明明旁边有直达大巴呀……"出租车司机露出不解的神色。

"我赶时间!"裴博士说着,立即向司机转账200元,见客人还未出发便付了明显超出预估车费的钱，司机连忙启动汽车，以最快的速度向市区驶去。

市中心医院的ICU病房里，仪器的运转声显得格外刺耳。戴着呼吸面罩的裴母双目紧闭，安静地躺在病床上。几名医生正站在旁边轻声商量着什么。突然，病房的门被打开了，领结歪斜、满脸是汗的裴博士上气不接下气地出现在门口。

"我太太她……现在……怎么样了？"

"老裴，阿慧她……"一直坐在裴母身旁的小兰眼里噙满了泪水。

"您是伤者的……"一位年长一些的医生走上前来问道。

"我是病人刘慧的丈夫裴文侯。"

"是这样的，伤者刘慧于昨日上午8时45分在园西路出了车祸……"医生开始介绍裴母的伤情。只见裴博士的脸上逐渐露出悲恐的神情。最后，就连医生也微微叹了口气，"虽然目前看来生命体征暂时平稳，但……不排除她无法苏醒的可能性。"

"医生，您的意思是……"裴博士悲痛欲绝。

"我们已经尽力了。"医生微微点了点头。

裴博士的眼前猛然闪过无数曾与裴母一起度过的美好日子。此刻，他不由自主地愣在那里，半晌说不出话来。

恐龙竞技场上，早早入席的观众们发出嘈杂的议论声。距离比赛开始还有一段时间，本次比赛对阵双方——中国队与阿根廷队的竞技恐龙已在驯龙师的指引下在场地进行热身和最后的训练。与往常比赛前全身心投入的模样不同，小雪显得有些魂不守舍。觉察到闺密异样的孙娥有些担忧地把这一状况悄悄告诉了孙艾琳，希望姐姐能够找闺密谈谈心。对此，孙艾琳却不以为意。

"如果连这点情绪都控制不住，那么她就不配作为一名驯龙师站在世界杯赛场上——换言之，你也一样。"孙艾琳沉下脸说道。

很快，双方驯龙师陆续登场。作为中国恐龙竞技队核心成员之一的裴小雪再次站进了SDC操作舱中，准备开始比赛。冥冥中，小雪内心掠过一丝恐惧，难道父亲突然离去是发生了什么严重的事情？难道是因为……已经多年没有联系的母亲？想到这里，小雪的额头沁出了汗珠。

"这里是本届恐龙竞技世界杯所进行的第一场四分之一决赛，对阵双方是来自B组第一的阿根廷恐龙竞技队和来自A组第二的中国恐龙竞技队！"解说裁判的声音开始回响在赛场上，观众们立刻安静下来，"在本届杯赛的淘汰赛中，我们看到了一个新面孔——中国恐龙竞技队！他们究竟能否更进一步呢？让我们拭目以待！"

"小雪……你没事吧？"小雪的耳机里传来了队长王一川的声音。

"没事……只是我……"小雪欲言又止。

"千万别勉强。说实话，能够出线我已经很……哼，如果这么说，她一定又会责备我了吧。"王一川说着，竟自嘲地笑出了声。

"队长……"小雪露出了疑惑的神色。

"所以，放下一切杂念吧，小雪。我们既然已经走到这一步，为何不去挑战一下极限呢……"小雪的耳机里传来王一川鼓励的声音，紧接着通话被切断。

在这场对决中，中国队再次遇到了挑战。赛前，王一川的"金臭手"为他们抽取了一张罕见的沙漠地形对战图——撒哈拉盆地，这也是本届世界杯新加入的2张地图之一，可以说对于双方来说都是陌生的。阿根廷队的主力依旧是那对在第一届恐龙竞技世界杯上便大放异彩的搭档——南方巨兽龙埃卡与马普龙巴里奥斯。这两头身长超过13米、接近10吨重的巨兽是目前为止唯一连续参加5届世界杯的选手，没有任何恐龙能够阻止这对搭档前进的脚步。要说它们的弱点，恐怕只有年龄了——2115年参加首届世界杯时便已10岁的它们如今已18岁，这对于竞技食肉恐龙来说年龄有些偏大。

"偏大的年龄意味着它们已如同年过半百的人类，反应力也会大不如前，我们要利用这一点，给它们制造麻烦。"小雪的耳边响起开赛前主教练张恩南的话，她不禁深吸了一口气。这时，耳机里传来韩娅的声音："小雪，沙漠地形是会随机出现沙尘暴的，一定要保持警惕！"

"啊……娅姐，我明白了！"

小雪点点头。突然，她感到亚罗有些不安分起来，紧接着，沙尘暴如韩娅所说的那样如期而至。小雪感觉自己的视野顿时模糊起来。

"小雪……小雪……"

"妈妈?"恍惚间，小雪好像听到了妈妈的呼唤。

病床上的裴母似乎微微动了一下嘴角。尽管这似乎没有引起在场大多数人的注意，但宛若心有灵犀一般，正与医护人员一同注视着现场直播的裴博士似乎感受到了什么，忙回头将目光投向爱妻。然而，他并未捕捉到这微小的瞬间。

"沙尘暴遮挡了双方的视野，这使得比赛进行得颇为艰难，"解说裁判不无担忧地说道，"时间一分一秒地过去，这会不会是本届杯赛比分最低的一场比赛? 毕竟进入四分之一决赛后，对阵双方都会显得比较保守……"

"看清了……我看清了!"恍惚中的小雪突然发现视野变得清晰起来，于是连忙打开与孙娥的通话筒，"娥娥，你看见了吗，有两头食肉牛龙正在靠近我们!"

"在哪里?"面对闺密的提醒，孙娥显然还有些摸不着头脑。

"跟我来! 娅姐，你看到了吗?"

"嗯……虽然食肉牛龙算不上是可怕的对手，但是通常它们都被用作'斥候奇兵'，这说明阿根廷队的主力就在后面!"

"主力?"

小雪吃了一惊。就在此时，几头雄壮的恐龙的身影从沙尘暴中逐渐显现。其中领头的是一头青色的极为庞大、健硕的食肉恐龙，毫无疑问，那便是为人们所熟知的阿根廷队的核心——3号南方巨兽龙埃卡。

紧接着，小雪的耳机里传来王一川那熟悉的声音："全体注意! 准备战斗!"

三十二　奇迹的力量

　　市中心医院的ICU病房里，仪器的运转声依然在无力地回响着，但由于大家的注意力都在正直播着的恐龙竞技比赛上，没有人会注意依然处于昏迷状态的裴母——没有看见她的小手指微微颤动了一下。

　　"把扬声器打开吧……已经到了关键时刻。"一直保持沉默观看比赛的裴博士突然说了一句。

　　"可是……您的夫人还没苏醒，这样不会吵到她吗？"一旁的一名医护人员露出质疑的神色。

　　"不，我希望这个她最渴望的声音能够唤醒她——是的，我确信能唤醒她。"

　　裴博士斩钉截铁地点了点头。他一言不发地走到床头柜前，拿起遥控器，轻轻地按下了调音按钮。渐渐地，解说裁判的声音变得异常洪亮。

"比赛时间已经过半，目前的比分是5∶2，阿根廷队占据明显优势……"

"看起来好像比较难了。"一名医护人员插嘴道。

"但是也不用感到遗憾，咱们的恐龙竞技队能够打进世界杯正赛已是奇迹，而现在又小组出线了，早已完成了使命。"

裴博士一手撑着爱妻的床头柱，一手托着下巴，双眉紧锁，注视着电视屏幕。突然，他的余光瞟到了妻子那微微颤动的手指。

黄沙弥漫的赛场上，经过一番厮斗，中国恐龙竞技队在倒下了几头食肉恐龙后才发现与阿根廷恐龙竞技队正面硬拼不行，王一川连忙改变战术，原本聚集在一起的恐龙逐渐散去。

"韩娅、小雪、嬿嬿，你们跟紧我，我们从西边的峡谷冲过去！"王一川通过永川龙皇帝的视野注意到了西边在黄沙中若隐若现的一座峡谷，于是通过SDC系统的通话器发出指令。

"收到！好了，亚罗……我们出发吧！"

小雪向异特龙亚罗发号施令时，却发现一向都能坚定不移地执行自己指令的亚罗突然变得焦躁不安起来。只见它左顾右盼，并未前行，这引起了小雪的警觉。难道，队长王一川的选择不是最佳方案？可是这张地图几乎对所有恐龙来说都是一个全新的挑战，作为新手的亚罗如何能分辨出方案的正确与否呢？

正犹豫着，亚罗竟然做出了一个与小雪的指令完全相反的选择——朝着东边依然被黄沙笼罩、无法辨识地形的区域奔去。王一川很快注意到了这一举动，正欲大声喝止，却发现蛮龙托沃也跟随亚罗而去。训练有素的竞技恐龙竟会在世界杯赛场上做出如此明显的违抗驯龙师指令的行为，实在令人费解。

"中国队的指挥似乎出现了问题，在这种情况下不应该分散兵力呀！"就连解说裁判也惊呼起来。

1分钟后，随着黄沙渐渐消散，埋伏在峡谷中的阿根廷队4号马普龙和旁边两头食肉牛龙的眼中射出凶残的光芒。原来，经验老到的阿根廷队队长卡洛斯早已料到中国队可能会选择通过这条峡谷，所以早已命令他的副手——马普龙驯龙师罗德里格斯带领一支小分队守候在此。很快，他发现了正在向这里奔跑的永川龙皇帝和吉兰泰龙阿鲁。

"卡洛斯老兄……你猜得没错啊，他们果然来了。不过……怎么只有两头？"罗德里格斯注视着逐渐拉近距离的猎物，嘴角刚露出笑容，脸上很快又掠过一丝意外的神情。

"我刚才明明看到4头恐龙过去了，再等等，也许很快便会出现。好！把它们歼灭吧，这样一来中国队就完蛋了！"

阿根廷队队长卡洛斯的脸上露出冷酷的笑容。与此同时，脱离队列的异特龙亚罗和蛮龙托沃正极速狂奔向另一侧。时间一分一秒地过去，小雪和孙娍突然发现眼前豁然开朗。

"是绿洲？"小雪惊喜地叫道。

"天哪……在这种沙漠地图里居然有这样的地方！"就连一直表现得十分冷静的孙娍也露出惊讶的神色。

这时，亚罗停下脚步开始四下张望，托沃宛若心有灵犀般跟着做出同样的举动。通过恐龙的开阔视野，小雪察觉到了远处地形上的一丝端倪。

"医生，我太太她……手指刚才连续动了几下！"激动的裴博士一把拉住正沉浸在激烈比赛中的主治医师的胳膊。

"什么？这不可能吧，肯定是你看错了，或者这是病人因为外界微小刺激的条件反射……"

"不……不会的，那一定是……"

此时，解说裁判正惊讶地告诉观众，处于劣势的中国恐龙竞技队竟找到了通往阿根廷队大本营的快速通道。当然，这要归功于刚才举动异常的异特龙亚罗。

此时此刻，发现前有堵截、后有追兵的王一川正在犹豫要不要下令让永川龙皇帝进行最后的"荣耀的战斗"，突然，他的对讲系统里传来了小雪因激动而略显颤抖的声音："队长，我们发现阿根廷队的营地了！"

"什么？"王一川简直不敢相信自己的耳朵。

"是的！队长，这里只有敌人的两头防守食草恐龙！"

王一川沉吟数秒，先是要求亚罗和托沃不要立刻贸然进攻阿根廷队的营地，随后立刻打开了与韩娅、卜小黑（特暴龙铁男正遵照指示在己方大本营前埋伏协防）的通话器："韩娅、小黑，告诉你们一个好消息——小雪和嬿嬿已经赶到敌方营地附近了。"

"什么？"韩娅与卜小黑的反应如出一辙。

"听着，我相信敌人还没有获得他们已经靠近营地的情报，所以我有个大胆的计划——让他们以为我们真的已经全面龟缩防守，把敌人的主力全部吸引到我们的营地附近，进而使得小雪她们有足够的时间去攻陷敌人的营地……”王一川的计划让韩娅与卜小黑感到豁然开朗，既然硬拼绝无赢的可能性，那么这确实是一条妙计。于是，在王一川和韩娅的指挥下，永川龙皇帝和吉兰泰龙阿鲁开始掉头往己方基地狂奔，原本正等待猎物上钩以便大开杀戒的罗德里格斯惊得目瞪口呆！

“卡……卡洛斯老兄，那帮中国的恐龙为什么突然往回跑了？”

“罗德里格斯老弟，我看你还真是够蠢的啊！当然是中国队意识到硬拼不可能突破，干脆全部回去防守了呀！哼……以为龟缩防守就能守赢吗？这场比赛我们赢定了！”

队长卡洛斯不以为意地笑了笑，随后指挥阿根廷队的巨无霸3号南方巨兽龙埃卡，企图拦截正朝自己迎面跑来的两头中国食肉恐龙。然而就在这时，这两头食肉恐龙却来了一次精彩的“二过一表演”……

“难以置信，中国队的3号永川龙和4号吉兰泰龙竟然连续交叉变换位置，以极快的速度掠过身躯庞大的阿根廷队3号南方巨兽龙！”解说裁判的声音里充满了不可思议。

“什么？这……不可能！”

眼见自己的南方巨兽龙被对方闪过，卡洛斯瞠目结舌。不过很快，这位经验丰富的老将还是立刻聚集起包括马普龙巴里奥斯在内的阿根廷队主力一齐全力追击回撤的中国队的恐龙。

“哼……阿根廷队输就输在他们太自大了——毫无谋略可言。这样的队伍，又如何冲击冠军呢？”看台上，正在观战的西班牙队天才少年何塞·费尔南德斯不禁冷笑着说道。

"唔……何塞，你为何这么说？场面上占优的明明是阿根廷队呀！"身旁的搭档哈梅斯·加西亚对队友的论断充满不解。

"看……你注意到已经潜伏在阿根廷营地附近的异特龙亚罗和蛮龙托沃了吗？王一川此举的用意是把阿根廷队的进攻主力全部吸引至己方危险区域（指己方营地外围的一个半圆形区域，类似篮球场上的三分线内），以方便小雪同学她们无后顾之忧地快速拿下营地。"何塞不慌不忙地说道。

顺着他手指的方向望去，加西亚发现了正在待命的两头中国队的恐龙。刹那间，驯龙师特有的自觉让这位西班牙天才少年领悟到了局势的微妙。

"今年一定是我们西班牙队蝉联冠军！中国队……小雪同学……我已经迫不及待等着再与你们交手一次了，哼……"

另一边的看台上，同在观战的贝尔格蕾雅似乎也看出了端倪，轻轻拍了拍雷恩·马什的肩膀。

"嘿，雷恩同学，你注意到局势的变化了吗？也许中国队很快便能反败为胜了。"

雷恩很显然也注意到了异特龙亚罗和蛮龙托沃奇妙的位置，但一时之间还没想清楚那意味着什么。经过贝尔格蕾雅的点拨，他猛然醒悟。

"斯黛拉、安娜……你们一定要挺进决赛啊！我等着你们……"雷恩的嘴角露出一丝笑容，在心里默默祈祷着。

眼见阿根廷队的主力已经全部进入"危险区域"，王一川露出自信的笑容，从容地打开了与裴小雪的通话装置。

"开始行动吧！中国队的希望……在你们俩身上！"

"明白! 队长, 放心吧! "小雪的回答充满了力量。

一分钟之后。

"情况对中国队很不妙, 阿根廷队凶猛的攻势几乎撕碎了他们的防线, 比分已经来到了7∶2。等等, 这是中国队在袭击阿根廷队的营地吗? 阿根廷队的1号防守恐龙倒下了, 7∶3! "

"什么? 我们的营地被袭击了! "阿根廷队队长卡洛斯简直不敢相信。

"见鬼……中国队的恐龙究竟是从哪里冒出来的? "罗德里格斯绝望地咆哮起来。

此时此刻, 与阿根廷队数头恐龙殊死搏斗无数回合的永川龙皇帝已经被击倒出局。但是王一川知道, 属于中国队的胜利已不可逆转。仅仅2分钟后, 随着阿根廷队营地被攻克, 记分牌上的比分在刹那间被更改为12∶8——他们做到了, 中国队创造了奇迹!

与此同时, 南京市中心医院ICU监护病房也如同10万人的竞技场一般化身为一片欢腾的海洋。没有人注意到, 此时此刻, 昏迷中的裴母居然艰难地睁开了眼睛。正与医生护士们疯狂庆祝中国队晋级半决赛的裴博士突然听到一个微弱但极其熟悉的声音: "我……这是在哪里……"

"我的'女王陛下'! "裴博士诧异地回过头去, 只见裴母正用她那虽然虚弱但含情脉脉的眼睛盯着自己。刹那间, 两行热泪夺眶而出……

同一天, 同一刻, 在世界的两个对角线上演绎着同样不可思议的故事。或许, 这就是奇迹的力量。

三十三　挑战者们

次日，第二场四分之一比赛由位于下半区的德国队对阵伊朗队。德国队是强手如林的欧洲竞技队中一支在上届世界杯中取得惊艳战绩的老牌劲旅；伊朗队则是亚洲的一支传统强队，尽管他们曾经被异军突起的日本恐龙竞技队击败过，但自恐龙竞技世界杯成立以来便一直是亚洲恐龙竞技队的佼佼者，并在此届杯赛中首次挺进淘汰赛。

按照惯例，没有比赛任务的中国恐龙竞技队成员都来到现场观战。注意到德国恐龙竞技队中一头青绿色、身材矫健的大型食肉恐龙站在出击线上，小雪的目光中充满了好奇。

"那是德国队的王牌，3号维恩猎龙腓特烈。"小雪身旁的孙艾琳插嘴道，"我听贝姐提过这头恐龙，据说是目前欧洲各队中奔跑速度最快的参赛选手；它的驯龙师汉斯·施魏格勒据说是贝姐的小老乡——他们都出生在乌尔姆，说不定几百年前是一家人呢,哈哈!"

"嘟——"随着解说裁判的一声哨响,大家的关注点又被拉回到比赛之中。只见开赛后德国队迅速向伊朗队的腹地推进。亚洲恐龙体形单薄、速度较慢的劣势被无限放大,德国队很快便取得了3:0的领先优势。其中维恩猎龙腓特烈独得2分,引来观众们的阵阵喝彩。

"假设我们遇到像德国队这样擅长打快攻并且体格强壮的竞技队,你会如何应对呢?"张恩南突然发问。

"打快攻?那不就是……"王一川有些疑惑地扭头扫视着四周,当他的目光落在不远处同样正在观战的西班牙队驯龙师们身上时,不禁流下了紧张的汗珠——0:12惨败的画面历历在目。

"难道不是吗,也许我们很快便要应对这种情形了。"张恩南话中有话地微微一笑,继续观看比赛。

也许发现硬拼不是办法,伊朗队终于在最后10分钟里改变了战术,尝试通过游击战与德国队进行拉锯,但为时晚矣。45分钟的比赛时间很快过去,随着解说裁判的一声哨响,德国队以10:7的比分战胜伊朗队,成为下半区首支晋级半决赛的竞技队。

"虽然是一场精彩的比赛,但……真正的王者还没有登场。"

张恩南边说边起身首先离开了观众席。王一川心中很清楚教练口中的"王者"指什么——赛前公认实力明显超过其他14支队伍一筹的头号种子西班牙队和2号种子美国队。然而,虽然贵为赛事2号种子队且曾为两届恐龙竞技世界杯冠军得主,美国队在此届杯赛上的表现却不能完全令人信服。

一天后，美国队与俄罗斯队的第三场四分之一决赛即将打响。

尽管在小组赛前两场比赛中获得连胜并提前出线，但美国队在小组末轮面对实力平庸的澳大利亚队且主力尽出的情况下竟与之打成平手，令人大跌眼镜。此番出线后，他们将面对攻弱守强、极具特色的俄罗斯队。

比赛开始后，美国队由3号霸王龙苏和4号霸王龙杰克各率领一支突击队，一路披荆斩棘推进到俄罗斯队的营地附近，然而，眼前出现的两头外形奇异的食草恐龙却令它们停住了脚步。这两头恐龙几乎长得一模一样，两个粗壮的前肢就像一双巨型镰刀般犀利，在阳光下闪着寒光，让驯龙师们不寒而栗。

"这是……"雷恩·马什有些摸不着头脑。因为在美国队的训练中，他从未见过这种奇异的恐龙。

"难道说这是传说中的——镰刀龙？"

就连贝尔格蕾雅也惊讶不已。不过凭借经验，她依稀辨认出这是可怕的食草龙杀手。由于俄罗斯队在之前的比赛中从未让这两头恐龙登过场，并且在训练时也是完全封闭和保密的，这也使得各国竞技队的"龙探"无法打听到关于这种恐龙的情况。

"俄罗斯队的防守恐龙长得好奇怪呀！"看台上的小雪好奇地说。

"他们居然用食肉恐龙守卫营地？这是犯规行为！"孙艾琳激动地站起身，指向俄罗斯队营地的方向大声嚷道。

"哼……这可不是食肉恐龙，而是货真价实的食肉恐龙杀手——镰刀龙！"

一个熟悉的声音回响在中国队驯龙师身后。大家回过头去，发现竟是"失踪"了两天的裴博士！

"老爸？老爸……"反应过来的小雪不顾一切地向看台上方冲去，紧紧搂住裴博士抽泣起来，"老爸，我恨你！为什么……为什么在我们与阿根廷队的恶战前突然消失了？"

"那是因为……有一件很重要的事让我必须回一趟国。"裴博士说着，机敏地岔开了话题，"话说回来，爸爸以前教你认过镰刀龙呀，怎么不认识了呢？"

"这明明就和之前见过的镰刀龙不一样嘛。你看，这两头恐龙的前肢更加夸张——活脱脱就是一对大镰刀嘛！"

"唔，你的话也没有问题，恐怕这是用某种变异的基因培养的吧……在恐龙竞技比赛中，镰刀龙的前肢有着极高的一击必杀能力，因此实际上它们比食肉恐龙的破坏力还要可怕。遇上这样的对手，恐怕美国队会陷入苦战了。"

果不其然，在损失了两头进攻的恐龙后，美国队其他几头食肉恐龙在俄罗斯营地外徘徊着，不敢再贸然进攻。尽管记分牌显示美国队此时是7：3领先，但它们似乎很难拿下俄罗斯队的营地。难道一定要靠消耗时间才能获胜吗？这对于职业竞技队来说是一种耻辱。

"看起来，贝姐他们好像遇到了麻烦……"孙嬑沉吟道。

"7头食肉恐龙围攻营地，被对手解决了2头，剩下5头竟手足无措，这样的场面可不多见哇！"卜小黑摇了摇头。

"要是俄罗斯的攻击线稍微强点，完全可以凭借现在美国队后防的空虚将其营地攻陷。可惜了……这么恐怖的防守恐龙。"对此，韩娅表示出莫大的遗憾。

正在这时，雷恩指挥霸王龙杰克率先发动强攻，其余4头食肉恐龙犹豫片刻后，也都向前冲击。但两头镰刀龙看起来依然无惧于体形远超自己的3头霸王龙和2头特暴龙，竟摆出了"背靠背"的阵线从容应战。1分钟后，美国队中的6号霸王龙被2号镰刀龙击中要害倒地，未等它爬起身逃走，1号镰刀龙补刀将其送出局。全场观众一片哗然。

"阿列克谢和柯什金……"裴博士自言自语道。

"老爸，你在说什么？"

"是那对孪生镰刀龙兄弟的名字。我想起来了，5年前到俄罗斯出差时我曾经见过它们，不过它们当时还都只是襁褓中的婴儿罢了……没想到居然会有如此光辉的一天。"

听着父亲的话，小雪的额头沁出汗珠。倘若中国队遇到这样防守超群的对手该怎么办呢？时间一分一秒地过去，美国队在继续损失了两头食肉恐龙后仍然拿"背靠背"防御的镰刀龙毫无办法，唯一的进展便是霸王龙杰克通过撕咬让1号镰刀龙阿列克谢损失了5分，但自己同样被镰刀爪砍中，险些出局。比分来到7∶5，双方僵持不下。不得已，美国队只得硬着头皮采用了拖延时间的战术。由于俄罗斯队残存的食肉恐龙过于弱小，根本不敢再发动攻势，7∶5的比分竟被维持到了45分钟比赛结束之时。于是，曾经的两届冠军、赛事2号种子美国队在10万名观众的嘘声中，通过拖延比赛的耻辱手段拿到了进军半决赛的门票。

"哼……美国队本届实力不过如此。你们可别输给德国队进不了决赛哟，那样我会很失望的。"看台上，目睹美国队以拖延时间的战术获得胜利的何塞·费尔南德斯露出不屑的笑容。

"不可能吧，美国队与德国队的理论战力差距太大了……"哈梅斯·加西亚瞪大了眼睛。

"在比赛场上，一切皆有可能，我们不能掉以轻心。好了！明天该轮到我们上场了，先把加拿大队拿下挺进半决赛再说！别忘了，他们队伍中有天才少年雅各布·梅森和他所指挥的奔跑如飞的异特龙艾伯塔！"西班牙老队长冈萨雷斯以洪钟般的声音说道。

"那也只不过是一个对手而已，对付'一人一龙'的队伍，根本不需要操心。好！明天的比赛由我的鲨齿龙熙德来盯防并消灭异特龙艾伯塔！"何塞不以为意地笑了笑。

无独有偶，看台斜对面正坐着加拿大队的驯龙师们。雅各布·梅森正若有所思地凝视着远处这个对手——何塞·费尔南德斯。同样被誉为天才少年，两人之间的对决会是怎样的结果呢？

第二天中午，小雪比其他队友更早地来到了恐龙竞技场。因为对于她来说，这场比赛很特别。两支队伍中都有她支持的朋友——何塞·费尔南德斯和雅各布·梅森。恐龙竞技世界杯的淘汰赛阶段是残酷的，无论多么优秀，也只可能有一方能笑到最后。小雪深知这个道理，所以她的内心是矛盾的。

在竞技场的驯龙师通道里，双方驯龙师已经准备登场了。

雅各布·梅森目光凝重地回首注视着竞技场的入口。突然，他发现了一个意料之外的身影。

"斯黛拉同学？"

"雅各布同学，你……还记得我！"

"当然！斯黛拉同学，我怎么会忘记你呢，是你让我重拾身为驯龙师的自信和为国效力的决心！"雅各布激动地冲上前握住了小雪的双手。

"雅各布同学，我相信你，我们一定会在比赛中碰面的！"

"嗯……等着吧，斯黛拉同学，我一定会击败西班牙队，与中国队会师半决赛！"

然而望着雅各布自信的模样，小雪心里却有些不是滋味，因为每个人都知道这届杯赛西班牙队实力的强大之处。

随后，小雪来到了另一侧西班牙驯龙师的通道。这里的气氛显然比加拿大队要轻松得多。小雪挤过熙熙攘攘的人群，向正与队友商讨战术的何塞靠近。身边从来不缺女生簇拥的何塞并未注意到小雪正在向自己靠近。

"喂喂……好像来了稀客哟！"还是哈梅斯率先注意到了小雪。

"小雪？"何塞转过身才发现来访者。

"何塞哥！我来看看你，希望……你这次手下留情哟！"小雪说着，脸上露出一丝羞涩的神情。

"什么嘛，这次的对手又不是你们中国队。不过……下一场就轮到你们了，给我好好打起精神等着！"何塞一边笑着，一边冲小雪伸出了大拇指。

"我真的没想过我们能击败阿根廷队晋级半决赛……"

"别这么没自信嘛！那种老掉牙的破队伍你们当然能赢啦！不过要是和我们西班牙对阵，估计我们能在45分钟之内净胜6分以上……哈哈哈！"何塞竟丝毫不把曾经的第一届世界杯冠军阿根廷队放在眼里，大笑着拍了拍小雪的肩膀，"好啦，你该回去了，好好看着我们是如何把加拿大队击败的吧！"

"可是加拿大队有天才驯龙师雅各布·梅森……"

"那家伙，嘿嘿，没错，确实有两把刷子，但是加拿大队中值得关注的也就只有那两头巨异特龙而已。放心吧，我会亲手击败那小子！"何塞的神情变得认真起来。

半个小时后，四分之一决赛的最后一场，由西班牙队对阵加拿大队的比赛正式开始。这场比赛在赛前被公认为4场四分之一决赛中最有看点的一场，因为西班牙队与加拿大队是两支公认的强队。

随着解说裁判一声哨响，比赛开始了。双方的推进都非常迅速并且富有经验，纷纷精准地占据了地图上的险要位置。它们的行动如此训练有素，令看台上的观众发出阵阵感叹。

"虽然实力上不占优势，但是你们都仔细看看加拿大队精准的走位。如果换成是我们，能办到吗？"教练张恩南突然开口向左右问道。

他的问题令主力驯龙师王一川、孙艾琳等人哑口无言。年轻气盛的小雪显然不想承认自己技不如人，正欲反驳，却发现加拿大队的两头巨异特龙已经开始攻击西班牙队的锋线，仅仅几秒钟，就将对方一头斑龙放倒在地。"率先拔得头筹的居然是加拿大队!"解说裁判激动地叫喊起来。

"太棒了!雅各布同学,加油啊!"小雪身旁的孙娀忍不住喝彩起来。然而小雪却陷入了沉默——说真的,她也不知道自己心里到底希望看到怎样的局面。

"加拿大队犀利的攻势撕碎了A3线西班牙队的阵线!2:0,这样的开局恐怕在赛前不会有人预料到。而打头的便是……4号巨异特龙艾伯塔!"

"雅各布·梅森!雅各布·梅森!"南看台上疯狂的恐龙迷们开始呼唤起异特龙艾伯塔的驯龙师的名字。

"看来那小子人气还挺高,嘿嘿。"王一川笑了笑。

"不过,我并不认为加拿大能坚持很久。"裴博士托着下巴沉吟道,"一旦有强壮的恐龙拦住它们的去路,令它们陷入苦战,它们这股劲儿恐怕就没有了。"

经验老到的裴博士的话仿佛预言般很快应验。只见一头健硕的巨型蛮龙拦住了加拿大队众多食肉恐龙的去路。当然,它并不是单枪匹马作战,其身旁还有一头灰白色的鲨齿龙——很显然,这便是西班牙队的黄金组合——蛮龙恺撒和鲨齿龙熙德。

"嘿嘿……这一天我期待很久了。来吧!雅各布,让我们看看谁才是真正的'天才少年'!"望着眼前愈加逼近的巨异特龙,何塞露出自信的笑容。

"是何塞吗……"与此同时,通过艾伯塔的视野看到鲨齿龙的雅各布皱起了眉头。

"哈梅斯,你指挥恺撒去拦住其他恐龙,这头领头的巨异特龙交给我好了!"

何塞迅速对队友做出部署。在他的指挥下，鲨齿龙熙德也迅速做出精准反应，大踏步向异特龙艾伯塔冲去。两头恐龙很快厮打在一起。与其他一盘散沙般格斗的场面不同的是，这两头恐龙都能基本上按照主人的意图进行有技巧的战斗，一时间，双方你来我往，引来观众席上阵阵惊叹。但由于在体形上占据优势，鲨齿龙熙德逐渐占据上风。几个回合下来，异特龙艾伯塔损失了4分，鲨齿龙熙德仅损失1分。看来如果硬拼下去，艾伯塔应该是没有胜算的。

"异特龙的优势在于速度和灵活性，这样与鲨齿龙硬拼可不是个好主意。"看台上，美国阵营中的贝尔格蕾雅托腮沉吟道。

"倘若艾伯塔被打倒，对加拿大队而言将是毁灭性的打击——它可是加拿大队的绝对核心呀！"雷恩担忧地摇了摇头。

另一边，小雪正全神贯注地关注着战局的变化。只见她不住地摇着头，似乎对目前加拿大队的战术有些担忧。果然，在进攻受阻后，加拿大队选择了后撤。而他们不知道的是，另一支西班牙分队（3头食肉恐龙）已经在山谷的另一头切断了它们的退路。5:4，西班牙队在区域上的兵力首次占据优势。

"局势似乎有所反转，让我们来看看加拿大队将如何应对这次危机！"解说裁判也注意到了局势的变化，言语中充满了惊讶。

"中计了吧，哼哼……你们输定了！"何塞盯着眼前因前后被夹击而陷入慌乱的加拿大队的恐龙们，露出狡黠的笑容。

原本计划逃出山谷迂回作战的雅各布不得不重新回头面对刚才击败自己的何塞。由于另一头巨异特龙已经被击败，3号蛮龙洛丽塔与4号异特龙艾伯塔成为加拿大队最后的希望。此刻，双方的战斗也变成了两组恐龙之间的激战——由异特龙艾伯塔对阵鲨齿龙熙德，蛮龙洛丽塔对阵同为蛮龙的恺撒。

"我不可以倒在这里……来吧! 何塞! "

雅各布的眼神变得严肃了许多，怒吼着指挥异特龙艾伯塔猛地向鲨齿龙熙德扑去。何塞明白了对方的意思，从容不迫地指挥鲨齿龙熙德迎正面应敌。双方快要接触的一刹那，在雅各布的指令下，艾伯塔突然凌空跃起。此情此景如同闪电般映入小雪的脑海——那不是异特龙亚罗在越南的恐龙竞技比赛中曾经使用的招式吗? 当时正是凭借这有如神来之笔的攻击，亚罗击败了戟龙。

然而，熙德显然没有越南队的戟龙那么好对付，只见它在何塞的指挥下以背部对敌，没有露出脆弱的咽喉。尽管在艾伯塔双爪的攻击下损失了3分，但紧接着，熙德抖动着身体狠狠一甩，几吨重的巨异特龙竟被甩到了山壁上。就连作为驯龙师的雅各布也因比赛服传感过来的巨大撞击力而差点昏了过去。何塞抓住这个机会，没有再给对方爬起来的机会，在观众的惊呼声中，熙德如饿虎扑食一般一跃而至艾伯塔身旁，精准地咬住了对方的咽喉。

"斯黛拉同学……对不起……"处在一片漆黑的SDC操作舱内的雅各布·梅森不禁跪在地上，流下了不甘与悲伤的泪水。

三十四　黑暗中的一线光明

由于加拿大队主力3号蛮龙洛丽塔和4号艾伯塔都在山谷被击败,他们的队伍很快被西班牙队击溃。最终,比赛结束时的比分定格在了12∶6,西班牙队大胜加拿大队,拿到了最后一张晋级半决赛的门票。四强的名单为中国队、西班牙队、德国队和美国队。最令人意外的无疑是中国队,这支第一次打入世界杯正赛的恐龙竞技队竟一口气冲到了四强。两天后,半决赛的第一场——德国队与美国队的对决将在新科罗拉多市恐龙1号竞技场打响,中国队与西班牙队的比赛则被安排在第二天。

大战来临,为了不致压力过大,张恩南决定给驯龙师们放一天假。在小雪的提议下,孙艾琳带着两个女孩悄悄来到了美国队的营地。与中国队相似,美国主教练皮特·霍尔姆斯也给驯龙师们放了个假,但大多数驯龙师因为无法克制内心的紧张选择留在营地与自己的爱龙做最后的交流。由于与霍尔姆斯算得上是老朋友了, 孙艾琳一行三人很容易便进入了营地, 她们的目的, 自然是去给雷恩和贝尔格蕾雅鼓气。由于美国队的老队长迈克尔因个人问题突然退赛, 贝尔格蕾雅被临时任命为美国队的队长。在得知这一好消息后, 小雪和孙娥开心极了。

"其实我的驯龙经验没那么丰富啦, 但是霍尔姆斯先生非常地信任我, 所以……我只好'赶鸭子上架了'。"面对大伙儿的恭喜, 贝尔格蕾雅只能无奈地耸了耸肩。

"嘿嘿……我觉得肯定是因为贝姐是大美女, 教练才会……"小雪调皮地吐了吐舌头。

"哦? 这是什么逻辑? 那岂不是艾琳也应该担任中国队的队长啦! 哈……"贝尔格蕾雅先是一愣, 紧接着开起闺密的玩笑。

"我? 你是在说笑吗, 我现在在中国队里什么也不是了, 因为他们已经拥有了一个比我还靓的美女。"孙艾琳没好气地说。

"老姐! 你不至于这样说人家娅姐吧?"孙娥一听, 忙用手碰了碰姐姐的胳膊。

孙艾琳白了妹妹一眼, 继续言辞激烈地发表自己的评论。眼见这是自己挑起的争端, 机智的贝尔格蕾雅立刻转换话题并喊雷恩前来与姑娘们一起交谈。大家开始谈论过去的几场比赛和即将到来的德美之战。然而, 当孙艾琳不知是有意还是无意提到"施魏格勒是贝尔格蕾雅的老乡"时, 金发美女的脸色突然变了并迅速站起身。

"请别把我和他相提并论, 我和那家伙没有任何关系!"一向性格温和的贝尔格蕾雅竟提高了嗓门。

大伙儿诧异地向贝尔格蕾雅投去不解的目光，但金发美女一言不发地迅速离开了。觉察到情况有些不对，孙艾琳一个箭步追了上去。也许是觉察到闺密在身后，贝尔格蕾雅反而加快了脚步，直到拐过墙角时被闺密一把拉住了胳膊。

　　"贝姐！你是怎么了，难道我不应该提及那个名字吗？可是……你曾亲口告诉我他确实是你们家族的远亲哪！"

　　"没错，他确实是我们家族的远亲，但是，最近我发现了一些事情，并且……这些事情可以证明那小子和DMIG有某种联系。"贝尔格蕾雅说着，眼中掠过一丝不安。

　　"什么，你的意思是，那小子是'国际贩龙组织'……"

　　"嘘……别说了。即便这里是美国队的营地，也未必安全。"

　　不等闺密把话说完，贝尔格蕾雅就打断了她的话。

　　一天时间很快过去，6月30日晚黄金时段（美国当地时间20点整），首场半决赛，德国恐龙竞技队与美国恐龙竞技队的较量如期而至。距离比赛还有1个小时，能容纳10万人的新科罗拉多市恐龙1号竞技场里早已座无虚席。也许是心里惦记着闺密的话，孙艾琳从一开始便将目光落在德国队队长——驯龙师汉斯·施魏格勒身上。这是一位身高超过1.9米、留着和贝尔格蕾雅颜色相近的金发的日耳曼壮汉。很快，双方队长走到主席台前握手。当施魏格勒伸出他那强壮黝黑的大手握住贝尔格蕾雅的手时，后者却如触电般向后躲开了。

　　"姐……"

　　"闭嘴！"

很快，在选好比赛地图后，双方驯龙师和恐龙各就各位。从本场比赛开始，解说和裁判都由国际恐龙运动协会秘书长K博士担任。这位顶级裁判出身的解说专家将为大家带来恐龙竞技世界杯最惊心动魄的3场听觉盛宴。

"激动人心的半决赛现在开始!"

随着K博士一声令下，观众的目光开始随恐龙的行动而移动。小雪还惦记着昨天贝尔格蕾雅反常的表现，于是小心翼翼地向孙艾琳询问了两句，但并未得到回答。女人的第六感告诉小雪，这个汉斯·施魏格勒肯定与贝尔格蕾雅有某种关联。

比赛开始后不久，美国队占据了主动权。德国队的速攻似乎无法穿透美国队的防线。以霸王龙苏为首的3头美国队主力霸王龙集中火力在G线猛攻，击倒了两头试图防御的德国恐龙。2:0，美国队取得梦幻般的开局优势。

"但是，顽强的德国队很快便还以颜色。3号维恩猎龙以其惯有的必杀一击得分! 2:1! 这注定是一场精彩绝伦的比赛!" K博士开始了他的激情解说。

"小雪……小雪，你来一下。"

不知何时，裴博士的声音打断了小雪的思绪，她只得起身跟着父亲向后面的观众通道走去。等到站定后，裴博士掏出了手机。

"不介意和你妈妈通个电话吧? 刚才她给我发信息了，说是想和你说会儿话。"

"啊……老妈她现在在哪里呀?"小雪有些犹豫地点了点头。

"等会儿你就知道了。"裴博士露出神秘的笑容，很快拨通电话并交到女儿手中。"嘟嘟"几声之后，听筒里传来了那个久违的又无比虚弱的声音："小雪，是你吗？"

也许是由于过于激动，也许是听出母亲似乎健康方面出了问题，小雪的眼泪瞬间如断线的珠子般落下。她愣在那里一动不动，无法说出一个字来。

"小雪？亲爱的，我知道你在听。对不起……但是，妈妈很想你。"

"妈妈——"小雪再也无法抑制自己的感情，哭喊出来。

注视着由悲伤转为激动，又由激动转为欢快的女儿，裴博士陷入了沉思。也许是小时候溺爱，也许是自己工作太忙没有足够的时间陪伴女儿，也许是妻子对饲养恐龙过于反对从而导致女儿逆反……总之，小雪离家后竟从未主动想办法联系过父母——难道这就是曾经美好的三口之家该有的样子吗？不，绝对不是。这样想着，裴博士不甘地咬紧了嘴唇。

20分钟后，小雪挂断了电话，只见她的脸上充满了复杂的神情。

"怎么样，想家吗？"短暂的沉默后，裴博士开口道。

"不，我在这里很好。"

"难道你不想回国？"

"不想。我现在只想专注于比赛。"

小雪的回答出乎意料。裴博士愣了一下，只得尴尬地陪女儿回到观众席上。此刻，大屏幕比分牌上赫然显示着6 : 8，竟然是德国队领先！美国队在场上的进攻恐龙仅剩下残血的两头霸王龙苏和杰克。

"贝姐加油！雷恩哥加油！"

就在场上的美国队龙迷们沉默不语时，小雪那响亮的声音宛若一针强心剂唤醒了众人。观众们发出雷鸣般的掌声，为贝尔格蕾雅和雷恩所指挥的恐龙加油。通过恐龙的视野，贝尔格蕾雅看到了热情的观众，顿时热泪盈眶。

"我们决不能倒在这里！雷恩，我去拖住施魏格勒，你直接去进攻基地吧！"贝尔格蕾雅毅然做出决定。

"可是，贝姐，苏只剩下4分了……"雷恩犹豫不决。

"别再浪费时间了！如果我们都在这里被打倒，那就别想赢了！快去！"

雷恩瞬间领悟了队长的良苦用心，立即指挥此时还剩下8分的霸王龙杰克向德国队的营地冲去。没过多久，维恩猎龙腓特烈带着两头较小的德国食肉恐龙出现在贝尔格蕾雅的视野中。毫无疑问，它们正是利用速度优势来追击美国队仅存的两头食肉恐龙的。眼见德国恐龙将至，贝尔格蕾雅凭借丰富的驯龙经验，指挥霸王龙苏利用地形优势巧妙地拦截对方的进攻，为一路狂奔的霸王龙杰克争取时间。然而，在打倒了那两头较弱的德国食肉恐龙后，霸王龙苏还是被维恩猎龙腓特烈偷袭成功，轰然倒下。

此刻，霸王龙杰克已经开始攻击德国队防守薄弱的营地。纵使维恩猎龙腓特烈快速回防，也无法阻止2头食草恐龙被轻松解决。

"比分现在是10：9，美国队成功逆转！更重要的是，此时德国队已经没有防守恐龙了，美国队的两头三角龙则毫发无伤！"K博士激动地解说道，"但是美国队仍不能掉以轻心，倘若4号霸王龙被打败，那么他们就很有可能出局！"

面对维恩猎龙腓特烈，雷恩指挥霸王龙杰克发动了攻击。令人惊异的是，刚才在对战霸王龙苏时显得无比狡诈的维恩猎龙腓特烈竟变得不堪一击。

观众一片哗然。就连看台上一向沉稳自信的天才少年何塞都露出了难以置信的表情。孙艾琳先是一愣，紧接着竟与一旁的王一川来了个大大的拥抱。小雪则呼喊着雷恩的名字。随着两分钟后德国营地被占领，美国队以11:9获得了这场半决赛的胜利，率先挺进决赛！

激动的雷恩与慷慨牺牲自己为他争取了胜利时间的贝尔格蕾雅紧紧拥抱在一起，喜极而泣。贝尔格蕾雅宛若他的姐姐一般，爱抚地摸了摸他的脑袋。

"贝姐、雷恩，谢谢你们坚持到最后！明天该看我们的了，我们决赛见！！"

小雪望着贝尔格蕾雅和雷恩，心中暗暗下定决心。

暴风雨将至，属于她的舞台即将拉开帷幕……

三十五　最漫长的45分钟（上）

　　7月1日，万众瞩目的中国队对阵西班牙队的半决赛即将开始。所有人都很好奇，本届赛事最大的黑马中国队在面对头号种子西班牙队时究竟会有怎样的表现呢？要知道，他们在揭幕战的小组赛中曾经以0∶12的比分被对手击败。

　　然而，在被西班牙队打败之后，中国恐龙竞技队却在小组赛末轮和淘汰赛阶段接连淘汰了公认的强队埃及队和阿根廷队。要知道，阿根廷队贵为首届恐龙竞技世界杯的冠军队伍，曾经使人们对中西之战产生了无限联想。当天下午，双方在新科罗拉多市的两座竞技场内分别进行了全真模拟训练。比赛的压力深深影响着中国队每一名驯龙师。大家都知道，如今的西班牙队在攻、守、速3个方面都达到了近乎完美的平衡状态，想要战胜他们晋级决赛，无疑是天方夜谭。

　　"听着，我们能站在这里，已经创造了巨大的奇迹。因此大家不必有任何压力，不管结果是什么，今天我们都可以昂首离开这里！"

在教练张恩南的赛前鼓舞下，驯龙师们尝试着将压力抛到脑后，身为恐龙首席营养师的裴博士则为所有准备参加半决赛的恐龙进行了精心的护养。17时，所有中国队驯龙师在张恩南的带领下来到驯龙师专用餐厅用餐（对于半决赛这样高规格的比赛，双方的驯龙师是不会在同一个餐厅用餐的。两队的全部训练、吃住都在各自的竞技场里）。大部分驯龙师因为心里依然紧张表现得食欲不佳，只有看起来胃口很不错的小雪面对精心煎制的牛排和羊排，忍不住大快朵颐。

"喂喂……注意点吃相。"身旁的裴博士忙提醒女儿。

"老爸你烦死啦，不吃饱，我怎么去比赛！"小雪没好气地瞪了裴博士一眼，继续享受牛排。

"啧啧……你看看人家韩娅，还有你的闺密孙嬎，吃得多斯文。"

"哼……我才不要和别人比，我得先填饱肚子。对了……我的恐龙吃饱了吗？"

"放心吧，它们都已经被我调理到最佳状态了。"裴博士一听，立即充满自信地做了个撸袖子的动作。

"现在我只祈祷我们能够抽到一张有利于发挥实力的比赛地图。千万别再来什么沙漠地形啦，讨厌死了！"小雪表情丰富地自言自语着，突然拿餐巾擦了擦嘴，站起身来，"好啦，我吃饱啦，要去看看我的宝贝儿了！你们加油哟！"

"搞什么嘛……这黄毛丫头该不会是被即将到来的恶战

吓得精神失常了吧？"看着轻松离去的小雪，孙艾琳撇了撇嘴，没好气地说。

"嘿嘿，琳姐，我理解为这是在给自己提升士气。"

孙艾琳身旁的卜小黑却露出欣赏的目光，随即起身冲着小雪鼓起掌来。紧接着，其他驯龙师们也纷纷起立鼓掌。霎时间，只剩下手上抓着羊排正准备啃下去的孙艾琳还坐在那里——她只得万分尴尬地放下手中的食物，慌忙起身跟着鼓掌，从牙缝里挤出了"不情愿"：

"这死丫头……"

跑到门口的小雪一甩长发，边眨眼边回头冲大家招招手，便一溜烟跑了。她的青春活力确实鼓舞了每个人，此时此刻，正如卜小黑所说，大家的士气被一齐提升了。

小雪哼着小调向恐龙宿舍奔去。在拐过一个通道时却被一个熟悉的声音喊住了。

"小雪同学！"

"贝姐？你怎么会……"

"小雪同学，我是专程来向你表示感谢的。听教练说观众席上中国队观战的位置有个女孩在我们陷入绝境时起身奋力加油，我知道，那一定是你。"贝尔格蕾雅握住了小雪的手。

"啊……没什么好感谢的。无论如何，我都会站在贝姐这边。"小雪的脸不由得红了起来。

"谢谢你，小雪同学。不过……请接受我的一句忠告：面对西班牙队时，你们最好别采用集中攻击的方式。中国队的恐龙在单兵作战能力上远远不及西班牙队，这一点我想你们也是心知肚明的，万一在某个山谷集中兵力进攻时遭到对方恐龙的堵截，很有可能导致全军覆没。"贝尔格蕾雅的神情变得认真起来。

"怎么会！如果分散实力，那我们岂不是更不可能赢了呀？"小雪则将信将疑。

"请记住我的话，到时候你就会明白了。小雪同学，我衷心地希望我们能够在决赛中碰面。"贝尔格蕾雅拍了拍小雪的肩膀，转身准备离去。

"等等！贝姐，你……能给我一个拥抱吗？"

面对小雪的请求，贝尔格蕾雅不假思索地给了小雪一个热情的拥抱。此时此刻，小雪的心情是复杂的。

两小时后，当中国队与西班牙队的驯龙师一齐走上台向观众致敬时，细心的小雪发现西班牙队的驯龙师中有个陌生的面孔—— 一个身材高大、留着紫色鬈发的英俊男子。这位驯龙师在之前的比赛中不曾出现过，他究竟是谁呢？

"5号食蜥王龙的驯龙师为费利佩·德·拉费雷尔！"

当解说裁判K博士念到这个名字时，这个男子将手高高举起向观众们示意。看台上顿时传来一片女性的欢呼声。

"费利佩·德·拉费雷尔？"王一川露出疑惑的神色。显然，他对这个大男孩并不熟悉。

"西班牙队的另一张王牌。因为他的恐龙——5号食蜥王龙迦南一直在养伤，所以本届杯赛还没上过场，但如今……有了拉费雷尔的西班牙队如虎添翼，这真不是一件好事。"韩娅说出了自己的担忧。

"好帅呀⋯⋯"孙嫩激动地自言自语道。

"白痴！他是我们的敌人！别犯浑了！"孙艾琳没好气地揪住她的耳朵。

很快，双方队长走上台中央准备选择比赛地图。当两位队长将手掌按在选择屏幕上时，令人眼花缭乱的选择界面揪着所有驯龙师甚至看台上的观众的心。

"这场半决赛所使用的地图是⋯⋯许特根森林！"K博士摁下停止按钮，并高声宣布比赛地图。

全场哗然。对于恐龙竞技世界杯非常熟悉的观众都明白，这是个地形极其复杂的地图，模仿的地形为德国与比利时边境的许特根森林。在这里，170多年前，曾经进行过一场长达数月的血战——许特根森林战役。由于这是第二次世界大战中在德国领土上历时最长的战役，一些历史学家称其为"最漫长的战役"。

显然，上课时没有好好听讲的小雪并不知道隐藏在地图背后的典故，反而因抽中了"看似正常"的森林地形而深感庆幸。大多数中国驯龙师的表情和她类似。中国恐龙竞技队中见识过这张地图的似乎只有韩娅，因为此时此刻，她脸色苍白。

"喂喂⋯⋯韩娅，你怎么了？"也许是注意到女友的异常神色，王一川连忙走到韩娅身边。

"我⋯⋯我们完了。"韩娅喃喃自语道。

"你说什么？我不允许你在大战到来之际打击自己人的士气！"王一川有些不满地提高了嗓门。

"这是一张非常复杂的地图，我们⋯⋯恐怕⋯⋯会止步于此……"

"你在胡说什么？给我振作一点！"王一川一把抓住韩娅纤细的胳膊，使劲摇了摇。

"呆子，别对自己的女朋友这么粗鲁嘛！"孙艾琳似乎领悟到了什么，走上前来移开了王一川的手，不慌不忙地说，"难道你没听过许特根森林战役吗？那可是当年最惨烈的战役哟……说不定这张地图的难度也和地形复杂的许特根森林一样呢。"

"许特根森林战役？"同样在历史课上没有认真听讲的王一川瞪大了眼睛。

"还有半个小时就要开赛了，大家抓紧时间讨论一下。"教练张恩南招呼所有驯龙师站在平面效果模拟图前一起讨论战术——通过平面效果模拟图，可以简单地了解地形等要素。首先，他把目光投向了韩娅，"小韩，你见过这个地图？"

"是的。但是我也只是在观战的时候遇到过，并没有对这个地图进行过多的研究。只是……我知道这个地图非常可怕。树林中充满了陷阱，并且很容易遭到对方伏击；同时因为树林茂密，恐龙的视野会受限，导致驯龙师无法正确做出判断。总之，这个地形就是个灾难。"韩娅担忧地说道。

"这个地形对进攻方很不友好。"经验丰富的孙艾琳看着平面图，很快发表了自己的意见，"我认为不应该主动进攻。"

王一川立刻打断了孙艾琳的话："只有进攻才是最好的防守！"

小雪本想把贝尔格蕾雅的建议说出来，却发现并没有自己插话的间隙，因而不得不保持沉默并把注意力放到模拟图所显示的地形特点上去。时间就这样在毫无意义的争吵中一分一秒地过去了……

"时间到！请双方驯龙师各就各位！"

随着K博士一声令下，中国驯龙师们匆匆忙忙地进入自己的SDC操作舱里。由于赛前没有在战术上达成一致，开局伊始，按照队长王一川的老思路，由他指挥5头食肉恐龙（包括3号永川龙皇帝、4号吉兰泰龙阿鲁、5号特暴龙铁男和另外两头较弱的食肉恐龙）顺着地图上部湖泊沿岸的树林前进——这位中国队队长认为，在这里行动，视野比密林中开阔一些，有利于进攻。不过小雪却对进攻持怀疑态度。在她的请求下，以6号异特龙亚罗、7号蛮龙托沃为首的剩余5头恐龙以从地图中部展开密林进攻为由单独行动，实际则全数留在本方区域边缘地带驻防。尽管在之前从未接触过许特根森林战役的相关知识，但通过短短30分钟的战术研究，这个洞察力非同一般的女孩已经发现了地图上有几处靠近己方营地的位置适合伏击。于是在从队长王一川那里取得了区域指挥权后，她立即对5头恐龙进行部署。此刻，小雪的额头渗出了汗珠——这位年仅18岁，本届杯赛最年轻的驯龙师心里清楚，让速度奇快、擅长运动作战的异特龙亚罗来打伏击战，这简直是一场豪赌。

另一边，西班牙队却一反强势的头号种子队姿态，也将比赛节奏控制得很慢。在队长冈萨雷斯的授意下，大部分进攻兵力都在己方半区防守，唯独派出了本队速度最快的5号食蜥王龙迦南前去侦察情况，这也是这头"快马"在本届杯赛上首次出战。

"队长，中部地区没有发现任何中国队恐龙的踪迹……"费利佩·德·拉费雷尔通过迦南的视野边观察四周边向冈萨雷斯汇报。

"难道他们也和我们一样采用了防守战术？"

作为本届杯赛最年长的驯龙师，冈萨雷斯露出了一丝与其一贯沉稳风格不符的意外之色。他下令费利佩继续向前搜索。终于，在B线，食蜥王龙迦南发现了王一川所指挥的由5头恐龙组成的突击队。得知此消息的西班牙老队长得意地笑起来。

"何塞，你和哈梅斯去支援费利佩，阻击从B线进攻的中国小分队。注意利用地形优势作战，不可轻敌。"

"收到！"冈萨雷斯的听筒里传来何塞·费尔南德斯自信满满的声音。

此刻，正在指挥队伍慢速前进的王一川对即将到来的一切浑然不知——何塞正带领4头食肉恐龙向他们快速靠近，再加上已经在附近监视的食蜥王龙迦南，西班牙一方也拥有5头恐龙，在数量上呈势均力敌状态但在单龙的战斗力上……

"队长，我感觉好像有点不对劲。"行进中的卜小黑突然说道。

"我们的速度是否太慢了？"韩娅显得忧心忡忡。

"唔……在这种未知的地形上作战，最好还是不要过于冒进。大家维持好阵形，切不可落单……"

王一川话音未落，从前方树丛中突然传来一阵窸窸窣窣的声音，这立刻引起了所有恐龙及驯龙师们的注意。未等王一川做出反应，已经有一头凶猛的西班牙斑龙从树丛中冲了出来。

"西班牙队的先锋10号斑龙率先对中国队位于第一位的5号特暴龙发起进攻！这场大战终于有点火药味了！"

K博士继续着他的激情解说。观众们关注的重点被他的解说所吸引，纷纷将目光投到树林里的这场较量上。斑龙在体形上与特暴龙相比并不占据优势，因此很快便被打倒在地。眼疾手快的韩娅立刻指挥吉兰泰龙阿鲁冲上去"补刀"，将这头斑龙轻轻松松"送回了家"。1：0，中国队居然取得了领先优势。观众席上一片哗然。

王一川松了口气。然而好景不长，紧接着，一个庞然大物从树丛中探出了脑袋——那是西班牙队中最大的格氏蛮龙恺撒！这头怪兽足足有13.5米长，甚至超过了美国队中最大的霸王龙苏！只见它仰天咆哮之后猛地向特暴龙铁男撞去。好在铁男早有准备，下意识地后撤，躲开了这一记撞击。

"西班牙队的4号蛮龙扑了空，这可真惊险！中国队显然不会坐以待毙，看，他们的3号永川龙开始了反击，但是又有更多的西班牙恐龙从树丛中出现了……"

K博士话音未落，一头雄壮的灰白色巨型食肉恐龙从树丛中一跃而出，张开血盆大口精准地咬住了一头中国队较小食肉恐龙的脖子并将其扳倒在地。刹那间，这头恐龙失去了全部分数，比分被扳平至1：1。

"何塞·费尔南德斯！"王一川惊呼起来。显然，这是他最不想面对的对手之一。

站在SDC操作舱里的何塞通过鲨齿龙熙德的视野注意到小雪的异特龙亚罗并不在附近，不禁露出一丝扫兴的神情。不过很快，从金发碧眼的天才少年眼中浮现出浓浓"杀"气——看得出，面对孱弱的亚洲恐龙，他想起了自己在小组赛时的"屠戮时光"。

王一川指挥永川龙皇帝向后退了几步，做好应战准备；其余3头恐龙围在皇帝身边。西班牙队方面，4头恐龙也已呈十字状将中国恐龙围在中间。

"队长，我们是不是该呼叫小雪她们过来支援？"关键时刻，王一川的耳机里传来卜小黑的声音。

"向两个小女孩求救？"王一川看似十分不服地咂了咂嘴。他的态度很明确——靠自己的实力和西班牙队对抗到底。

王一川观察着当下的局势：包围它们的4头西班牙食肉恐龙有实力超群的鲨齿龙熙德和蛮龙恺撒，还有体形庞大的食蜥王龙迦南。面对这3个强劲对手，中国队的恐龙显然毫无胜算可言。但是，他的目光落在了那头体长只有10米，目前西班牙队4头恐龙中最弱的11号斑龙身上。

"什么？你是说突破斑龙的防守以摆脱敌人的围攻？"韩娅有些吃惊地问道。

"是的，现在恐怕只有这个办法了。"王一川点了点头。

"可是……对方恐怕也知道自己最弱的恐龙是哪头吧，这样真的能行吗？"

"管不了这么多了！大家跟紧我，我们必须一次成功！"

王一川不耐烦地打断了韩娅的话，开始指挥突击。事实证明，韩娅的担忧不无道理，何塞早已料到中国队会选择从斑龙这里寻找突破口。当王一川的永川龙皇帝开始向斑龙扑去，速度较快的西班牙队鲨齿龙熙德与食蜥王龙迦南早已开始移步夹击，迦南抢在皇帝之前占据了有利地形，与斑龙组成了防守阵势。王一川见状，慌忙想要改变方向，但也许是皇帝也受到了惊吓，面对主人的指示，竟然无动于衷。

"糟糕！"中国队队长发出了绝望的喊声。彷徨中的永川龙皇帝被食蜥王龙迦南的爪击命中，失去3分。由于惯性，永川龙皇帝下意识地后退两步。恰恰就在这一瞬间，鲨齿龙熙德利用其庞大的身躯通过精准撞击将永川龙皇帝撞翻在地。

顿时，王一川眼前天旋地转起来。

"队长！"

"队长！"

一个个声音在耳边响起。王一川感到眼前的一切正在变得模糊，渐渐地，归于黑暗。

"真是不可思议，比赛刚刚进行10分钟，中国队的队长，以及3号永川龙竟然已经被打倒了！"伴随着K博士不可思议的惊呼，全场观众一片哗然。

三十六　最漫长的45分钟（下）

这恐怕是本届恐龙竞技世界杯上最快的"队长杀"——要知道，一支队伍的队长对于全队的重要性不言而喻。在短暂的沉寂后，竞技场里的西班牙龙迷们高呼着食蜥王龙迦南和它的驯龙师费利佩·德·拉费雷尔的名字，久久没有平息。

看台上，脸色铁青的裴博士半晌说不出话来。对于这位看惯了大赛的恐龙科学家来说，他显然比普通观众更清楚失去队长意味着什么。下意识地，裴博士关注了一下女儿指挥的异特龙亚罗的位置——依然一动不动地潜伏在树林中。局势已然对中国队十分不利，继续潜伏是否还有效果和必要呢？

唯一值得庆幸的是，在王一川的永川龙皇帝被打倒后，韩娅和卜小黑趁乱指挥各自的恐龙逃出了包围圈，但另一头较弱的食肉恐龙就没这么幸运了——它因被西班牙队的4号蛮龙恺撒一口咬住脖子而"毙命"。比分来到3∶1，西班牙队无可争议地轻松逆转了开局短暂的不利局面。

尽管并未得到队友的求援信号，但小雪已经知悉队长被打倒的噩耗。确切地说，这是一件非常打击士气的事。不过在小雪的脸上却看不到丝毫的颓废，恰恰相反，这位年轻驯龙师的神色变得认真起来。

"小雪，小雪？我们现在……该怎么办呢？"小雪的耳机里传来埋伏在旁边的孙娖的声音。

"啊……娖娖，没关系，让我们继续静候。我相信它们一定会过来的！"面对闺密的询问，小雪显得十分镇定。正在这时，她的耳机里又传来了韩娅的声音。

"小雪，你还好吧？"

"娅姐，我在G5区域。"

"你怎么会在那里？听着，我和小黑逃出来了，现在正准备返回基地。"

"千万不要！娅姐，听我说，请你把它们引到我这里来！"

"什么？你确定？"韩娅的声音显然充满了质疑。

"是的！我和娖娖已经准备好了。而且这是一条进攻中国队营地非常便捷的通道，我相信他们会过来的！"

"好！阿鲁，我们右转！"

韩娅领悟了小雪的意思，立刻向阿鲁下达了指令。尽管有时候阿鲁并不能完全贯彻新主人韩娅的意志，但这一次无论是从西班牙队的包围圈逃出还是改变方向朝G4区域前进，中国队中最年长的食肉恐龙——吉兰泰龙阿鲁都完美地执行了主人的指示。卜小黑的特暴龙铁男则轻松多了，它只要追随阿鲁的脚步便可。不过为了掩护阿鲁，铁男以自己的血肉之躯扛住了鲨齿龙熙德的爪击，损失了3分。

"何塞，那两头中国队的恐龙往中部逃去了！"望着距离越来越近的吉兰泰龙阿鲁和特暴龙铁男，追在最前面的费利佩喊道。

"停止追击！中部F5到G4区域有一条走廊，虽然可以直通中国队的营地，但同时也很危险。假设中国队的精英恐龙在那里设伏……"

"哈哈，何塞，你什么时候变得畏手畏脚了？就算在那种地方设伏，中国队的恐龙在体形上也根本无法与我们的恐龙相提并论，完成构不成威胁！"对于何塞的顾虑，哈梅斯看起来毫不在意。

"确实如此。即便是中国队中目前最强的蛮龙托沃，实际上也无法在一对一决斗中战胜我们，因此没必要犹豫不决。"费利佩表示支持哈梅斯。

何塞沉吟片刻后，决定追击。但由于浪费了宝贵的几秒钟，中国队的吉兰泰龙阿鲁与特暴龙铁男已经跑远。西班牙的4头食肉恐龙只得远远地追赶着，穿越密林，不知不觉来到了F5区域。眼见对方已经逐步上钩，韩娅招呼卜小黑指挥各自的恐龙分头行动，这令追过来的西班牙驯龙师们感到更加迷惑了。原来，在得到小雪的建议后，卜小黑计划分散西班牙队的追踪恐龙的注意力，将其引到G4区域的两个埋伏点位，这样做或许可以形成"区域兵力优势"（7对4），从而最大程度地消灭对手。此刻，小雪等人并不知道剩下的5头西班牙食肉恐龙在哪里，但劣势之下，已经无法顾及这么多了。

"小雪，接下来由你统筹指挥剩余的食肉恐龙。"韩娅通过对讲系统对小雪说道。

"什么！娅姐，你是认真的吗？"小雪简直不敢相信自己的耳朵，这是让自己当"代队长"？

"是的。刚才我已经简短地和艾琳进行了沟通，她也认为以目前的局势，由你统筹指挥进攻再合适不过了。"

韩娅的声音听起来是那样地坚定，这令小雪既吃惊又兴奋。与此同时，在另一部SDC操作舱里，孙艾琳的嘴角露出一丝难以察觉的笑意。

"没想到那家伙竟会主动找我说事……不过，她的提议非常中肯——小雪，后面就看你的了！"混血美女自言自语道。

小雪通过异特龙亚罗的视野看了眼悬浮在赛场上方观战的观众席，暗暗下定了决心。原本娇生惯养、家庭意识淡薄的小雪在经历了这一系列事件后竟逐渐体会到了亲情的力量。在外漂泊3年的她，不仅要为了祖国的荣耀，也要为了那个曾经温暖的家、为了父母而战。

转眼间，由韩娅指挥的吉兰泰龙阿鲁庞大的身躯出现在亚罗和小雪的视野中，机敏的小雪立即意识到西班牙队的恐龙很可能就在其后不远处。但在吉兰泰龙阿鲁的视野中却看不到队友的影子。原来，异特龙亚罗（包括蛮龙托沃）都找到了可以藏身的土坑掩体，并通过撞击附近的树干将自己的身躯尽可能隐藏在树叶和高草后，这令从远处而来的其他恐龙很难在第一时间发现它们。

"咳！中国队6号异特龙和7号蛮龙居然完全贯彻了驯龙师的意志，完成了超乎动物所能做出的极限伪装手法，简直不可思议！现在……让我们来看看它们的伏击是否会奏效！"K博士接连发出感慨。

当吉兰泰龙阿鲁退到距离隐藏的异特龙亚罗很近的位置时，小雪接通了与韩娅的通话设备。

"娅姐，我就在你的左后方。"

"什么？这里没有任何恐龙的身影呀！"听到的小雪声音，韩娅显得非常诧异。

"嘘……娅姐，你可以在附近做好应敌准备了。很快你就会看到我，嘿嘿！"

"好吧……希望我的恐龙能'活'过接下来的5分钟。"

韩娅将信将疑地指挥吉兰泰龙阿鲁停下脚步，转身面向撤退的方向。几十秒钟后，一头健硕的食蜥王龙和一头大约10米长的斑龙赶到了，毫无疑问，这两头恐龙便是被卜小黑的特暴龙铁男引开注意力后继续追踪吉兰泰龙阿鲁的追兵了。当费利佩通过食蜥王龙迦南的视野发现他的猎物——吉兰泰龙阿鲁突然停止逃跑并转过身来时，心中不禁产生了一丝疑惑。

"嘿，何塞，你们去哪儿了？我这里有些不对劲……"

费利佩正打算呼叫队友，但话音未落，小雪指挥的异特龙亚罗突然从隐蔽物后一跃而出，张开血盆大口精准地咬住了食蜥王龙身边那头斑龙的脖子，直接将其打倒在地。这是一记致命攻击，记分牌上的比分很快变成了2∶3——中国队追回了1分！

"这简直不可思议！中国队的6号巨异特龙居然隐藏得那么

巧妙！它只消一击便要了西班牙队11号斑龙的'命'！"

K博士以夸张的语气声情并茂地讲解着战况。不要说观众了，就连身为动物的食蜥王龙迦南似乎也被眼前的一幕吓到了，不由自主地后退了几步。

"费利佩！费利佩！你怎么了？"

费利佩的耳机里传来何塞的声音。但是这位紫发少年却无暇顾及队友的呼叫，慌忙试图指挥食蜥王龙迦南进入战斗状态，但自己的爱龙反应迟钝。吉兰泰龙阿鲁和另一头中华盗龙同时从侧面向食蜥王龙扑来，尽管躲过了这次攻击，但迦南却因脚崴了而站立不稳，险些摔倒。异特龙亚罗看准时机，伸出它致命的利爪使劲一钩，划到了食蜥王龙迦南的侧腹部，尽管"伤"得不重，却导致它失去了2分。

随着比赛进入小高潮，竞技场内的观众传来阵阵惊呼声，那些没能买到入场券的观众则被直播现场赛况的数面大屏所吸引，不知何时，从外围挤进来一个身材纤瘦、个头中等偏上、穿着休闲服、戴着墨镜、留着与众不同的银色秀发的少女。也许是不小心挤到了一位同样聚精会神观看比赛的中年大叔，这个少女立即遭到了谩骂。

"臭丫头，不长眼睛吗？"

中年大叔说着就要伸手去推开少女看起来有些瘦弱的肩膀，却被对方以娴熟的动作反手抓住了手腕。

"好大的力量，你……你是什么人？"

"别碰我。"

少女推了推墨镜，镜片后闪过一双犀利的红色的眼睛，吓得中年大叔慌忙掉头跑开。少女随即把目光投向大屏幕——食蜥王龙迦南正在与异特龙亚罗激烈地搏斗着。

"何塞！我遭到袭击了，目前是1对3的状态！"

费利佩在对讲系统中高声喊道，然而，听筒中却没了何塞的声音。原来在另一边，由何塞指挥的鲨齿龙熙德和由哈梅斯指挥的蛮龙恺撒也遭到了中国队恐龙的狙击——它俩面前出现了两头中国队的中华盗龙，先前逃跑的特暴龙铁男也掉头准备迎击。更要命的是，他们还并不知道最可怕的杀手——蛮龙托沃正如同另一边的异特龙亚罗一样，潜伏在隐蔽物下伺机行动。

"它出来了！是中国队的7号蛮龙！它竟然一跃掀翻了比自己大得多的西班牙队的4号蛮龙！"

观众们的目光迅速从异特龙亚罗与食蜥王龙迦南身上转移到另一片战场。只见从掩体中冲出的蛮龙托沃竟将西班牙队的格氏蛮龙恺撒撞翻在地。系统判恺撒失去了3分，可见这一击并不简单。

"小黑哥哥，我……"孙娰打开了与卜小黑的通话设备，欲言又止。

"娰娰！我……"正指挥特暴龙铁男协助蛮龙托沃夹击西班牙队格氏蛮龙恺撒的卜小黑愣了一下。

"小黑哥哥，这次比赛结束后，我……想回中国。"

"啊……那是一件很好的事哟！"卜小黑发觉说出来的话跟不上自己的大脑。

"回去后……我们还能做朋友吗？"孙娰的声音越来越小，

"别误会,我知道你已经和葛燕在一起了。我的意思是,我们还能做好朋友吗?"

"现在是比赛时间,请集中注意力!"

卜小黑以严厉的语气打断了孙娀的话。也许是意识到自己说得太多了,孙娀忙把注意力转移到比赛中去。被打倒的格氏蛮龙恺撒显然不会就范,只见它试图爬起来,但特暴龙铁男又以身体作为冲击物将其撞倒。一旁的鲨齿龙熙德也被两头中华盗龙缠住,一时之间无法脱身。

"我们的时间不多了,快,一鼓作气击败这头蛮龙!"眼见那两头中华盗龙正苦苦纠缠着鲨齿龙熙德,卜小黑有些着急地冲孙娀大喊道。

"是,小黑哥哥!"

孙娀兴奋地点了点头,开始加大对蛮龙托沃的指挥力度。悟性极高的托沃很好地贯彻了主人的意志,接连对敌方蛮龙恺撒的要害部位一阵猛咬。此时此刻,身躯庞大的蛮龙恺撒居然只剩下了4分。很显然,何塞也发现了战况对己方不利,聪明的他开始考虑其他办法了。

"不要硬拼,不行就撤退!"深知哈梅斯莽撞性格的何塞大喊起来。

"见鬼……我怎么会输给这种对手!恺撒,给我站起来!"

哈梅斯有些抓狂地咆哮起来,但恺撒似乎左腿受了点伤,怎么也站不直,这导致它那堪称本届杯赛咬合力最强的血盆大口发挥不了任何作用。终于,在一次蛮龙托沃对其颈部的致命一击后,这头巨兽轰然倒地。

"难以置信,西班牙队的绝对主力,本届杯赛最大的食肉恐龙之一——4号蛮龙居然就这样被击败了!比分来到3:3!"

K博士惊讶地瞪大了眼睛。伴随着他的惊呼,所有观众发出了不可思议的叹息声。不知何时,那位先前出现在场外的银发红瞳少女已悄然无息地出现在了西班牙队的观看台附近。

"你到底还是来了……是不甘心吗?"西班牙教练瞥了一眼少女,漫不经心地说道。

"嗯。"少女那稚嫩而美丽的脸上流露出一丝无奈。

"埃斯特莉娅,你要我说多少次,恐龙竞技世界杯的驯龙师必须年满18周岁才可以参赛——很遗憾,到下个月你才符合要求。"教练转过身,把手搭在少女的肩上,语重心长地继续说道,"保持耐心,未来一定是你的天下。你看,中国队也有一位和你相似的天才少女,名叫裴小雪……"

"教练,我知道——我就是为了看她的比赛才来到这里的。"埃斯特莉娅连忙接过话去。

"那就集中精力看好了。"西班牙教练将了将自己花白的胡须,缓缓说道,"这个裴小雪可不简单,而且……还有她那头更不简单的巨异特龙。"

听着教练的话,埃斯特莉娅楚楚动人的红色双眸闪动着兴奋的光彩。

比赛已经过半,在蛮龙恺撒被打倒后,意识到不可继续硬拼的何塞连忙指挥鲨齿龙熙德先行撤退,主动退出了战场。另一边,被以3打1之势围攻的食蜥王龙迦南也有些招架不住了。在勉强击败那头较弱的中华盗龙后,它终于被异特龙亚罗掀翻在地,并就此失去了全部分数。

　　"4:4! 看起来中国队掌握了主动权,第一拨进攻的西班牙小分队已经溃散! 真是不可思议,西班牙队中3头绝对主力食肉恐龙已经被打倒了两头!"

　　沉浸在短暂喜悦中的小雪通过异特龙亚罗的视野向头顶上漆黑的看台望去,这时,一种异样的感觉猛然触动了她的心扉。

　　"埃斯特莉娅·德·席尔瓦?"小雪下意识地说出了一个连她自己都完全陌生的名字。

　　"裴小雪……"此时此刻,坐在西班牙队观看台上的埃斯特莉娅注视着异特龙亚罗,念出了小雪的名字。

　　"喂,小雪,别发呆呀,快指挥亚罗跟我一起反攻!"

　　小雪的耳机里突然传来韩娅催促的声音。于是,年轻的驯龙师连忙从迷茫中回归现实,指挥正等待主人命令的异特龙亚罗迅速跟上已经向前冲去的吉兰泰龙阿鲁。另一边,蛮龙托沃、特暴龙铁男和另外两头中华盗龙也转入反攻。但值得注意的是,这4头恐龙因为经过了激烈的搏斗,身上剩下的分数已不足一半。

　　"没想到……中国队真的有机会战胜西班牙队。"坐在看台上的雷恩·马什感叹道。

　　"恐怕没那么简单。"身旁的贝尔格蕾雅却不像往常那样对中国队充满信心,"目前看似中国队和西班牙队剩余的恐龙数量相同,但是它们身上小分的情况不容乐观……"

　　"贝姐? 难道你的意思是……"雷恩似乎领悟到了什么。

　　由异特龙亚罗和蛮龙托沃带领的两路恐龙在F5区域会合,

准备乘胜追击。这一意图早已被何塞料到。在脱离中国队的包夹后，这位西班牙天才少年迅速与队友取得联系，一面请求从森林的另一侧进攻中国营地（他已摸清中国队的全部食肉恐龙都聚集在G4-F5区域），一面决定如法炮制，将中国队引至利于西班牙队防守的区域，然后将其击败。

于是，当中国队6头食肉恐龙呈一字长蛇阵在丛林中穿梭着向西班牙营地推进时，西班牙队剩余的6头食肉恐龙却均分为两组，其中一队由何塞指挥，负责引诱和伏击进攻的中国恐龙；另一队由3头斑龙组成，它们计划从最边缘的地带秘密摸到中国队营地，从而实施攻击。

时间一分一秒地过去，小雪的异特龙亚罗作为领头恐龙，特意放慢脚步十分谨慎地向前推进。小雪心里很清楚，既然可以通过埋伏、偷袭得手，实力明显在己方之上的西班牙队也完全可以做到。要知道，刚才发生的战斗仅仅只围绕5头恐龙西班牙队食肉恐龙展开；那么，另外5头究竟在哪里？

伴随着一连串疑问，裴小雪注意到本场比赛时间已经过去了2/3。尽管只有短短的45分钟，但是对于所有参赛的驯龙师来说，这恐怕与历史上那场许特根森林战役一样，是梦魇，更是最漫长的煎熬……

三十七　遥远的梦想

异特龙亚罗带领着中国队的进攻恐龙向前小心地行进着。不知过了多久，一个熟悉的身影出现在异特龙亚罗的视野中。小雪连忙下令全队停止前进——是"拦路虎"鲨齿龙熙德。

系统显示，熙德身上还有9分，这令曾与其在同一区域战斗的孙娴十分吃惊。要知道，熙德曾长时间与两头中华盗龙搏斗，虽然未能击败其中任何一头，但这两头中华盗龙分别仅剩2分和4分了；两头中华盗龙以累计14分的代价竟只伤到鲨齿龙熙德的皮毛！不仅如此，作为进攻主力的特暴龙铁男也只剩下3分，可以说是基本失去了战斗力。

"娴娴，我还剩8分，你那边情况如何？"小雪急切地问道。

"情况好像很糟糕。我……只剩下5分了。"孙娴打开恐龙计分显示装置，频频摇头。

"确实很糟糕……但是我们必须突破何塞哥的防守，否则就前功尽弃了！"小雪斩钉截铁地说道，"我来打头阵，让我们一鼓作气冲过去！"

在小雪的鼓舞下，中国队的恐龙很快做好了攻击姿势。但由于此处树林过于茂密，能供巨大恐龙通过的道路似乎只有鲨齿龙熙德把守的这一条而已。眼见没有其他选择，小雪只得指挥异特龙亚罗第一个冲上了这条狭窄的通道。然而，鲨齿龙熙德却一反常态地向后退去。

"它想逃吗？"孙娥有些困惑。

"不对……这肯定有问题。"小雪皱起了眉头并要求异特龙亚罗停止前进。

"小雪，别堵在前面呀，我们必须尽快赶到西班牙队的营地，否则……万一有另一支西班牙小分队已经去偷袭我们的基地，那该如何是好？"

见小雪停滞不前，性急的卜小黑开始催促她。左思右想后却又没有办法的小雪只得让亚罗恢复了行动。然而就在所有中国恐龙进入这一块狭窄区域后，突然从后方冲出两头满血的西班牙队10米斑龙，堵住了后路；与此同时，一直在后撤的鲨齿龙熙德也掉头迎面冲了上来。

"两路包抄？糟了！"位于队列中段的韩娅通过吉兰泰龙的视野观察到首尾皆出现了敌人，心头一怔，随即打开了与小雪的通话器，"小雪，别和鲨齿龙硬拼，快想办法摆脱它！"

"娅姐？"

"后有追兵！小雪，你的速度最快，你快走！这边交给我们来解决！"韩娅一反温柔常态，大吼起来。

小雪连忙行动起来。异特龙亚罗相较鲨齿龙熙德矮小了许多，两龙相遇时，熙德没想到亚罗冲到自己面前时竟俯身从一侧并不太大的空隙如箭一般钻了过去。

"难以置信，体长达到12.2米的中国队6号巨异特龙居然像泥鳅一样从西班牙队3号鲨齿龙身旁窜过！如果我没记错的话，这头巨异特龙的驯龙师正是本届杯赛最年轻的裴小雪！"

战况令K博士大跌眼镜，这还是他第一次在解说中报出驯龙师的名字。西班牙老教练双眉紧锁、不动声色地注视着这一场面，同时瞟向坐在自己身旁的银发红瞳少女——只见她那看似面无表情的稚嫩脸蛋上悄然浮现出一丝不服气的神色。

何塞先是一惊，但很快恢复了自信的笑容。在他看来，放过一头异特龙似乎并无大碍；因为他心里十分清楚，己方营地的镇守者——由队长冈萨雷斯指挥的1号甲龙佐罗可不是普通的小角色。

"小黑，让中华盗龙到中间来，我去断后！"在小雪离开后，韩娅立即发号指令，"嬿嬿，前面的鲨齿龙交给你了，马上小黑会过来支援你！"

"明白！"韩娅的耳机里传来卜小黑和孙嬿不约而同接受指令的声音。

一场恶战在即。

在中国队的营地，尽管没有战事，孙艾琳却一直通过剑龙女王的视野保持警惕。比赛进行到38分钟时，孙艾琳发现远处的树林中似乎有恐龙的影子在闪动。她立即提醒另一位指挥2号剑龙的驯龙师提高警惕性。不多时，几个影子越来越近，孙艾琳看清了那是西班牙队中最普通的斑龙。

"1……2……3，一共3头，哼……"孙艾琳默默地数着，同时打开了与韩娅的通话器，"喂喂……敌人已经来到我方营地了，是3头斑龙。"

"什么？你确定是3头？也就是说，西班牙队的全部兵力已经展现了——在这里夹击我们的也是3头恐龙！"

听了孙艾琳的话，韩娅迅速计算了西班牙队的兵力排布，并以此得出了结果。她心里明白，已经摆脱包围、前往西班牙营地的异特龙亚罗因此有了更大的胜算！目前的局势对于比赛进入白热化阶段的双方营地来说都是极大的考验。

"来吧……不知死活的家伙……"已经沉默超过半个小时的孙艾琳突然来了精神，抿了抿嘴，邪魅地笑了笑。

一头前来试探的斑龙率先将自己的一只脚伸进了中国队的营地，但立即遭到剑龙女王的猛烈还击——只见这头健硕的母剑龙立刻扬起尾部的4根巨型骨钉狠狠地扫向目标的腿部，将其打翻在地。这一击令对手迅速失去了5分。其余两头斑龙被这一举动吓住了，不由自主地向后退了几步。倒地的斑龙慌忙向基地外边打滚边艰难地再次站起。由于食草恐龙受到比赛规则限制，无法在基地外长期行动（走出基地超过20秒会被强行判为"阵亡"），剑龙女王只得作罢。

另一边，小雪指挥异特龙亚罗一阵狂奔后也来到了西班牙营地的外围，等待它的，是两头全副武装的"重型坦克"——巨型甲龙。其中由西班牙老队长冈萨雷斯指挥的1号甲龙佐罗，更是被誉为"伊比利亚的磐石"。看起来，小雪那头偏瘦的异特龙亚罗完全没有胜算。别说是并非力量型角色的异特龙，哪怕是最为强壮的霸王龙，也无法在这两头甲龙身上占得便宜，这在两年前的第四届恐龙竞技世界杯的决赛中已有所体现。

"时间不多了……一定要尽快攻下这里！"小雪自言自语着，通过异特龙亚罗的视野仔细观察着敌方营地，寻找机会。

突然，伴随一声巨响，蛮龙托沃呈痛苦状态倒地，并且发出了痛苦的呻吟声。很显然，它在鲨齿龙熙德发动的一次对腹部柔软部位的冲击中受了重伤。尽管还有1分（并未完全出局），但已经无法继续战斗。为了减轻它的疼痛感并尽快得到医治，在征求了中国队主教练张恩南的意见后，赛场设备对其进行了催眠。望着眼前这一景象，裴博士面色凝重地站起身，但很快又无可奈何地坐了回去。

"目前的局势对中国队已经极为不利。在中国队中，唯一在进攻能力上能与西班牙队3号鲨齿龙抗衡的7号蛮龙已经出局，这对于已经几乎创造奇迹的他们来说无疑是当头一棒！"

K博士的声音中充满了同情和遗憾。

"小黑，请你再抵挡一会儿鲨齿龙的进攻，我马上就可以突破他们后面的包抄了！"心急如焚的韩娅打开和卜小黑的通话器喊道。

"娅姐，我……我快顶不住了！"

小黑以急促的语气叫着，指挥特暴龙铁男拼命抵挡住鲨齿龙熙德的攻击，但由于全方位均处于劣势，明眼人都知道，它被击败只是时间问题。好在堵截中国队队尾的两头斑龙的血量所剩无几，随着吉兰泰龙阿鲁的一记奋勇攻击，其中一头斑龙被打倒在地，再也没能爬起来，比分再次回到同一起跑线上。仅剩的一头西班牙斑龙由于体形不占优势，已经无法完全封锁中国队的退路。但是，就在韩娅激动地招呼卜小黑准备后撤时，一直苦苦支撑的特暴龙铁男终于轰然倒下。

"对……对不起！我已经尽力了，你快逃呀！"

伴随着卜小黑绝望的喊声，韩娅先是一愣，紧接着赶紧与两头中华盗龙队友齐心协力攻击最后那头西班牙斑龙。但是，它们犯下了一个可怕的错误，竟然没有恐龙去应付鲨齿龙熙德——一声可怕的巨吼后，熙德一口将其中一头中华盗龙"咬死"。

目睹中国队这短短几十秒里糟糕的表现，裴博士连连摇头，只得把目光再次投到远在西班牙营地进攻的女儿所指挥的异特龙亚罗身上。比赛已经近尾声，小雪的异特龙亚罗还没有发起攻击。她在等待机会吗？然而时间已经不允许了。

"快点做出决定啊……我的宝贝女儿！"裴博士终于沉不住气了，神情焦虑地低语道。

不过就在异特龙亚罗踌躇不前时，孙艾琳指挥剑龙女王再一次用可怕的尾椎打中了一头企图攻击的斑龙，同时，队友2号剑龙则趁着对方倒地的机会抡起尾椎击中了这头斑龙的腿部，并致其受伤无法再爬起。另外两头西班牙队斑龙似乎被这场景吓蒙了，连忙后退。中国队将比分追至6：7。

"双方比分一直咬得很紧，似乎没有出现过2分以上的差距。这会不会令观众朋友们吃惊呢——要知道，在小组赛，西班牙队曾经以12：0的可怕优势将中国队牢牢地压制……"

K博士继续着对比赛进程的客观分析。随着比赛临近尾声，偌大的竞技场上反而变得鸦雀无声，似乎每个人的神经都已被比赛所牵动，再也无暇顾及其他任何事情了。埃斯特莉娅一言不发地坐在教练身旁注视着比赛场上的情景，不知何时，教练拍了拍她那纤弱的肩膀。

"怎么样，你对这场比赛有何看法？"

"我……看到了希望。"埃斯特莉娅轻声答道。

"希望？"教练饶有兴趣地问道，"获胜的希望吗？"

埃斯特莉娅微微摇了摇头，没有再回答教练的话，只管继续入神地观看比赛，脸上挂着与年龄不符的冷漠。

比赛进行到第42分钟，中国队的最后一头中华盗龙在鲨齿龙熙德的攻击下倒下了；与此同时，吉兰泰龙阿鲁终于突破了那头西班牙队斑龙的防守，并将对手"踢出局"。比分更替到7：8，中国队落后西班牙队1分。另一边，在西班牙队营地，异特龙亚罗终于通过环绕奔袭的方式得手一次，将西班牙队的2号甲龙击伤，拿到了分数。中国队的营地中，两头西班牙斑龙始终无法找到攻击的办法，只得在外围无奈地绕着圈子。观众的焦点又回到了地图中部的吉兰泰龙阿鲁和鲨齿龙熙德身上。此时此刻，这两头恐龙正在林间快速穿梭着，阿鲁想要摆脱熙德的追击，但很明显，它的速度并不足以支持这个战术意图。

"只能硬拼了吗……"

韩娅用手将了将被汗湿透的刘海。突然，在她的指挥下，吉兰泰龙阿鲁掉转龙头，竟朝着鲨齿龙熙德正面冲去。

"这是什么招式？难道她疯了吗？"何塞大吃一惊，忙指挥鲨齿龙熙德摆出御敌架势。然而就在这一刻，吉兰泰龙阿鲁突然腾空跃起。

"这是什么招式？难道它疯了吗？"K博士惊叹道。

"去吧！阿鲁……胜利属于我们！"

只见吉兰泰龙阿鲁凌空亮出了它锋利的双爪，朝鲨齿龙熙德的后背抓去。何塞的嘴角露出一丝难以察觉的笑意。只见鲨齿龙熙德突然抬起头来，硕大的脑袋竟触碰到了吉兰泰龙阿鲁的腹部，致使其失去平衡。在落地前的刹那，阿鲁的爪子还是划到了熙德的后背，但自己也重重摔倒，被熙德强有力的脚掌踩住了脖子。

"中国队4号吉兰泰龙出局！西班牙队3号鲨齿龙扣3分！"K博士激动地站了起来，挥舞着拳头大喊道。全场哗然。

"该死的，竟然扣了3分！"何塞不满地狠狠捶了一下椅背。

"小雪、艾琳……后面就看你们的了！"望着眼前逐渐暗淡的一切，韩娅面带微笑地闭上了眼睛。

"韩娅——"

小雪和孙艾琳似乎同时感受到了韩娅的期许，异口同声地喊出了她的名字。孙艾琳摘下头盔，抬头望了望操作舱里的一张很小的老照片，上面的女人正露出慈爱的笑容。

"妈妈……你一定在看着我，我不会让你失望的。"孙艾琳也笑了，轻轻吻了吻照片，攥紧了拳头。

于是，不可思议的一幕出现了——中国队的1号剑龙女王竟然主动从营地里出击，猛扑营地外围边缘的那头残血斑龙；很明显，斑龙的主人绝不会想到对方的防守恐龙会主动出营，眼睁睁地看着斑龙被撞翻在地。孙艾琳迅速指挥剑龙女王用尾椎的长钉给了这头斑龙致命一击。

"天哪，1号剑龙的驯龙师该不会忘记了防守恐龙只能在营地外不超过20秒吧，这……实在是太冒险了！"就连K博士也惊呼起来。

幸存的最后一头斑龙向后退缩了几步，紧接着也被"杀红了眼"的剑龙女王击倒。此时，剑龙女王在营地外已经待了10秒，若再不回头，恐怕就来不及了。

"小雪，最后一击就拜托你了，一定要解决至少一头西班牙队的防守恐龙！"

孙艾琳打开了与小雪的通话器，一边喊着，一边指挥剑龙女王以超乎想象的力量死死压制着试图挣扎的西班牙队斑龙。时间一秒一秒地过去，被尖刺顶住腹部的斑龙终于失去了全部分数，而几乎在同一时间，剑龙女王在营地外的时间达到了20秒，也被瞬间判负。

"它们……居然……同归于尽了……"K博士颤抖着声音解说道。

场上的比分来到了中国队9：10西班牙队，比赛时间只剩下1分钟。鲨齿龙熙德已经没有时间赶到中国队的营地或赶回己方营地。而对于小雪来说，只有击败一头甲龙，才有可能将比赛拖入加时赛。想到这里，她开始深呼吸，努力使自己平静下来。只剩下几十秒了……

"很明显，中国队6号异特龙已经没时间同时击败两头甲龙了，目前，它唯一的机会就是击败西班牙残血2号甲龙，争取通过平分拖入加时赛,可是仍旧满血的1号甲龙正把队友很好地保护在自己身后……"

K博士正目不转睛地盯着赛场上的西班牙营地认真解说着,突然,观众们发现异特龙亚罗走步呈S状向西班牙的甲龙冲去。它的迷惑动作引得两头甲龙不知所措,然后惊恐地将头分别朝向两个方向。但甲龙结实的背部装甲使得其很难被凌空攻击所伤,擅长跳跃的异特龙亚罗会用什么办法来解决甲龙呢?

"刹那间,中国队6号异特龙已经冲到了西班牙队2号甲龙的面前……什么?那是什么姿势!"

K博士突然间语塞了。只见异特龙亚罗竟侧卧倒地,以滑铲的姿势伸出它那强壮有力的"大长腿"向2号甲龙蹬去。只听一声沉闷的撞击声,异特龙亚罗竟铲翻了重达9吨的甲龙,使其柔软的腹部暴露无遗。比赛还剩下最后10秒,异特龙亚罗如饿虎扑食般伸出利爪、张开血盆大口,狠狠地攻击着西班牙2号甲龙的软肋。终于,在比赛结束前两秒,中国队扳平了比分!紧接着,终场的钟声响起,10∶10——中国队与西班牙队暂时打成平手!这意味着,恐龙竞技世界杯举办5届以来,第一次将以比小分的方式来决出胜负!

裁判技术组正在紧张地统计场上幸存恐龙身上的小分总和情况,满头大汗的小雪瘫坐在SDC操作舱的地板上,大口地喘着粗气——刚才激烈的比赛似乎已经耗尽了她的精力。很快,裁判技术组公布了结果:中国队与西班牙队幸存恐龙的小分之和都是16分!前所未有的一对一加时赛已不可避免。

"真没想到……中国队居然如此顽强。"西班牙教练的额头沁出了汗珠。

"那就是'希望'。"埃斯特莉娅不动声色地说。

"看起来，比赛朝着有趣的方向发展了。"贝尔格蕾雅的嘴角露出了一丝笑容。

"贝姐，你觉得一对一加时赛……"

"让我们静观其变吧。"贝尔格蕾雅胸有成竹地说。

经过短暂的休整，一对一加时赛很快就会开始。不出意外，双方计划参加加时赛的选手分别是异特龙亚罗和鲨齿龙熙德。加时赛将使用一张特殊的专供一对一战斗的狭小地图，由于之前从未出现过比赛被拖入加时赛的情况，因此这张地图也是史上首次被启用。

出战前，小雪和队友们一一拥抱。走到父亲面前，她愣住了，有些不知所措。

"老爸……"

"我的宝贝女儿，我想，不管结局如何，我已经可以为你感到骄傲了——你的母亲也一定会这么想。说不定，她现在正通过电视机看你比赛呢！"裴博士给了女儿一个大大的拥抱。

"我一定会赢，我要拿到冠军，那……那是我的梦想！虽然曾经很遥远，但是现在近在眼前！"小雪瞬间落泪。

几分钟后，两头已经略显疲惫的庞然大物站在了一对一加时赛地图两端的起点。加时赛没有时间限制，一方被击败即告结束。也许在场的10万名观众都没有想到，他们竟然会有机会一睹加时赛的风采。

"女士们、先生们！我宣布——加时赛现在开始！"

随着K博士的一声号令，残酷的加时赛拉开了帷幕。可以看得出，两头以迅猛著称的恐龙都因体能下降而放慢了节奏。

"这正是我梦寐以求的时刻，小雪同学！"何塞打开了与小雪的通话器。由于是一对一的特殊比赛，系统允许比赛双方的驯龙师进行语音交流。

"我也是。何塞哥，我是决不会手下留情的！"小雪不甘示弱地提高了嗓门，指挥异特龙亚罗稳步前进。

"如果直接上去硬拼，那么这场对决根本没有存在的必要。面对力量、体形均在自己之上，只有速度相差不大的对手，中国队的6号异特龙究竟该如何出击呢？"

即便是进入场面相对单调的加时赛，K博士依然继续着他的激情讲解。观众们的注意力随着这位经验丰富的解说家的语调变换着关注点。当鲨齿龙熙德与异特龙亚罗冲到面对面的位置时，都停下了脚步，开始观察对方——仿佛面对面站着一个人一样。

何塞通过鲨齿龙熙德的视野紧紧盯着眼前的异特龙亚罗，开始指挥熙德主动进攻。亚罗沉着应对，先是步步后退，随后转换了方向。小雪已经发现了尽管在绝对速度上，鲨齿龙比异特龙慢不了多少，但灵活性却差了很多。尤其是在转弯时，当异特龙已经跑到侧面时，鲨齿龙的身子只转动了一半。

"这样子，在单挑时可能会比较吃亏。"一直沉默不语的埃斯特莉娅突然开了口。

"你是指熙德会处于劣势？"已经回到看台并坐在埃斯特莉娅身旁的费利佩有些疑惑地问道。

"你觉得呢?"

埃斯特莉娅扬起嘴角微微一笑,扭头用她那红色的双眸盯着费利佩英俊的脸庞。后者只得尴尬地点了点头。

"中国队6号异特龙发动了反击! 但是西班牙队3号鲨齿龙也绝非等闲之辈, 巧妙地躲过了异特龙的首次扑击……"

K博士实时直播着一对一决斗的情况。异特龙亚罗进攻失手后, 马上改变姿态进行二轮攻击, 但很遗憾, 还是被无比机敏的鲨齿龙熙德闪了过去。

"很有意思! 小雪同学, 我对你的勇气刮目相看哪!" 何塞挑衅般地打开了与小雪的通话设备。

小雪没有理会对方, 而是谨慎地指挥异特龙亚罗进行可能的攻击试探。终于, 在你来我往数个回合后, 亚罗终于找到一个机会, 以爪击的方式在熙德的腿部留下了轻微痕迹, 致使其失去1分; 但没有想到的是, 熙德利用强有力的坚尾横扫, 将平衡性并不出色的亚罗打倒在地, 这导致亚罗失去了3分!

"小雪, 别急于求成, 稳住!" 神情激动的王一川挥舞着拳头站了起来, 但在四周队友善意的笑声中, 他很快意识到, 站在SDC操作舱中的驯龙师不可能听到来自外界的声音 (除非是从恐龙听觉系统传入的) , 只好怏怏地坐下。

见进攻受阻, 小雪只得另想他法。她指挥异特龙亚罗开始围着鲨齿龙熙德绕起了圈子, 熙德则不慌不忙地盯着眼前这头瘦弱一圈的巨兽。随后, 亚罗又发动了几次攻击, 均无甚效果, 反倒使自己又损失了3分; 熙德仅受了点皮毛伤, 损失1分。双方身上的分数比来到了4:8, 坚如磐石的熙德占据了极大的优势。

"很遗憾，小雪同学，有时候恐龙实力的差距是很难用驯龙师的天赋来弥补的，哈哈哈！"何塞的傲慢展露无遗。

　　由于分数上的差距，小雪终于冷静下来——她不敢再疯狂试探主动攻击。胜利的天平似乎开始倾向鲨齿龙熙德。只见熙德开始转守为攻，将异特龙亚罗逼得步步后退。眼见无计可施，心慌意乱的小雪只得指挥异特龙亚罗向后撤退；何塞则指挥鲨齿龙熙德猛追上去。由于一对一决斗比赛场地较小，亚罗只能狼狈地绕场飞奔着躲避熙德的进攻。

　　此时，中国队看台上的全体驯龙师都站了起来，所有人都意识到了形势的危急；贝尔格蕾雅、雷恩，甚至包括特意赶来观看比赛的雅各布·梅森也都面色凝重地盯着比赛场地。与此形成对比的是，西班牙队看台上一片欢声笑语，仿佛已经胜券在握；只有一个人例外，那就是一直面无表情的埃斯特莉娅——她似乎一直在思考着什么。

　　裴小雪的脑子里已经乱成了一锅粥。

　　"小雪……小雪，你在发什么呆呢，将军啦！"突然，一个声音从遥远的地方传来。

　　"爷爷？"小雪立刻辨出了这个声音。她眼前出现了一个巨大的中国象棋棋盘——那正是自己年幼时与爷爷最喜欢的娱乐活动。

　　"怎么，你就这样认输了吗？"小雪的爷爷慈祥地笑着，指了指小雪面前的棋盘区域，"你还有一步棋可走呢，只要不是无路可走，这局棋就还没有结束。"

　　小雪凝视着棋盘，很快发现了端倪——原来，并没有到山穷水尽之时。

渐渐地,何塞通过鲨齿龙熙德的视野注意到先前慌乱逃窜的异特龙亚罗突然改变了行进方向。不过由于占据着巨大的优势,西班牙少年并未过多地关注这一变化。随着距离拉近到只剩一龙长度(约12米)时,不知是有意还是无意,异特龙亚罗的脚崴了一下,身体失去了平衡。

中国驯龙师们不甘地闭上眼睛,等待最后一刻的到来;西班牙驯龙师们则欢呼着跳跃起来——只有埃斯特莉娅的嘴角露出一丝难以察觉的笑意。

"机会就在一瞬间,你死定了!"

何塞咆哮着,指挥鲨齿龙熙德想要给对方致命一击。然而,异特龙亚罗却趁着鲨齿龙熙德抬起一条腿准备扑击时,挥动强有力的长尾猛地扫向后者那条单独站立的腿——无法抗拒这股强大冲击力的鲨齿龙熙德立刻被掀翻在地。

"轮到我了——将军!"

小雪怒吼着,指挥异特龙亚罗以电光石火之速一边用身体牢牢地压在对方身上使其动弹不得,一边使用前爪对鲨齿龙熙德完成了锁喉攻击;但是,反抗中的鲨齿龙熙德也弄伤了亚罗的大腿,甚至导致其流血。K博士起身离席,急切地向裁判技术组询问电脑计算的扣分结果。

"中国队6号异特龙扣3分,还剩最后1分!西班牙队3号鲨齿龙遭到致命攻击,出局!"

霎时间,竞技场沸腾了……

炙热的梦想

"我们赢了？"

"我的老天，我们赢了吗？"

"我们赢啦！赢啦！"

中国队的看台上，所有人喜极而泣，疯狂地相拥庆祝。

"我宣布，这场足以永载史册的半决赛的获胜者是——中国恐龙竞技队！"

伴随着K博士一锤定音的宣判，所有中国队的龙迷们自发地全体起立高唱国歌，将现场气氛点燃到极致。仍然站在SDC操作舱内的小雪似乎不敢相信自己的眼睛和耳朵。只见她大口地喘着粗气，直到工作人员打开舱门，扶着她走出操作舱。当阳光洒在这个中国女孩的脸上时，全场爆发出震耳欲聋的欢呼声，此起彼伏，经久不息……

"今天，你是我们所有人的骄傲！小雪！"教练张恩南快步走到小雪面前，激动地握住了她的手。

"我们……晋级决赛了？"小雪似乎还有点蒙。

"是的，我的宝贝女儿，你是我们恐龙竞技队的英雄！"

裴博士高兴地一把将女儿抱起。队友们蜂拥而至，从裴博士的手里接力过这位最年轻的驯龙师，让她在幸福的海洋上"飘荡"着。

"小雪，快看看谁来了！"

不知何时，孙艾琳的声音让处在幸福海洋之中的小雪回到现实中。众人连忙把她放下来，只见贝尔格蕾雅、雷恩等人出现在眼前。很明显，大伙儿都是因为中国队的晋级前来祝贺的。

小雪与朋友们尽情地拥抱、庆祝、热聊，不过令她略感意外的是，西班牙队的一些驯龙师也过来祝贺中国队。何塞走在最前面，他的脸上洋溢着灿烂的笑容，完全看不出战败带来的痛苦。跟在何塞身后的银发红瞳少女则引起了中国队所有驯龙师的注意。

"恭喜你，小雪同学，我认为你绝对配得上这场精彩对决的胜利。"何塞走到小雪面前，非常大度地伸出了手。

"谢谢你，何塞哥！"小雪毫不犹豫地握紧对方的手。

"不过……下次我一定会击败你和你们中国队。请小雪同学也要继续认真训练哟！"

"没问题，我一定奉陪到底！不过话说回来，何塞哥，你身后这个漂亮的女孩是……"

"嘿嘿，她是我们西班牙恐龙竞技队的见习驯龙师埃斯特莉娅·德·席尔瓦，因为年龄不达标，遗憾地错过本届世界杯。

不过别看她年纪小，和你一样，也是个天才！"

何塞非常自豪地退让到一旁，面容冷若冰霜的埃斯特莉娅完全展露在裴小雪的视野中。小雪走上前去，仔细打量着这个比自己高一些，看上去十分瘦弱的女孩，脸上突然露出恍然大悟的神色。

"你就是那位直接和我心灵对话的……"

"很高兴认识你，斯黛拉·裴。"埃斯特莉娅却以极快的语速打断了小雪的话，并伸出了手。

"你……怎么会知道我的英文名？"小雪诧异极了。

"我们还会再见面的。"埃斯特莉娅冲小雪眨了眨眼，原本严肃的脸上突然掠过一丝如流星般难以察觉的笑意。

在这一刻，每个人的心里都是暖洋洋的，然而——

"嘀嘀嘀……"

韩娅的口袋里响起了手机铃声。只见她犹豫片刻，有些不耐烦地掏出手机，边将手机解锁边走到通道里无人的角落。

"恭喜啊，大小姐！"听筒那边传来那个先前多次打过电话、令人作呕的使用变声器的男声。

"废话少说！这次又是什么事？"韩娅瞟了下四周，不耐烦地压低了声音。

"我听说你们中国队的那两头宝贝——异特龙亚罗和蛮龙托沃都受伤了，恐怕难以出战决赛。这样一来，我倒有点担心大小姐你呢……"

"住口！我不需要你来假装关心。而且从今往后，你也不会再找到我了！后会无期！"

韩娅说罢，不由分说地挂了电话，把手机粗暴地扔在地上，然后蹲下身去，从手机里抠出一个微小的球状物体扔在地上，狠狠踩了几脚，将其彻底摧毁。

　　"请原谅我……宫本美和子已经死了。"韩娅自言自语道，头也不回地转身离去。

　　当韩娅返回中国队看台时，张恩南正招呼所有驯龙师和工作人员合影留念。她连忙拭去泪痕，强颜欢笑地冲入驯龙师大军，与并肩作战的兄弟姐妹们一起摆出造型并高喊口号——

　　"世界杯决赛，我们来啦！"

　　照相机记录下了这永恒的时刻。一群为了追逐梦想的年轻人，他们不断创造奇迹，一步一步地走到了这里，并且还将继续走下去。

　　由于绝对主力异特龙亚罗和蛮龙托沃因伤缺阵，在3天后的决赛中，尽管中国队在王一川的带领下与美国队进行了殊死搏斗，但终究因双方实力差距太大而遗憾败北，屈居亚军。但是没有人去责备这支已经远远超出预期战绩的年轻队伍；相反，所有人都记住了这个奇妙夏天的主角——中国恐龙竞技队和他们所带来的一抹红色。

　　颁奖仪式结束后的第二天，中国恐龙竞技队全体成员参与了一次盛大的聚会。在聚会上，王一川、孙艾琳和队中另外一位出生于2092年的老驯龙师共同宣布永久退出恐龙竞技队——"92黄金一代"就这样书写完了他们的故事。退役后，王一川将以助教身份继续留在国家队，孙艾琳则继续和贝尔格蕾雅留在美国生活。

让人颇感意外的是，在聚会的最后时刻，小雪和孙娀突然站出来表示愿意跟随恐龙竞技队一同回国。这一决定得到包括教练张恩南和裴博士在内的大多数人的支持；已经确定无法回国的孙艾琳对妹妹表露了担忧之情，不过很快，来自姐姐的担忧便被妹妹满满的信心化解。

离别之时终于到来。依依不舍地登上回国的大型洲际飞船后，透过舷窗，小雪欣喜地看见了那些依然站在候机坪的落地窗前，一直以来支持她的朋友们，一张张笑脸在她眼前绽放，湿润了她的眼睛。

"我一定会再回来的。等到那一天，我一定会变得更加强大。谢谢……我亲爱的朋友们！"小雪心里默念着，闭上双眼，露出了幸福的笑容。

夏天里的这段金色的记忆，从这里开始，在这里结束。